寻案密码

风舞残云 —— 著

北京联合出版公司
Beijing United Publishing Co.,Ltd.

图书在版编目（CIP）数据

寻案密码 / 风舞残云著 . -- 北京 : 北京联合出版

公司 , 2024. 9. -- ISBN 978-7-5596-7878-2

Ⅰ . I247.5

中国国家版本馆 CIP 数据核字第 2024AW9236 号

寻案密码

作　　者：风舞残云
出 品 人：赵红仕
选题策划：雁北堂（北京）文化传媒有限公司
责任编辑：邓　晨
特约策划：王黎黎　罗　頔
特约编辑：胡月然　高鸥迪
封面设计：蔡小波
版式设计：冉冉工作室

北京联合出版公司出版
（北京市西城区德外大街 83 号楼 9 层　100088）
天津雅图印刷有限公司印刷　新华书店经销
字数 217 千字　880 毫米 × 1230 毫米　1/32　9.75 印张
2024 年 9 月第 1 版　2024 年 9 月第 1 次印刷
ISBN 978-7-5596-7878-2
定价：46.00 元

目 录
CONTENTS

引子

2017 年 8 月 8 日，江滨市。

对喧嚣的城市来说，凌晨三四点是一天中最安静的时候。张婶拉亮屋里的白炽灯，窸窸窣窣穿好衣服，匆匆忙忙刷了牙洗了脸，理了理头发，便准备出门。她不敢照镜子，据说此刻的镜子中照出来的，会是另一张恐怖的面孔。

和绝大多数环卫工人一样，张婶来自邻省，十多年前和丈夫一起到江滨市打工，她做环卫工人，丈夫则在一家医院里当保安。这是城里人不愿干的工作，城里人身子金贵，就算吃着一个月几百元的低保，也要闲在家里养宠物、打麻将。

凌晨的街道了无人迹，昏黄的街灯透着疲倦。张婶推着垃圾车，来到宁安区的商业广场，麻利地将一个个垃圾箱里的垃圾倒进车中，又将垃圾箱里的瓶子、废旧塑料收进编织袋。当她终于来到商业街北侧最后一个垃圾箱旁，正准备倾倒垃圾时，一个纸箱引起了她的注意。

这种整齐的纸箱里，也许会有一些旧衣物。张婶打开纸箱，发现里面是两个装得满满的黑色塑料袋，还挺沉的。她解开袋子，借着昏黄的路灯一看，发现是两包肉。她拿出一块闻了闻，并没有什么异味。

"这些城里人，可真舍得，好好的肉就扔了，要遭报应呢！"张婶咕哝着，将纸箱放到车上。

凌晨五点多，城市喧嚣起来。张婶结束了早班工作回到家里，从车上搬出纸箱放进厨房，又打开塑料袋仔细清点着。

两个塑料袋中装着上百块切碎的肉块，张婶将其中一袋放到灯光下仔细端详，发现这些肉块都已经大半熟，既不像牛肉的纹路那样粗，也没有羊肉的膻味，和猪肉似乎也有些不同。

张婶并没多想，在看到老伴儿起床后，她高兴地说："孩儿他爹，今天我赚大发了！"

"啥就赚大发了？"老李狐疑地看着她，"你干啥了？"

"你过来，过来。"张婶带着老李进了厨房，她指着水池旁的塑料袋，说，"我今天早上捡回来好多肉，都没坏！"

老李听到后也是满脸震惊："真的？"

"不信你去瞅瞅。"张婶没好气地说。

老李走到水池旁，打开了塑料袋。

"啊——"一声令人毛骨悚然的惨叫从厨房里传出，接着老李跌跌撞撞地冲出厨房，跪趴在地上，不停地干呕。

"你这是见鬼啦？"张婶吓了一跳，有些恼怒地追了出来。

"人肉，是人肉！"

"什么？是人，人……"张婶话还没有说完，就翻了下白眼，无声地瘫倒在地……

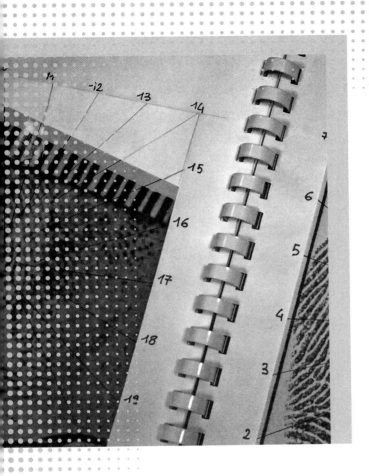

第一章

碎尸命案

解剖台上，摆放着勉强拼成人形的尸块及碎骨 ——

原本是头颅的位置还空着。

已是 8 月下旬，江滨市依然热得出奇。天空中没有一丝云彩，任凭毒辣辣的日头无遮无拦地烘烤着一栋栋高楼和赤裸裸的柏油地面。

老国骑着蓝白相间的警用电动车穿梭在小路上。他刚在附近的小区里调解了一起婆媳矛盾，又登记了几个租客的身份，抬眼看表时已经到了中午。他穿着汗湿了半截的警服，板着脸回到了东城派出所。

老国是东城派出所的社区民警，可别小看了这位从事基层警务工作、快要退休的干瘪小老头。老国的大名，对全省的刑事警察来说，可谓是无人不知。谁不知道国强传奇般的经历——十八岁就当上了刑警，之后一步步从基层干上来，三十出头就当了刑侦大队长，后又被提拔为刑侦支队副支队长、支队长，从警三十年，经他一手侦破的大案、要案达数百起。

然而，在许多人眼中，快要退休的老国混得越来越差了。当年在他手下的刑警，有的做了队长，有的做了分局长，而老国却从市局到了分局，又从分局到了派出所，现在仅仅是一个挂着副所长头衔的普通民警。

在食堂吃完午饭，老国换了件干净的警服，打开电脑，戴上老花镜，笨拙地将租户信息输入公安的内部信息网。

"老国，你们辖区出事了。"未见其人，先闻其声，一个短发女孩推开办公室的门，风风火火地闯进来，她的身后还跟着一个拎着摄像机的小伙子。

来人是老国的女儿吴姗——市电视台的记者。她遗传了老国前妻吴丽莹的外貌和老国的"拼命三郎"精神，参加工作三四年，便成了本市媒体圈内颇有影响力的记者。

吴姗在老国桌前坐下来，拿起父亲的杯子，咕咚咕咚喝了几口凉茶，一抹嘴道："老国，别误会，私事不会来这儿找你，刚才发给你的视频看了没有？"

"什么视频，发生命案了？"老国赶紧从兜里摸出手机，正了正老花镜摆弄起来。

吴姗嫌父亲动作太慢，一把抓过他的手机，熟练地打开了微信，点开一段视频：

一群穿着火红运动衣的老太和四五个少年争执不下，几个少年抱着篮球，满头大汗，显然是刚刚打完球。老太们推推搡搡，想将几个少年赶走。几个少年无奈地争辩着，说这里是篮球场，而且他们刚玩了一会儿，还没有结束，让老人家过会儿再来跳舞，或者先去别的地方跳。

老太们很不满，其中一个满脸褶子的老太瞪圆了双眼破口大骂，扎在头顶、高高翘起的马尾辫随着老太的恶毒咒骂左右摇摆。

老太半分钟里似乎没有喘一口气，口若悬河地喷泻着肮脏下流的字眼，连一个停顿都没有。男孩们张口结舌，根本没有解释的机会。情急之下，一个戴眼镜的少年推了一下越贴越近的老太，没想到老太顺势扑到少年身上，向眼镜少年的前胸和脸上狠狠挠去……

这段视频只有 40 多秒，从拍摄角度看，应该是另一个打球的少年拍摄的。视频最后几秒，老太似乎发现了有人在拍摄，纵身扑向镜头，画面摇晃了一下便戛然而止。

老国看完气得一拍桌子，义愤填膺道："太不像话了！"

吴姗满脸嫌恶道："这个老太就是你们辖区的，她的行为造成了很恶劣的影响，是不是符合拘留条件？"

老国思考了片刻，叹了口气道："这老太虽然可恨，但根据《治安管理处罚法》，不符合拘留条件，顶多把人找到所里，训诫一番。"

"这不算寻衅滋事吗？"吴姗提醒道。

老国想了想说："仅看这段视频还不够，需要调查一下。如果这老太不占理，就有讨论的空间。"

"现在视频在网上疯传，舆论已经发酵起来了，大家都在谴责这个满口污言秽语的老太。对了，你知道网友们给老太起了个什么名字吗？"

"什么名字？"老国问。

"毒舌老太！"吴姗说，"我采访过形形色色的人，也算阅人无数了，从没见过骂人如此利索的。真是服了她了，要是心脏不好，准得被她骂死！"

老国没有出声，他在思考如何处理自己辖区内的这起纠纷。

吴姗又说："刚才我们已经采访了那个孩子和他的父母，马上我们就要到老太家采访。这种人，就该让舆论谴责她，正正社会风气。

采访完老太，我想让你们派出所表个态，看从法律角度，怎么处理这老太，你看？"

老国皱了皱眉头："这事我得找刘所商量一下，再给你答复。"

"不是吧，姗姗？真要去采访老太啊！那老太太搞不好能把我的机器给砸了。"一直没有出声的摄像师大光面露难色。

"没事的，有我呢！"吴姗拍了拍大光的肩膀，信誓旦旦地说。

老国面无表情地回应："你们不要和当事人起冲突，我去找刘所汇报。"

光明小区三号楼里，吴姗领着摄像师大光敲响了204室的简易防盗门。片刻后，木门打开，一张"笑靥如花"的老脸出现在防盗门的栅栏内。这副面孔与视频中凶神恶煞的老太判若两人。

吴姗怀疑自己敲错了门，忙问："您是朱——"吴姗本想称呼她"朱阿姨"，又十分不情愿。

看着两个陌生的年轻人，老太疑惑地问道："你们这是？"

"我们是电视台的记者，想就昨天下午的事采访您！"

吴姗和大光本以为老太会严词拒绝，甚至做好了被痛骂一顿的心理准备，没想到对方笑得满脸褶子都舒展开来："你们是记者啊，欢迎欢迎！"

老太的热情让吴姗不知所措起来，正在犹疑中，老太已打开了防盗门，将他们让进了客厅。

正当吴姗和大光想换双拖鞋的时候，入户木门在他们身后"哐"的一声被关上，随即"咔"的一声被反锁。老太瞬间变了脸色，视频中凶神恶煞的老脸再一次出现在他们眼前，吴姗和大光一下子就慌了神。

两人愣怔间，只听老太扯着嗓子喊起来，瘆人的声音简直响彻居民楼："来人啊，记者私闯民宅啦！"

大光本想解释，却被老太猛然一扑，一屁股摔倒在地，不仅砸翻了门边的鞋架，手中的摄像机也摔在了地砖上。

这一幕发生得太过突然，不待吴姗反应过来，已经利落起身的老太一口唾沫直接啐在了她脸上，接着老太破口大骂，肮脏下流的字眼夹杂着唾沫星子喷涌而出。

吴姗尽管阅人无数，此时还是愣了神，下意识想推开凑上前来的老太。只见老太扯开头发，十指在自己的脸上挠了几下，放声大哭道："记者打人啦，没得命啦，快来人啊，打死人啦！"

有邻居闻声而来并报了警，老国带着一名协警很快赶到朱老太家，将三人带回了派出所……

➤➤ ➤➤ ➤➤

江滨市公安局宁安区分局会议室。

十几名穿着警服的刑警和技术人员鱼贯而入，落座后，主持会议的局长赵海山便直奔主题："'8·8碎尸案'是今年发生在我们宁安区最恶劣的一起特大刑事案件，本着命案必破的宗旨，我们有决心把凶手绳之以法。遗憾的是，直到今天，案发已经整整16天，我们不仅没有排查出嫌疑人，甚至连受害者的身份都没搞清楚。这样的查案速度让人民群众非常失望，人民群众的不满情绪越来越大，认为我们是一群饭桶！"

赵海山有意把"饭桶"两个字说得很重，他目光凌厉地扫视着台下。台下，刑侦大队大队长曹勇和十六七名刑侦、技侦人员都无声地低下了头，不敢正视他的眼睛。

赵海山停了停，接着说："最近五年来，凡发生在本区的命案有案必破，我们没有让领导失望，没有让广大人民群众失望。这次的案子也是一样，我们必须交出一份令人满意的答卷，给死者、给人民群众一个交代，绝不能让命案必破的光荣业绩在我手上、在你们手上画上问号。"

看了看低头自责的办案刑警，赵海山的语气稍微缓和了一些："最近我一直在出差，没能跟住这个案子，这起碎尸案迟迟没有侦破，我也有责任！曹队，你先说一下目前查到的线索，我们会上梳理一下思路。"

目前案件调查进展很慢，作为刑侦大队长的曹勇压力非常大。此时，他半秃的脑门已经开始冒汗。听到赵海山的话，他取出随身携带的笔记本电脑，点开一个文件夹，开始介绍案情："本月8日凌晨4时20分左右，环卫工人张桂花在本区商业广场最北侧的一个垃圾桶中，发现两个黑色塑料袋。张桂花打开袋子查看，发现里面是一堆煮了七八成熟的肉块。她以为肉块是商业街上的饭店扔掉的，闻了闻觉得肉没有变质，就带回了家。回家后，张桂花的丈夫李某认出了这是人肉……"

曹勇打开一张肉块的特写照片："张桂花的丈夫李某是退伍的卫生员，对人体组织并不陌生。他查看了塑料袋中的肉块后，立即发现肉块的表皮光洁、真皮层柔软纤薄，毛孔较小，纤维细腻，与我们通常食用的猪肉、牛肉、羊肉等都不相同，因此认定这些肉块为人体组织，于是报了警。"

"法医有没有新的发现？"赵海山问。

法医小田接过了问话："根据我们的清点，黑色塑料袋中的尸块共106块，总重量为7.8千克。经市局技术部门检测，证实其为同一名女性的人体组织。"小田不停变换着电脑屏幕上的照片，逐一介绍，"经过检验，这些人体组织来自受害者的双下肢、腰腹及臀部。为了寻找受害者其他部位的残肢，曹队带着我们，在本市南郊的水洼垃圾弃置场进行了大规模搜查，先后找到七个装有受害者残肢的塑料袋。其中四个塑料袋内装有被斩断的女性上肢及肋骨、胸骨、脊椎、骨盆等骨骼，另两个塑料袋中装有内脏组织，剩下一个塑料袋中装有切碎的肌肉组织。所有被发现的人体组织，经DNA鉴定，均属于同一名女性。经过拼接，我们初步复原了大部分人体，经推算，受害者身高为一米六五至一米七一，因目前缺少受害者颅骨及双下肢骨骼，身高误差较大。"

曹勇接着说道："确认人体组织后，我们首先通过失踪人口档案查找尸源信息，不仅排查了本市、本省的失踪人口，还调取了附近四个省份的一千多份失踪人口档案进行逐一比对。让我们失望的是，所有近期失踪的人员信息与我们掌握的尸体信息都无法吻合。随后，根据塑料袋中发现的硅胶填充物，我们走访了省内及临近大城市中十二家有资格进行乳房整形的医院，调取了自2013年以来四年多的女性手术资料两万多份，经过对年龄及身高等信息的筛选，仍有两千多名女性符合受害者特征。因工作量巨大，目前还没有筛选出结果。"

赵海山看着电脑屏幕上的照片，摸着下巴上的胡楂："没有人报案，换个角度来说并不是件坏事，起码可以透露出三个信息。一、受害者可能是独自居住的女性，父母或亲友不在身边，失踪后无人知晓；二、无固定工作，失踪后不会有同事或单位负责人寻找并报案；三、在本市没有联系密切的朋友，没有人注意到她的消失。"

正说着，赵海山的电话响起，他眉头一紧，是市局的周前局长来电。周局询问了案件的基本情况后，给予了新的指示——已经派了市局的刑侦专家前往宁安区分局协助调查，马上就到。

片刻后，会议室的门被推开，进来三个人。刚刚周局已经在电话中交代，赵海山忙将来人请进落座，开始给大家介绍："因为'8·8碎尸案'迟迟没有侦破，市局周前局长和局党委班子给予了高度重视，今天专门派来江滨市的刑侦专家协助我们破案，让我们热烈欢迎！这位是市局分管刑侦的宋阳副局长——"

赵海山说完，率先鼓起了掌。一个五十多岁、仪态颇为儒雅的男子微微欠下身，算是和台下的与会人员打了招呼。接下来，赵海山又介绍了市局刑侦支队的支队长郭斌——一个三十五六岁、身形魁梧的黑脸汉子，市局法医物证技术处副处长吴丽莹——一个五十多岁、眼神冷峻的女人。

赵海山示意曹勇向市局来人介绍一下案情。曹勇将尸块和现场的照片投到会议室的大屏上，把目前调查的结果又向市局的三位专家叙述了一遍。

曹勇讲述完毕，法医小田继续补充。小田是个新人，他的师傅去年退休了，这是他第一次独立接手大案，一直特别紧张。他看了看正襟危坐的市局领导及法医，咽了口唾沫，接上曹勇的话："根据尸体碎块的综合分析，受害者年龄约22至28岁，通过骨盆状态推断受害者无生育史，因心脏、肠胃等器官被抛弃多日，在垃圾场中已经严重腐败，无法判断受害者的确切死因。从尸体的骨骼断面看，分尸工具为一把锋利的切肉刀和一把大号的斩骨刀。此外，我们在尸块中还发现两块用于乳房填充的硅胶填充物，总重262克，硅胶编码被凶手切掉了。尸块还发现冰冻过的痕迹，目前技术方面的主要信息就是这么多。"

小田说完，感觉手心里全是汗。

听完以上报告，郭斌终于开口了，问道："商业街的监控都拍到了哪些画面？"

曹勇调出一段视频资料，说道："接到报案后，我们立即调取了商业街周边的监控，也调取了沿街店家自行安装的监控，以下两段视频分别是商业街北二号摄像头和一家小超市门外的监控拍下的。"

曹勇按下播放键，会议室里静得出奇，二十多双眼睛聚焦在大屏上。

画面显示，8月7日22时42分30秒，一名戴着棒球帽的男子抱着一个纸箱走向位于黑暗处的垃圾箱。仅仅七八秒，这名男子空手返回，拐进一条步行通道后，消失在画面里。

曹勇按下暂停键："事发后我们做过试验，选了身高一米六九、一米七二、一米七六和一米八一的四名侦查员，让他们抱着相同大小和相似重量的纸箱，以相同速度和姿势在这一路段行走。与监控中的男子比对后，我们确认嫌疑人身高在一米七五至一米七八之间，体态微胖，推算体重在80公斤左右。因当时接近23时，许多店家已经打烊熄灯，广场上光线昏暗，很多细节都比较模糊。刚才大家也看到了，这是经过我们技术处理后的一段视频，已经还原到最佳画质，但还是无法看清嫌疑人的面部特征，也无法看清嫌疑人的衣着特征。"

接着，他又打开第二段视频："这是超市门外的监控拍下的嫌疑人离开商业街的画面，仍然无法看清其面部和衣着特征。我们通过走访调查，发现这里的监控盲区较多，目前有效的只有这两段视频。"

宋阳放下手中的笔，思忖了片刻，说道："听了曹队和小田的介绍，我对这个案子有了初步的了解。我的第一感觉是，嫌疑人的反侦查意识很强，确实是个棘手的案子！但再狡猾的狐狸，终究逃不出猎人的枪口。今天我带来了我们市局大名鼎鼎的两位刑侦专家，就是我身边的郭斌支队长和法医处的吴丽莹副处长，接下来他们将协助你们一起办案。我有信心，我们一定能够在最短的时间内拿下这起案子。"

台下一阵掌声，显然这次的掌声比开始时的掌声要热烈许多。大队长曹勇和他的队员们听说有了专家支持，立即感到肩上的重担卸下了一半。

➤➤　➤➤　➤➤

不知不觉，日头已经移到了正中间。

宁安分局的刑警和市局的几位专家一起在食堂吃了午餐，稍稍休息了十几分钟，会议再次开始。

"我来说两句。"上午一直没有表态的郭斌开口了，"在我看来，这个案子并非想象得那么难，关键是大家有没有抓住关键环节和细节？侦破案件就像解一道几何题，需要我们不断转换思路，在我看来，这个案子中有几个细节就很值得我们推敲。"

郭斌挺了挺魁梧厚实的身板，继续说道："我们的监控系统也叫天眼工程。所谓天眼，就像天上有无数双眼睛，无论你干了什么，都有一双或几双眼睛在盯着你，这些眼睛就是我们的监控摄像头。很可惜，现在我们只找到了两段监控视频，我的建议是继续找，嫌疑人从哪里来，往哪里去，最后又消失在哪里？我相信总有摄像头拍到了他的行动轨迹。"

"郭支队说的是，但我们查了沿线两公里范围内的监控，确实再也没找到抛尸嫌疑人的踪迹。"曹勇有点心虚，在眼前这位刑侦专家面前，他的自信荡然无存。

"在分析案情时，一定要转换思路。你要把自己当成凶手，如果是你杀了这个受害者，你会怎么抛尸？"

吴丽莹听了这句话，露出不易觉察的微笑，这是她的前夫国强经常说的一句话。郭斌算是国强的徒弟，前些年，他跟着老国侦破了一桩桩疑难案件，这师徒二人还真是有些相像。

"如果我是有一定反侦查意识的犯罪嫌疑人，我会在商业街抛弃尸体碎块后，走到黑暗的巷子里，立即换上一套装束，再走到预先停放在偏僻处的车子里，驾车离开现场。这样，我就不容易被监控拍到。接下来，我们不妨顺着这个思路来查所有的监控。

"根据尸检和勘查的初步结果，我是这样认为的：凶手能精心装扮，避开绝大部分监控，说明他有很强的反侦查能力，心智成熟，办事条理清晰，是典型的组织型凶手。凶手能躲避监控，说明他事先到现场踩过点。商业街的监控共有八个，加上商家的监控，至少有三十个，因此我分析凶手踩点不止一次。踩点时间应该是在其杀人后和准备抛尸前，具体日期为发现尸体碎块的 8 月 8 日往前推四至八天，即 7 月 28 日至 8 月 5 日。在这段时间内，凡是在商业街多个监控下出现或停留，左顾右盼，身高体态符合犯罪嫌疑人特征的，就是重点的调查对象。我们必须过筛子，一个也不能落下。"

郭斌发言完毕，赵海山又问吴丽莹："吴副处长，您是咱们江滨的首席法医，这个案子，您有什么看法？"

吴丽莹礼节性地笑了笑，眼神随即恢复了冷峻："刚才各位专家分析得够详细了，我简单说说我的看法。一般的家用冰箱容量有限，无法存放整个尸体或全部尸块，因此最合适保存尸体和尸块的是冰柜。我建议，立即对全市 7 月下旬至 8 月 5 日期间售出的冰柜逐一追踪梳理。当然，凶手家里或许本来就有冰柜甚至冷库，但这个侦破方向不能忽视。"

台上的几位领导和台下的侦查员们频频点头。

吴丽莹又补充道："我办案肯定要亲自勘验尸体，尸体是会说话的，它会告诉我真相。我的讲话结束了。"

赵海山又转向宋阳，问道："宋副局长，您还有什么要交代的？"

宋阳的目光在赵海山与吴丽莹之间转了一圈，犹豫了一下说道："赵局长，你们分局可不是没有能人哪，老国他现在就心甘情愿在东城派出所当个社区民警熬到退休？"

提起老国，赵海山一脸为难："老国的能力就算放眼全国，都是没话说的。可他这性格，谁也劝不了，况且上次还挨了个处分，直接降职到派出所去了，也不好调他来查案。虽然我们都知道上次的事情情有可原，可到底是犯了纪律。"

宋阳把脸转向吴丽莹，说道："吴副处长，看来还得劳烦您做做工作。要是老国在，这个案子就十拿九稳了。"

但凡听说过"国强"这个名字的人，几乎都知道吴丽莹跟国强的关系，也都知道他们已经离婚四五年了。

吴丽莹依旧是礼节性地笑了笑，一副公事公办的态度："宋副局长，不是我驳您的面子，我只负责自己的工作，人事调动上的事还说不上话。而且我和他已经没有关系了，要请他出马，还得让组织上做做工作。"

宋阳面上有些尴尬，赵海山见状连忙接过话茬儿："我会向上级申请，看看能不能请老国帮忙协助调查。今天的会议咱们就先到这儿，接下来，这间会议室就作为'8·8碎尸案'专案组的办公室。吴副处长，等下您……"

吴丽莹说道："我先去重新勘验一遍尸体。"

"好好好，没问题！"赵海山连连点头，"小田，等下你跟着一起去解剖室重新验尸。"

➤➤　➤➤　➤➤

吴丽莹和小田穿好防护服，戴上护目镜和面罩后，推开了解剖室厚重的不锈钢门。门刚打开，一股尸臭立即扑面而来。室内的两台大功率排风扇已经开到了最大挡，但他们还是被恶臭熏得皱起了眉头。

　　解剖台上，摆放着勉强拼成人形的尸块及碎骨——原本是头颅的位置还空着。

　　小田皱了皱眉，面带歉意地对吴丽莹说："吴老师，给您添麻烦了。那个环卫工人捡到的尸块还好，我们在垃圾场找到的其他尸块都已经严重腐烂，现在冷冻过味道还好些，过会儿化冻了，味道会更大。"

　　"这是我的工作，你不用跟我客气。"吴丽莹并不看小田，冷淡地说。

　　小田的示好被挡了回来，有些尴尬，他将收拾好的器械端上解剖台："吴老师，要我做些什么，您尽管吩咐。"

　　"你该做的事情很多。"吴丽莹忽地冒出这么一句，着实让小田摸不着头脑。

　　"我问你，案情分析会上，你说受害者乳房内的填充物重量是多少？"

　　"262 克。"

　　"每块的重量分别是多少？"

　　"这，这有区别吗？"小田被问得有些心虚。

　　"现在称。"吴丽莹的语气带着不容置疑的味道。

　　小田有些犹豫，他不明白有什么区别，但还是用镊子从证物袋中夹出两块硅胶填充物，先后放在电子秤上。

　　"吴老师，两块硅胶填充物分别是 121 克和 141 克。"小田面露惊讶。

　　"小田，你这是重大失误。"吴丽莹毫不留情地批评道。

　　第一次独立接手大案就出现重大失误，小田心里有些慌，不知所措地看着吴丽莹。

吴丽莹接着说："女人两侧乳房的大小是有区别的，整形医生在做整形方案时，为了使两侧乳房均匀对称，会在两侧乳房内填充大小不一的填充物。当然，大部分女性两侧乳房的差别很小，整形医生不会考虑，但有些女性两侧乳房的差异较大。"

小田终于明白了吴丽莹的意思："吴老师，我懂了！我们前期对整形医院进行了排查，筛查出两千多名符合条件的女性，如果知道两侧乳房的填充物重量不同，就可以进一步缩小筛查范围。"

"总算说对了。我再问你，受害者的年龄，你是怎么推算出来的？"

"我比对了受害者的耻骨联合面，但耻骨毁坏严重，存在一定误差。"小田说。

"肱骨鉴定了没有？"

小田再一次无言以对。

"从骨骼判断受害者年龄，最准确的方式是比对耻骨联合面。耻骨上下支、耻骨嵴、耻骨梳等，随着年龄的增长，会出现规律性变化，通过比对，可以较为精确地推算受害者年龄。但本案受害者的耻骨已经遭到毁损，因此必须要通过肱骨的变化辅助分析。当然，本案受害者的头骨还没有找到，不然，头骨上人字缝和矢状缝的骨化愈合状态也可以作为依据。"吴丽莹说道。

"吴老师，我明白，过会儿我再测算一下，争取把受害者的年龄范围缩小一些。"小田说。

吴丽莹低头看着尸块，语重心长地说："小田，受害者的年龄范围缩小一岁，就可以排除掉成百上千的人。法医工作对案件侦破起着至关重要的作用，容不得半点马虎。"

小田的额头冒出了汗，他不得不佩服吴丽莹的专业素养，而且很受感动。吴丽莹面冷心热，如果她在刚刚的案情分析会上把这些疑点都说出来，自己非得被局长骂得狗血淋头不可。

"吴老师，您不愧是专家，我服您！"

吴丽莹不为所动，她拿着镊子一块块翻看着解剖台上恶臭的尸块。

解剖室墙上的时钟不急不缓地向前走着，转眼已经到了深夜。

将近六七个小时，小田一直站在吴丽莹身旁记录，腰酸背疼的他提议道："吴老师，您休息一会儿吧！"

吴丽莹似乎没有听到，依旧没有出声。又过了半个多小时，她终于放下器械，直了直身子道："小田，你说说看，死亡原因是什么？"

小田小心翼翼地回答道："根据您刚才发现的这些线索推测，应该是机械性窒息死亡吧？"

吴丽莹点点头说："你看，经过重新拼接，胸腹部的这几块尸块色泽苍白，皮下肌肉组织中残存血液明显偏少。根据苍白区面积，我推测，受害者死前曾被凶手膝部跪压，血液被挤出这块区域。一般来说，膝部跪压的姿势，大都出现在凶手扼颈导致的机械性窒息死亡案件中。当然，仅凭皮肤组织的这一特征，还不足以判断受害者的真实死亡原因。我们再看其内脏器官，特别是肝脏碎块中残存的血量。这些碎块中残存的血量较大，说明受害者并非失血性休克死亡，否则其肝脏和血管会出现皱缩现象。其次，受害者的肺脏碎块，虽然严重腐烂，但经过仔细观察，还是可以发现部分出血点的，这是典型的机械性窒息死亡的特征。"

"吴老师，您真是太厉害了！"小田由衷地钦佩。

吴丽莹淡淡地说："神枪手是子弹喂出来的，我们法医是尸体喂出来的。"

说者无心，小田听了却一阵反胃。然而话糙理不糙，作为一名法医，只有一次次地接触各式各样非正常死亡的尸体，才能积累丰富的经验。今天，吴丽莹给他上了生动的一课。

吴丽莹接着说："现在已经排除了中毒、心肺骤停、溺水窒息等致死可能，更能确定受害者死于扼颈导致的机械性窒息。"

小田又问："您刚才在尸块上发现的那个黑色细纹是什么？"

原来，在受害者左大腿内侧的一块尸块表皮，吴丽莹发现了一截只有四毫米长的刺青，形状如同一小截折断的牙签。由于刺青旁尸块的缺失，无法判断整个刺青的图案。

吴丽莹说道："我认为，刺青旁尸块的缺失，如果不是环卫工人造成的，那就是凶手害怕这一特征被发现，做了其他的处理。"

小田再一次对吴丽莹的严谨和认真感到佩服。

重新尸检后，吴丽莹向专案组提交了一份报告，对先前的尸检报告进行了校正和补充。其中主要内容为：受害者年龄为25至28岁，身高为一米六六至一米七〇，系晚饭后一小时被害，死因是扼颈导致的机械性窒息死亡，死后遭多次冷冻、解冻、切割；受害者生前曾接受过丰胸手术，左侧乳房填充物重量121克、右侧为141克……

报告最后，附加了两点侦查建议：一是根据受害者隐私部位的文身线索，重点排查全市的文身店或提供文身服务的场所；二是根据乳房填充物的重量不同，重新排查符合条件的整形女性。

宁安区燕归来小区 2 号楼 1 单元 301 室。

菜端上了餐桌，一盘青椒炒面筋、一盘韭菜炒鸡蛋、一盘豆腐烧萝卜。女孩见了这桌菜，立即蔫了下来："妈，您最近是不是信佛了？怎么天天都做素菜。"

"你这孩子，瞎说什么呢！"一旁的父亲说。

母亲笑着安慰道："乖女儿，肉吃多了，血压、血脂都会高，还容易长胖。吃素就不一样了，营养高，还能保持身材。你不是最爱美了吗？"

女孩正在读初中二年级，虽然是爱美的年纪，可连续吃了十来天素，馋得她闻到肉味都会咽口水。每到夜晚，似乎总有一股诱人的肉香飘荡在她身边，挥之不去。

女孩反驳道："妈，您看人家楼下，每天都飘着肉香，咱家为什么就不能吃肉啊？"

女孩的父亲吸了吸鼻子，果然闻到从楼下传来的肉香，嘀咕道："楼下一定又在熬骨头汤了……"想到这里，他忽然冲进卫生间，趴在抽水马桶上，大口大口地吐了起来。

女孩的父亲是一家社区医院的医生，母亲是护士。不久前，他们医院的保安老李亲口告诉他，说自己媳妇捡到了人肉。这件事把夫妻俩吓得不轻，惊恐之余，两人发誓再不吃肉，哪怕是刚刚宰杀的猪肉、牛肉。

"爸，您怎么了？"女孩扔下筷子跑进了卫生间，在父亲的背上轻轻地拍打起来。

第一章 无名死者

他自信地认为，只要自己参与侦查，不消十日，

凶手定能归案。可是……

几天过去了，专案组成员仍在大海捞针般地寻找受害者的身份信息。郭斌被看似并不复杂的"8·8碎尸案"搞得疲惫不堪，嘴上也急起了一串火泡。当初他自信地认为，只要自己参与侦查，不消十日，凶手定能归案。可是当他介入后才发现，这起案子的凶手比他想象的狡猾得多。

女性被害案中的受害者，特别是年轻女性，大多死于奸杀和情杀，也有少部分为仇杀或劫杀。其中，侦破难度最大的是流窜作案的抢劫杀人。但抢劫杀人案中的凶手和受害者绝大多数彼此是陌生人，行凶后凶手完全可以溜之大吉，不会把尸体搬回室内，慢慢切碎煮熟，再费尽心机地扔掉。

仇杀的可能也基本可以排除。一般仇杀案件中，凶手会实施"过度杀戮"，做出致受害者死亡之外的多余动作，比如反复捅刺受害者、多次砍击受害者面部等。可从尸检报告上看，除了分尸的切口，并没有发现其他多余的锐器伤和钝器伤。

奸杀的可能性也很小，这与凶手碎尸的动机不符。而且在腐烂的内脏中，法医找到了受害者的阴道和子宫，其中并没有检验出其他人的 DNA。

那么，这起案件大概率是情杀。也许凶手与被害人有某些情感上的纠纷，在一次争吵中，凶手因为暴怒掐死了受害者，害怕事情败露，选择分尸。

郭斌当时觉得，按照情杀这个方向查下去，很快便会有收获。但现在尸源信息仍然没有着落，郭斌感到十分气馁，甚至怀疑自己的能力，开始后悔在案情分析会上把话说得太满。

正当郭斌走神时，一个侦查员直接闯了进来："郭队，有新情况了！"

"什么情况？"郭斌激动地站了起来。

"我们查了凶手抛尸时段商业街周边的所有监控，在嫌疑人被北二号摄像头拍到的十一分钟前，有一辆轿车停到了商业街西侧的停车场，被停车场内的监控拍下，五分钟后，车上下来一男子，身形很像嫌疑人。"侦查员一口气说完。

郭斌跟着侦查员来到了专案组办公室，电脑显示器上是一段暂停着的视频。郭斌坐下后，侦查员按了下播放键："郭队，商业街北二号摄像头拍到嫌疑人抱着纸箱出现的时间是 8 月 7 日 22 时 42 分 30 秒，我们在现场模拟过嫌疑人的行动，估算的往返时间跟这段监控的时间基本吻合。"

22 时 31 分 22 秒，一辆黑色轿车开进了停车场，车子大灯随后熄灭，然而始终不见有人下车。直到五分钟后，即 36 分 44 秒，又一辆轿车开进了停车场，大灯正冲着监控摄像头，致使监控画面顿时变成白茫茫一片。就在此时，那辆黑色轿车的车门打开，司机快速下了车。由于监控画面受到其他轿车大灯的影响，只能隐约看见一名体态微胖的男子快速离开了停车场，但无法看清他的怀中是否抱着纸箱。

"郭队，我感觉这个司机是故意等别的车灯把监控照糊了才下车的。"

郭斌有些兴奋，让侦查员继续播放这段录像。

22时47分25秒，一名男子空着手回到了黑色轿车边，打开车门钻进了车，几秒钟后，车子驶出了停车场。

"现场我去过好几次，从停车场到抛尸的垃圾桶，正常情况下需要走四五分钟。如果凶手抱着纸箱，差不多需要六分钟，正好与这名男子下车步行到垃圾桶的时间相符。从垃圾桶再回到车子，由于手里没有东西了，走得会快一些，应该在四五分钟左右。"侦查员指着监控画面说道。

郭斌用赞赏的眼神看了看这名侦查员："嗯，干得不错，案子破了以后我要给你记功。现在立即调查沿途监控，查清这辆车的牌照和车主，把人带回来。"

➤➤　➤➤　➤➤

宁安区刑侦大队讯问室。

一名四十多岁、戴着眼镜的男子坐在讯问椅上，在强光照射下，他那发量稀少的头顶已然冒出汗珠。

"你们凭什么抓我，我犯什么罪了？"自从被带进讯问室，男子一直在歇斯底里地叫嚷着。

坐在他对面的预审员厉声示意他安静下来："没有人会承认自己

犯了罪，至于你到底干了什么，我们不说你也明白，希望你老老实实地交代清楚，争取宽大处理！"

郭斌坐在讯问室的单向玻璃后，静静看着这一幕。

这个人的眼神不简单。

当初他跟着师傅老国审了无数罪大恶极的凶手，也审过无数最终被证明无辜的人，接触多了，他也有了像师傅一样能从嫌疑人的眼神中捕捉真相的能力。

郭斌看了看手中的材料：魏昊文，男，44岁，本市钟楼区江南路小学的副校长，五年前与其妻离婚，十岁的独生女判归其妻抚养，其单身至今。2015年4月13日，因招嫖被公安机关处罚，后被教育主管部门给予警告处分，一年后，官复原职。

"这个人肯定有问题！"郭斌将手中的资料狠狠摔在桌上，他确信魏昊文和案件有关，只是目前他还拿不出明确的证据。

在包裹尸块的塑料袋上提取到的唯一一枚指纹，经鉴定不属于魏昊文。魏昊文的住宅也被全面搜查过，既没有发现血迹、毛发等受害者的生物信息，也没有发现切割工具，更没有找到受害者缺失的头颅和其他残肢。

郭斌认为，魏昊文肯定还有其他隐秘的住所或租住的房子——以他的经济实力这是完全有可能的。如果魏昊文就是凶手，那分尸现场应该就在那处隐秘的住所，没有查获的物证应该也在那里。他走进讯问室，挥挥手，示意其中一名预审员先离开。

"魏昊文，8月7日晚上，你去商业街做什么了？"郭斌紧盯着魏昊文的双眼。

"我说过很多次了，我是去买烟。"魏昊文显得十分委屈。

"那为什么在停车场停了五分钟，你才下车？"

"那时候我突然感觉头昏，因为前一天晚上和朋友打了一宿麻将，缺觉，头一直昏昏沉沉的。"

"那我就让你清醒一下！"郭斌猛地站起来，健硕的身躯如同一座小山立在魏昊文身前。

魏昊文仰起脸，惊恐地瞪着郭斌："你，你想刑讯逼供？"

"据我们的调查，你说的那家卖烟的小超市根本不存在！我们还查了当天晚上商业街销售香烟的商家，都没有在监控里发现你的身影，你怎么解释？"

面对郭斌凌厉的眼神，魏昊文愣了好一会儿，终于低下了头："我……我刚才说了谎。"

郭斌招了招手，刚才出去的那名预审员又坐回了桌前。郭斌走了出去。

"那天晚上我是去约会的，我在微信上约了对方。"魏昊文头上的汗越来越多，"我停好车，用手机给对方发信息，说我到了商业街，对方过了几分钟才回信息，说她刚到商业街旁的肯德基门口。我就下车去接她。"

郭斌立即向不远处的两名侦查员招了招手："你俩马上把那天晚上肯德基门口的监控调出来，还有附近能拍到肯德基门口的其他监控，抓紧核实一下这个人有没有出现。"

一个多小时后，两名侦查员回到了郭斌身旁："这家伙说谎。"

一名侦查员将U盘插在电脑上，调出监控视频。在监控视频中可以看到，这一时段内，陆续有人进出肯德基。其中有三名女性独自一人在店门口稍做停顿，但没有左顾右盼，不像在等人，随后要么进店，要么匆匆离去。只有一名十四五岁、中学生模样的女孩一直站在门口，不时用手机聊天，约莫十五分钟后，这个女孩也离开了。魏昊文始终没有出现在肯德基门口。

"郭支队，这家伙耍咱们！"一名侦查员愤愤地说。

郭斌拍了下桌子，气势汹汹地再次走进讯问室……

➤➤　➤➤　➤➤

一群张牙舞爪、面目可憎的男女围在老国身边，他们疯狂呐喊着、挥舞着拳头。老国躺在地上，感觉自己矮小得如同一只刚出生的小鸡，脆弱得不堪一击，只能抱着脑袋，任凭这群张牙舞爪的男女瞪着血红的眼睛，张着黑洞洞的大口，撕心裂肺地叫喊着。

老国想逃跑，但他的双腿疲软得像煮熟的面条，连站起来的力气也没有……忽然，四周奇迹般地黑了下来，下一瞬又开始狂风大作，呼啸的凉风卷挟着满天的纸片在老国四周飞舞。老国颤颤巍巍地站起身，想躲进一间小房子中，可是刚到门口，就见一个留着胡子的士兵举着寒光闪闪的刺刀，狞笑着向他扎来。老国掉头就跑，奔向前方漆黑一片的树林……

不知跑了多久，老国回过头，只见身后的士兵不知何时已经变成了一个拿着麻绳的大汉。老国的气力再一次被抽空，瘫在地上动弹不得。大汉有着一张黑紫的脸和一双暴凸在外的眼珠，他吐着舌头，粘腻的口水从他肥大得出奇的舌头上滴下来。他一步一步靠近着老国……

早上六点刚过，噩梦缠身的老国就被电话吵醒，见是江滨市公安局局长周前打来的，老国没有耽搁，连忙接听。听完电话，老国匆匆赶到了周前的办公室。

打了招呼，周前没有寒暄，就把一个厚厚的档案袋扔到老国面前："这是'8·8碎尸案'的卷宗，你看看。啊对，这有烟，要抽自己拿。"

十多年前，周前和国强是一对黄金搭档，两人联手侦破了无数大案。虽然现在两人身份悬殊，一个是副市长兼公安局局长，一个是挂着副所长头衔的社区民警，但私下他们依旧没有距离感，关系极好。

老国掏出老花镜，一张张翻看着案卷中的照片，渐渐陷入了沉思。

周前太了解这个老搭档的脾性，见他情绪逐渐躁动起来，知道请老国出山的时机到了。

"老国，这个案子在市里影响非常大，案发已经二十来天了，一直拿不下来。我想，你这把宝刀该派上用场了！上次因为纪律问题，上面给了你个处分，下派你到派出所，一年期已过，其实，你早该回来办大案了。"

老国不置可否，往下拉拉老花镜，盯着周前问："这是局党委的意见，还是你个人的意见？"

"怎么，不想接手？"周前一把抓过老国手中的照片往档案袋里塞，"不想干就算了，算我白说。"

老国的眼神有些松动，周前又追加了一句："唉，这女孩才二十多岁，可惜啊……"

他太了解老国了。老国是无法坐视不管的。

"干！"老国一脸严肃，他从周前手中夺回了档案袋，"既然要干，我就提点要求。这个案子要我参与，那所有侦办人员都得听我指挥。"

"好，就由你指挥。不过你也得答应我一件事。"在其他人面前，周前的眼神凌厉而威严，不苟言笑，但在老国面前，常常换上一副"无赖"面孔，嬉笑打闹，像个老顽童，与他局长的身份相去甚远。

老国蹙眉："你先说啥事！"

周前笑道："不是什么大事。你放心，就咱俩这交情，我还能害你不成？"说完，不等老国答话，就拨了个电话，片刻后，一个身形高挑、眼神灵动的女孩推门走了进来。

周前介绍道："老国，她叫周薇，今后就由她来当你的助手。周薇，这是国强同志，今后就是你的师傅，你得好好跟着国师傅学点真本事。"

"是，周局长。"周薇敬了个标准的礼，又向老国伸出了手，大眼睛里满是崇拜，"国老师，久仰您的大名，在我们警校，没有人不知道您是谁。"

老国冷冷地看着眼前的这个女孩，对女孩伸出的手视而不见。女孩尴尬地收回手，看了一眼周前。

周前拍了拍她的肩膀，转而看向老国笑着说："老国，小周今年刚从省警官学院毕业，专业上你放心，是干技侦的好苗子。要不是她非要来一线，队里不好安排，也不会找到我这里。"

"我不喜欢带着个花瓶办案，谁都不行。"老国不给周前面子，说完又看了周薇几眼，问周前，"干技侦有什么不好的，为什么非要上一线？"

"实话告诉你，小周在计算机网络方面是个天才，你查案肯定用得到。现在的犯罪分子可不像从前了，高科技手段比比皆是，用老一套查案办法有效，但也有限，必须得给你配备一个科技方面的人才。"周前严肃起来。

老国沉默了一会儿，猛地拍了下大腿："你说得在理，那好，人我先带着，看看水平再说！要是水平不行，我可不带！"

宁安分局"8·8碎尸案"专案组办公室。

案件侦破一直没有进展，郭斌正心急如焚时，赵海山领着市局局长周前和老国仿佛天降神兵一般走了进来。

"嫌疑人交代了吗？"周前直奔主题。

郭斌和几人打了声招呼，之后一脸无奈地说道："周局，这，这家伙满口谎言，虽然每次都被我们揭穿，可就是不说实话。"

原来，魏昊文虽承认他当晚去商业街和一个女人约会，却始终不愿说出这个女人的信息，也拒不交代微信小号的密码。

讯问已经进行了一夜一天，却卡在魏昊文口中的约会对象身上。郭斌大发雷霆，却又无可奈何。

他有充分的理由相信魏昊文就是凶手："按常理，一个和他素不相识的女人，魏昊文有必要隐瞒其身份吗？所以我认为，这个女人根本不存在。"

"约会？约会不是很正常吗？"老国一脸不解。

一名侦查员小声对老国说："国所，这种约会比较特殊，就是两个素不相识的人，在微信上聊天，谈得来就约线下见面，然后发生不正当关系。"

老国的眉毛拧成了问号："素不相识的人，在网上聊聊天就能约会？"

"不理解吧？"周前看着老国笑了笑，谁也看不出他的笑容里究竟隐藏着什么。

讯问室旁的办公室成了会议室，周前召开了临时会议，宣布国强被调回宁安分局刑侦大队，做刑侦大队的专家顾问，同时参与"8·8碎尸案"的侦破工作。

周前说："国强同志虽然是顾问，但他是我们刑侦系统的专家，希望大家在办案中多听听他的意见。"

周前的话不言自明，现任专案组组长郭斌、副组长曹勇和其他刑侦人员都明白他的潜台词：从现在起，国强就是专案组名副其实的一把手。

老国领着周薇，两人几乎一夜没合眼，终于看完了"8·8碎尸案"的所有资料。

第二天上午，老国派出去进行外围调查的侦查员有了收获。在老国授意下，两名侦查员将戴着手铐的嫌疑人魏昊文带进了讯问室。

老国让一名侦查员打开魏昊文的手铐，侦查员犹豫了一下，还是将魏昊文的手铐打开了。

"他不是凶手！"老国刚说完，单向玻璃后的专案组成员都瞪大了眼睛。

讯问室里的郭斌不解地问："师傅，既然他不是凶手，为什么咬死了不交代和他约会的女人是谁？"

曹勇也疑惑不解，老国的耳机中传来他的问题："是啊，都被关了快两天了，只要说实话就能洗清嫌疑，为什么宁可被我们怀疑是杀人凶手，也不把那个女人的身份说出来？"

"他不是凶手，但他是禽兽！"老国语出惊人。

"禽兽？"大家更加疑惑了。

"站在肯德基门口等人的女中学生，就是被他约的对象。"

此言一出，讯问室里鸦雀无声，很快他们听到了魏昊文的哭声。

一名侦查员疑惑不解："那他为什么没跟女生碰面就走了呢？"

"我花了半天时间，终于弄明白什么是微信约会、怎样约会。"老国说，"在微信上约会的男女大多是用小号，哪里看得到使用者的生活信息？对方只说自己是学生，但他没想到来人年龄这么小，他以为对方是个年龄不足十四岁的未成年人，害怕因此坐牢，所以没露面就溜走了，也不敢将此事如实告诉我们。"

只用了一个晚上，就找到了案件的突破口，众人对老国钦佩不已。原本组员们还对老国领头办案心存疑惑，现在也都打消了。

出了讯问室，老国与专案组的组员们回到会议室，挑了个位置坐下，指了指身边的周薇说："这个是小周，周薇，新来的实习警员，今后小周会跟着大家一起办案。"

"让大家费心了！"周薇连忙站起身，向专案组的成员敬礼。

老国又说："昨天经周局局长特批，小周用技术手段破解了魏昊文微信小号的密码。虽然魏昊文删除了聊天记录，但经过恢复，可以确定他和那名女孩是约好在肯德基门口见面……"

好不容易找到了嫌疑人，结果就这么排除了嫌疑，众人又开始急躁起来。

➤➤　➤➤　➤➤

老国走进解剖室时，吴丽莹正在用显微镜查看人体碎块。见老国进来，吴丽莹从椅子上站起身，说："老国，你能不能让人省点心？"

"我又怎么了？"老国一脸不解。

"你早就离开刑侦大队了，这案子是你该掺和的吗？"吴丽莹冷言冷语道。

"你这话就不对了，人命关天，我能放任凶手逍遥法外吗！"老国生气地反驳道。

"整个江滨就你行，别人都是吃干饭的？"吴丽莹也不甘示弱，"这个案子非同小可，到现在受害者的身份都没有搞清楚。万一你放了空炮，到时候舆论会变成什么样，你想过吗？"

老国皱着眉头说："我就想知道凶手是谁，就想把他从人群里挖出来，让他受到法律的制裁。"

"老国，你真的落伍了，现在的网络技术、新的刑侦手段，你还懂吗？你那脑子能跟上吗？"吴丽莹冷笑一声，继续说道。

"虽然我最近记忆力确实差了点，但这并不影响我办案，不查案我的脑子退化更快。"老国并不看吴丽莹，而是盯着解剖台上拼成人形的尸体碎块。

"受害者是什么罩杯？"老国突然问。

"根据尸块皮下脂肪和结缔组织的厚度来判断，是 A 罩杯。"

"那两块填充物呢？"

"正在市局技术部门进行材质鉴定，以便寻找受害者做手术的医院。"

老国沉思了一会儿，对门外的周薇说："小周，你让人买两只安全套过来，我要用。"

周薇本来与老国一起来的解剖室，不过，到了门口，突然停住了。老国理解她的心理，让她先在外面平复一下情绪。这会儿，周薇听到老国的要求，有些不解、尴尬和羞涩，站在原地踌躇了片刻，还是开口问道："国老师，您要那个干啥啊？"

"我要做个试验。"老国没有抬头，用工具翻动着尸块。

"明白了，我马上让人去买。"周薇说完，便飞快跑开了。

"哟，那小姑娘是谁呀？"

"新来的实习警员。"说着，老国再次低下头，观察起尸块来。

不一会儿，周薇推开门，皱着鼻子，将一盒安全套递给老国。

老国拆开包装，取出两只放在解剖台上，又让吴丽莹用量杯量了 121 克和 141 克自来水，分别倒进两只安全套中，小心地塞进人形尸块的两侧胸部。

吴丽莹看了看塞进安全套的乳房，摇摇头说："硅胶的密度比水大一些，但比较接近。即便受害者做了填充，哪怕加上被切除的编码部分，乳房也没有特别惹眼哪！根据尸块的胸部脂肪和组织厚度，以及受害者胸廓略显凹陷的生理特征，填充硅胶后，乳房的形态也仅仅是介于 B 和 C 罩杯之间。"

"嗯，我觉得可以缩小调查范围了。"

"怎么缩小？"吴丽莹和周薇不解地看着老国。

"大多数女性做胸部整形，不会只把自己的胸隆到 B 罩杯，这样整形的意义不大。根据以往的案子来看，选择做胸部整形的女性通常想要更大、更夸张的胸型。"

吴丽莹没有说话，静静等待老国的下文。

"受害者很可能是个跳舞的女孩，根据其年龄分析，很可能是个舞蹈老师。"

"国老师，您是怎么得出这个结论的？"周薇有些惊讶，她怎么也想不到受害者的胸型与职业这二者是怎么联系到一起的。

"大多数跳舞的女孩，跳舞时不可能穿着厚实的海绵文胸，会闷热出汗，但 A 罩杯会影响女性的形体观感，因此她选择去隆胸。"

吴丽莹明白了老国的意思，问周薇："如果你是一名舞者，你会整成什么样的胸形？"

周薇有些尴尬，但还是认真地想了想说："如果我是一名舞者，我会适可而止，稍做填充，填充到 B 至 C 罩杯之间吧。这样上台表演会比较好看，如果填充到 D 罩杯，会影响我做跳跃等高难度动作。"

老国点点头，继续说道："孤证不能作为推理条件。你看，受害者足部和腰椎有陈旧性伤痕，小腿部肌肉较为发达，这些都是长期练习舞蹈的人具有的特征。"

"国老师，我还有一个问题没想明白。"周薇思考了一下，"受害者身上的文身又代表什么呢？什么人会在那么私密的地方文身？"

"你说受害者左大腿根部的这个小半截牙签状的文身？这不是一个图案，是一个字最下端的笔画。"

"您是说，受害者这里文的是一个字？"周薇好奇地问。

老国让出一个身位，指着受害者左大腿根部，对吴丽莹和周薇说："除了这块有局部文身的尸块，左侧缺失的皮肉约六平方厘米。根据切割形状看，缺失处的刀口形态走向与其他部位明显不同，也就是说，这处缺失的尸块，是凶手特意切下来的。我们再看受害者右侧大腿根部的相同部位，也缺失了一块约八平方厘米的皮肤，刀口也与其他尸块的切割方式不同。"

吴丽莹暗暗惊叹。她作为市局的首席法医,和尸体打交道已经三十来年。她知道,在专业知识上,老国无法和自己相提并论,但在某些细节上,他有着非凡独到的见解,这次的分析便让她不得不服。

"任何犯罪都不可能完美,你们看,这里也有一处文身的字迹没有清理干净。只是这一处太细微,如果不是按照对称原则来分析,我们根本不会发现。"

老国拿起放大镜递给吴丽莹:"你看,这处文身似乎是一个小小的'钩'"。

吴丽莹仔细看了一会儿,问老国:"你的意思是,受害者左右两侧大腿根部都有字吗?"

"如果我没猜错的话,左侧文的大概率是嫌疑人的名字,而右侧笔画中的'钩',按理应该是'你'字的最下部,连起来说,就是'某某''爱你',或者具有类似意义的短句。"

"感觉像是看小说!"周薇将信将疑。

吴丽莹却对老国充满信心:"文的是什么字可能会猜错,但他的思路肯定不会错。"

"况且,如果是'某某''爱你',就能解释为什么她会文在私密处,因为这是专门为自己的心上人文的。"老国又补充了一句,这下周薇相信了他的推断。

排查重新开始。

在老国的指挥下,二十多名专案组成员全部出动,两人一组,对所有相关的单位、学校展开地毯式的排查。排查对象是年龄 25 至 28 岁，从事舞蹈或与舞蹈相同性质的工作，在本市工作、单独居住的外地人，近期向单位请长假或长期外出未归的女性……

已经 9 月初了，江滨市依然热浪滚滚。周薇原本拿着遮阳伞，被老国训斥后再也不敢撑开，只能背着老国在脸上、胳膊上偷偷擦防晒霜。

周薇跟着老国一连走访了十几家学校和教育培训机构，依然一无所获。她不禁有点丧气："国老师，真像您说的，受害者是名舞蹈老师吗？"

"我相信自己的判断。"老国虽然五十多岁了，步履依然矫健，周薇不时要跑上几步，才能跟上老国的步伐。

"受害者会不会是其他职业的？但是因为她热爱运动，比如经常打羽毛球、跑步等，所以符合您的推断？"

老国说："用进废退，这是人体肌肉和组织最基本的特性，因为这个特性，每个职业特征相对明显的人，其肌肉骨骼以及某些组织上都会打下职业的烙印。举个简单的例子，长期在工地从事重体力劳动的民工，手掌肯定异常粗糙，指甲缝隙里布满污垢，暴露在外的皮肤因长期受到紫外线的照射，会变得黝黑，身体上还会有刮擦碰撞造成的伤痕。"

周薇再次问道："那本案受害者都有哪些职业特征呢？"

"本案受害者的腿部肌肉相对发达，表明她频繁做腿部运动，与下肢相比，上肢的肌肉纤细得多。通常情况下，肌肉纤细表明此部位运动较少，皮下容易堆积脂肪，但与其他部位的皮下脂肪相比，受害者上臂的皮下脂肪很少。这表明受害者上肢运动非常多，不会导致脂肪堆积，又因为上肢的运动无须负重，肌纤维没有受到负重刺激，尽管运动多，但肌纤维仍然纤细。另外，趾骨关节的粗大和陈旧性伤痕，表明她的脚趾、特别是大脚趾长期承受着超大的压力。"

"我明白了。"周薇终于恍然大悟，"国老师，没想到您还是法医专家啊，您这手跟谁学的？"

"法医处的吴副处长。"

❯❯　❯❯　❯❯

两人顶着烈日跑了整整一天，周薇将名单上的学校一一划去，终于只剩下最后一家舞蹈培训机构。

此时已是下午五点多，老国带着周薇敲开了小天鹅舞蹈学校的大门。

"下班了，你们要是有事下次再来。"一个四十多岁、打扮艳丽的女人瞟了他们一眼，不耐烦地说，随后继续对着镜子涂口红。

周薇掏出手机看了看："这才五点就下班啊？"

女人收起口红，抿了抿嘴唇，看着周薇："我就是老板，几点下班我说了算。"

老国亮出警察证："打扰一下，我们是警察，想找你了解一些情况。"

女人看了看警察证，一脸诧异，随后扫了眼手机，微微皱眉。

周薇见状，连忙说道："您放心，我们就是过来调查情况的，不会耽误您太久的，最多半小时。"

女人这才松了口气，笑着说道："警察同志，那我能先发个消息给我朋友吗？她还在等我。"

老国点了点头。周薇拿出笔记本，见女人放下手机后，才开始询问，边问边记录："您就是小天鹅舞蹈学校的老板，怎么称呼？"

"我姓孙，叫孙艳丽。"

"孙总，你们学校最近有没有来上班的舞蹈老师吗？"

"都在。你们问这些干什么？"

周薇脸上保持着笑容："孙总，按规定，原因我们要暂时保密。麻烦您再仔细想想，有没有请病假或事假的舞蹈老师，最近一直没来上班？"

孙艳丽想了想，问："辞职的算吗？"

"什么时候辞职的？"老国插话道。

"辞了大概有一个来月了吧。这个老师叫董莉珠，在我们这里工作大半年了，上个月她说母亲身体不好，要辞职回老家照顾母亲。这丫头真是的，我还没同意呢，干脆就不来上班了。这不，还有一个月的工资也一直不来结。"

"她今年多大？老家是哪里的？"

"应聘的时候简历写的 27 岁，听口音，老家应该是北方的。"

周薇看了一眼老国，感觉孙艳丽说的一切都能对上，便接着问："那你们最近联系过吗？特别是 8 月初到现在这段时间。"

"当然有啦，上周我还和她联系过，让她来结一下工资。但她说最近事情多，过一阵再说。"

老国突然问："你们是短信联系的？"

"这有什么不妥吗？"孙艳丽反问道。

老国的声音透着兴奋："请你正面回答，你们是短信联系，还是电话联系？"

"我打她电话，她挂了。过会儿给我回了短信，说她已经回老家了。我回复她，让她来结算工资，不过因为她经常请假，要扣掉一千多块钱。她说没关系，让我直接把钱打到她的卡上就行。后来就再没有联系过。"

"她身高一米六八？"老国问。

孙艳丽想了想说："比我稍高一点，嗯，应该是一米六八。"

"她是 B 罩杯还是 C 罩杯？"老国紧盯着孙艳丽的双眼。

孙艳丽一脸诧异："你们警察还关心这个？"

"请你回答。"

"是 B 罩杯，不，好像是 C 罩杯。"孙艳丽眯着眼睛沉思了一会儿说，"差不多介于两者之间吧。"

"她是单独住，还是和别人一起住？"老国紧追不舍地问道。

"单独住的，有一次夜里 12 点了，我正好有事没回家，她匆匆忙忙到学校来，说钥匙忘带了。"孙艳丽看了看表，继续说道，"要是和别人一起住，肯定不会大半夜地跑来取钥匙。对了，她 4 月份的时候好像交了个男朋友，不过应该没有同居。"

"你现在给她打个电话。"

孙艳丽在手机上翻了一会儿，终于找到一个号码拨了过去，几秒钟后又放下电话，摊摊手说："她关机了！"

老国的脸上爬上一丝难得的笑意，他在心里说："是她，她就是董莉珠。"

第三章

死亡通信

发信息的风格有明显的变化，应该不是一个人发的。

时间上刚好吻合嫌疑人的作案时间。

9月4日，上午10点，专案组会议室内，案情分析会正式开始，老国首先发言。

"'8·8碎尸案'在我们所有侦查人员的努力下，终于有了眉目。在确认受害者身份信息后，侦查员很快就找到其住处，并对受害者住处的生物信息进行勘验。对牙刷上提取到的口腔上皮细胞、室内地板上提取到的头发样本进行了DNA检测，确认与受害者的DNA一致。现在可以基本确定，受害者就是小天鹅舞蹈学校的舞蹈教师——董莉珠。由董莉珠住处的鲁米诺反应可知，此处并不是杀人分尸的现场。下面，由专案组组长郭支队向大家介绍董莉珠的相关信息。"

郭斌清清嗓子，开口道："受害者董莉珠，女，28岁，雪原市人，2012年7月从江滨艺术学院舞蹈专业毕业后，一直在本市从事舞蹈教学工作，于今年春节后跳槽至小天鹅舞蹈学校。据学校负责人孙艳丽称，董莉珠入职后，工作积极主动。但从今年4月份开始，董莉珠的工作态度急转直下，多次请假甚至旷课，为此学校数次接到学生家长的投诉。与此同时，董莉珠的消费水平明显超出她的收入水平。据其同事回忆，今年5月份，董莉珠曾乘坐一辆奥迪A6

离开学校。可惜时间比较久远，该同事无法回忆起车牌信息，由于车玻璃反光，也没有看清司机的相貌特征。今年 7 月 30 日，董莉珠称母亲身体欠佳，需要回老家照料，向学校负责人孙艳丽口头提出辞职。之后再也没有出现过。

"经分析，这起案件可能性最大的杀人动机为因爱生恨，所以我们对董莉珠交往过的男朋友进行了全面的调查梳理。经调查，董莉珠大学二年级至去年底，先后交往了五名男朋友，其中郝某在国外，案发期间无入境记录；另外的张某和李某在外省，案发期间没有出省记录；而余某和傅某分别在本市晨报和联合银行工作。经查，余某和傅某均无法记清 7 月 30 日至 8 月 8 日他们去了何处。通过比对抛尸现场的监控视频，余某身高为一米八五，可以排除；傅某身高为一米七七，身形较胖，与监控视频中的抛尸人十分相似，嫌疑较大。"

老国问："傅某今年多少岁？"

"28 岁。"一名侦查员回答。

"那他不是凶手。"老国说，"从监控视频中的步态上看，抛尸人年龄为 41 至 42 岁。"

"每个人双腿长短粗细、关节形态、身体重量、双足特征、椎骨形状、上肢动作、行走习惯各不相同，这些特征导致了每个人的步态千差万别。这个世界上，每个人都拥有自己专属的步态特征，没有任何两个人是完全相同的，就如同世上没有两片完全相同的树叶……"郭斌想起老国当年经常挂在嘴边的话。

"师傅，我们是不是继续调查一下？"郭斌知道老国的判断基本没有错，但不调查一下总是难以放心。

老国摇摇头道："傅某是山南省人，在本地连房子也没有，目前和两名同事同住在单位的一套集体宿舍中。难道他能当着两名同事的面切割受害者，还是在露天环境里切割分尸？"

郭斌点头表示认可。

"根据我们掌握的线索来看，董莉珠于今年5月搬到花溪源小区，租的是两室一厅，每个月租金高达五千元。众所周知，花溪源小区是一个高档小区，单凭董莉珠的收入，恐怕无法承担如此高昂的租金。而且董莉珠平时独来独往，没有人见过董莉珠的交往对象，只知道她有一个男朋友。我有理由怀疑，董莉珠交往的男朋友可能是一个经济实力较强的有妇之夫，结合抛尸人的年纪分析，这个人不仅有家室，也许还有一定的身份地位，所以董莉珠不能公开他们的关系。"

老国分析完，又问道："董莉珠的手机通话记录查了没有？"

"查了，我们调取了董莉珠半年内的所有通话记录，发现与其通话最多的是远在老家的父母。其余的经过查证，大都有了下落。只有一个号码非常可疑，这个号码在今年3月份与董莉珠通话频繁，但在其后的四个月内，仅通话六次。而且，这是一个不记名的号码，查询后发现，这个号码仅与董莉珠通过话，没有与他人的通话记录，现在该号码已欠费停机。"

"这就对了。"老国眼神中透着兴奋。

"师傅，您的意思是？"郭斌疑惑地看着老国。

老国解释道："如果我是嫌疑人，我在今年3月认识了董莉珠，并且开始追求她，一定会经常给她打电话，约她吃饭、给她送礼物。到了4月份，董莉珠经不住我金钱的诱惑，抵挡不住我爱情的攻势，答应跟我在一起了。"

一名侦查员忍不住插话道："在一起了，电话就不打了？应该通话更频繁才对啊！"

郭斌推测道："之前他们通话频繁，说明两人的关系并不亲近。等到4月份，董莉珠同意嫌疑人的追求后，他们可能会选择在微信上聊天，毕竟在微信上聊天比打电话更能联络感情，还能视频通话。除非遇到比较急的事或者对方很长时间不回消息，他们才会电话联系。"

周薇想了想，举手问道："我有一点不太明白，嫌疑人为什么选择用不记名电话和董莉珠联系？"

老国说："之前我分析过，嫌疑人是一个经济实力较强的有妇之夫，这样的人通常都有一定的社会地位，他不敢也不能让董莉珠留下他的把柄，所以会选择秘密'恋爱'，尽量杜绝一切被发现的可能性。"

周薇点了点头，表示明白。

郭斌最后总结道："如今案情终于有了进展，所有人都不能松懈，继续深挖这个嫌疑人，挖地三尺也得把他找到！"

➤➤　➤➤　➤➤

9月6日上午，一名女警将一对头发花白的夫妻领到"8·8碎尸案"专案组会议室。他们是董莉珠的父母。老国和郭斌赶紧站起身，将夫妻俩让到沙发上，一名侦查员为他们倒了两杯水。面对一群表情凝重的警察，夫妻俩有些紧张。

"俺闺女咋的啦？"董莉珠的父亲董如山怯怯地问，虽然通知来认尸，但老人并不相信。

"你女儿遇害了。"老国直言不讳道。

"警察同志，您这是拿俺们老两口寻开心哪？"董莉珠的母亲终于忍不住，有些恼怒，"俺闺女昨天还和俺们联系了呢。"

这句话就像冷水滴进油锅，炸了锅了，惊愕的表情出现所有人脸上，也包括老国。

老国迅速镇定下来，他问："通电话，还是发短信？"

"这不都一样？"

"这区别可大了去了。"曹勇插话道，"能看看您的手机吗？"

董如山让妻子把手机交给曹勇。

这是一部智能手机，款式挺新。曹勇看了看夫妻俩，问道："你们平时是打电话，还是发微信呢？"

"俺不懂什么微信，这手机是莉珠去年春节回家的时候买的，说用微信发语音聊天方便，还能视频通话，可俺们花了一个多小时的工夫也没学会。唉，都快六十的人了，还学那新玩意儿干什么。"

曹勇问："你们昨天是亲耳听到董莉珠说话的吗？"

董如山挥了挥手说："俺闺女给咱发的短信，就是电话上的短信，不是什么微信。"

曹勇把手机递给董如山："短信在哪里？"

董如山打开手机，摸索了半天又递给曹勇："这就是，都在这里呢。"

曹勇看着短信界面的信息，读道：

"8月4日19时32分：爸、妈，我心情不太好，不想和任何人说话，您下次也别打我电话，有事直接发短信给我。我现在一个人在海南很好，每天坐在沙滩上晒太阳，看着一望无际的大海，我的烦恼都烟消云散了。别担心，过年我就回去看你们。"

曹勇的手指在屏幕上滑动："这条的上一条，是董老先生发给董莉珠的，时间是当天下午3时23分，内容是：莉珠，最近你怎么老是关机啊，爸妈有事想问你，看到短信立即回给爸妈。

"再往上一条的时间是7月27日21时28分，内容是：爸，我说了，我只是心情不好，想出去散散心，我已经到海南了。我有个大学同学在这里工作，我和她一起住，她人很好，非常照顾我，不用担心我！"

曹勇继续往上翻："这条短信是当天上午9时56分，内容是：莉珠，你怎么老是不接电话，你是不是还为那件事想不开？世上好男人多了去了，再说你有文化又漂亮，什么好男人找不到，别把自己气出病来。最近你妈老是念叨你，有空给你妈来个电话。"

……………

曹勇一口气读了十几条短信，他放下手机，对老国说："短信内容从春节开始，前面有七八条短信，都是董莉珠问候父母的话。从7月25日开始，发信息的风格有明显的变化，应该不是一个人发的。时间上刚好吻合嫌疑人的作案时间。"

"看来，这个用董莉珠手机发短信的人就是凶手，我们必须把他找出来。"一直没有出声的郭斌说道。

"你们说什么呢，左一个凶手、右一个凶手的，俺闺女在海南待得好好的。"董莉珠的母亲显然还没接受女儿已经遇害的事实，老家的警察通知他们来认尸时，她吓了一跳，但并未相信，本着看看是怎么回事的心理，她和老董千里迢迢地赶过来。

董如山捅了捅老伴，他似乎意识到了什么，声音微微发颤："警察同志，你们说俺闺女被人害了，是真的？"

曹勇说："二老先不要着急，过会儿法医来给你们抽血，我们需要再比对一下 DNA。这次的 DNA 比对检查我们申请了加急流程，很快就能确认结果了。"

董莉珠的父母在专案组办公室焦躁不安地等到了天黑，终于等来了吴丽莹宣读 DNA 的比对结果，受害者正是董如山与其妻的女儿董莉珠。夫妻俩得知这一消息后，悲痛欲绝，决定暂时留在江滨，等待真相。

核实了受害者身份后，专案组成员继续讨论案情。

郭斌道："根据董莉珠母亲手机上的短信，我们认为，使用董莉珠手机给董莉珠父母发短信的，就是本案的嫌疑人，其目的是制造受害者活着的假象。嫌疑人知道，董莉珠平时与父母有联系，但董莉珠已死，他害怕其父母发现女儿失联，于是编造出女儿与男朋友分手而心情沮丧、独自到海南散心的谎言，目的是拖延案发时间，给我们侦破制造障碍。如果不是环卫工人偶然发现尸块，等董莉珠父母报案或许还要几个月，那时所有的监控等信息都将被覆盖，查案难度会直线上升。而前期调查中，与董莉珠通话的不记名号码非常可疑。"

"看来，这个嫌疑人的反侦查意识很强啊！"曹勇忧心忡忡地说，"在确认董莉珠的死讯后，董莉珠的母亲给我们提供了一条线索，说董莉珠自今年 7 月 3 日至 7 月 12 日，曾分三次向她的账户上打款，一共一百万元人民币。他们以为我们是为这笔钱套他们的话，因此一直没有说出这一信息。"

老国问："是转账，还是现金存款？"

"存入的是现金，董莉珠是在小天鹅舞蹈学校附近的工商银行营业部办理的打款手续。只不过存款时间已经过了两个月，该银行的监控录像早已被覆盖，我们拿着董莉珠的照片找柜面工作人员辨认，这才确认董莉珠就是存款人。董莉珠于7月3日一次性存入四十万现金，7月9日、7月12日又分别存入三十万元现金。这个银行网点只是营业部，规模较小，一次性存入数十万大额现金的人本就不多，而且是连续多次存入，加上董莉珠非常漂亮，所以给银行柜员留下了很深刻的印象。"

"现金，为什么是现金？"老国默默念叨着。

郭斌看了看正在思索的老国，继续说："根据抛尸现场监控视频，抛尸人身高一米七六左右，体态微胖，通过对抛尸人步态的分析，推断其年龄为42岁上下，应该是一名脑力劳动者。经过对董莉珠同事的走访和对亲友的问询，我们发现，他们只知道董莉珠交了一个男朋友，但从未见过这个男朋友的庐山真面目。以董莉珠的收入水平来看，她在她母亲的账户存入的一百万元人民币，很有可能来自嫌疑人。

"通过综合分析，我们对嫌疑人进行了侧写。嫌疑人有一定的经济基础，拥有独立住所或有多处住所，高智商且具有反侦查意识。接下来，我们要对所有符合条件的人员进行逐个筛查。重点排查小天鹅舞蹈学校的学生家长，或与学校有业务往来、有机会在今年3月份接触受害者的人员。"

虽然调查范围还是很大，但终归是有了明确的方向。

老国继续补充分析："我认为，嫌疑人选择商业街抛尸就是为了混淆视听。肯定想过，哪怕尸块被人发现，也可能被认为是餐馆扔掉的变质肉类。

"商业街的西侧和北侧分别是秦海河和翠松山，那附近是居民运动散步的好去处，监控多、人也多，抛尸的风险很大；商业街东侧临近主城区，那一片是二十年前建成的老房子，还有部分复建房和棚户区；商业街南侧是新建的住宅区，有两个别墅区和四个高档小区。目前已经基本确定了嫌疑人的身份和经济能力，我认为，凶手来自商业街南侧高档小区的可能性非常大。因此，接下来大家需要重点排查这几个高档住宅区。凡是体貌和职业特征符合我刚才分析的，一个不落，全都要查。"

➤➤　➤➤　➤➤

凌晨四点，尖锐的电话铃声叫醒了睡梦中的潘斌，刚接起电话，他就被电话中的喊声吓清醒了。

"杀人、杀人视频传上网了，潘局！"徐常兵那带着些许惊慌的声音传了出来。

"你说什么？什么杀人视频？"潘斌疑惑地问。

"之前铝矿场不是死了个老太吗，都要结案的那个，您还记得吗？没事，视频已经发您了，您一会儿再看。"徐常兵语速很快，"我已经联系网监处处理了，但咱们分局能力有限，您看怎么处理？"

听到这里，潘斌对这个电话的目的有了大概的了解。他沉着冷静地交代了工作，让徐常兵跟网监处的人先行处理，他先看看视频。

潘斌匆匆看了一遍杀人视频，焦急程度比徐常兵更甚。他知道，这样血淋淋的杀人视频在网上传播，会造成什么样的舆论影响，如果不及时拦截，后果非常严重。他赶紧给市局领导打了一个电话。

"喂？"

高水区原是江滨的一个下辖县，四年前，高水撤县建区，人人官升半级，倒也皆大欢喜。

虽然成了江滨的一个区，但与主城动辄七八十万人口的区相比，仅有三十多万人口的高水还不及城区的某些街道。因为没有大型企业，高水的经济总量也一直远远落后于其他区。不过在几十年前，高水也有过辉煌的时候。当时有着上万职工的高水铝矿场，曾是江滨的支柱企业之一，是江滨重要的税收来源。后来随着资源的枯竭以及沉重的生态包袱，苦苦支撑到了二十世纪末，轰然倒闭。这几年在市委市政府的部署下，高水大力发展生态旅游，一座座早就开始破败的水库成了新景点。每到双休和节假日，城里人蜂拥而至，世代务农的农民开起了农家乐，赚得盆满钵满。

世事也真是难料，谁能想到早已荒废萧条的铝矿场经过改建，竟成了城里人怀旧的好去处。残垣断壁上残留的标语，无数次被记录在城里人相机的镜头里；矿场低矮杂乱的棚户区，修缮后成了民宿，每逢节假日生意火爆，年轻人出双入对求的是新鲜，老年人三五成群则为了追忆。

一起非自然死亡案件，让这里被更多的人关注起来。

周前给老国打来电话："老国，我听郭斌说，'8·8碎尸案'目前已经有了很大进展。"

"对，已经捋清了线索，也有了明确的调查方向。"老国知道周前打这个电话不会只是为了关心"8·8碎尸案"的进展情况，"是不是又有案子了？"

"要不说，还是老国你懂我。"周前道，"确实有件案子需要老国你出马。"

"什么案子？"老国沉声问。

"几天前，高水区铝矿场发生一起杀人案，死者是一名老太，死因是被凶手用尼龙扎带勒住脖子导致窒息而亡。本来分局那边已经要结案了，没想到老太的死亡视频突然开始在网上流传。那个视频记录了老太从生至死的整个过程，网监处虽然已经在处理了，但还是有人看到了，舆论影响很不好。市局也对此案高度重视，想要尽快侦破案件，平息舆论。"周前严肃地说，"既然'8·8碎尸案'已经捋清了线索，剩下的调查工作就交给年轻刑警，你带着周薇去高水区分局走一趟。"

高水离主城虽然只有五十公里，但下了高速到案发的高水铝矿还要经过一段山路。

见可以再次参与到案件中，周薇一路上很兴奋，滔滔不绝地寻找话题。

"师傅，您看老太被杀这个案子，会是什么人干的呢？"

老国奇怪地看了周薇一眼道："还没了解案情，怎么能瞎猜呢！而且，我可不是你师傅。"

和老国相处这几天，周薇已经习惯了老国不苟言笑的性格，也不再像之前那样拘谨，所以对他的话并没有在意，而是笑嘻嘻地问道："那您说说看，老太被杀的案子，凶手都有哪些动机呢？"这句话才是她的真实目的。

"劫财、仇杀、情杀、奸杀，都可能是动机。"老国直截了当地回答道。

"情杀、奸杀——"周薇一脸惊讶，"这不可能吧？"

"你不是罪犯，你怎么知道他们不会？"老国没好气地说。

周薇讪讪一笑："凶手选择用尼龙扎带勒死她，不会是抢劫杀人吧？"

"不会，抢劫杀人的可能性比较小。"

"为什么呢？"周薇不解。

"抢劫犯罪的对象一般是陌生人，凶手在实施抢劫犯罪时，如果遇到受害者大喊大叫，或死死护着财物甚至反抗，情急之下可能会实施加害。不过面对老太，凶手完全可以凭双手制伏受害者。特殊情况下，比如凶手未成年，没有犯罪经验，心智也不够成熟，与老太相比体力并没有太大优势，遇到受害者奋力反抗和呼救时，为了顺利脱身，可能会实施加害行为以便迅速脱身。但在本案中，凶手用尼龙扎带勒死受害者，这个行为需要耗费一定的时间，而且受害者会护住头颈部，凶手很难找准下手的机会，因此基本可以排除因抢劫杀人。"

"师傅，我认为，仇杀的可能性也不存在。"周薇得意地说，"不是说现场很偏僻吗？如果仇人出现在老太面前，老太会本能躲避与凶手的正面接触，起码会十分警惕。我要是凶手，我会拿着刀直接冲上去捅几刀，确定老太死了我再逃离现场。"跟着老国没几天，周薇也已经开始学会转换身份思考了，"既然有仇，想让老太死，我拿刀捅她几刀，最直接有效，多解恨！何必用尼龙扎带往受害者脖子上套，太麻烦了！"

"嗯，有道理。但我还不是你师傅呢，别乱叫。"老国看了看身边双手上下翻飞的周薇，脸上虽没有露出笑容，但心里有了些认可，"一般情况下如此，但个别情况下是不一样的。你捅她几刀、几十刀，看着她的血喷涌而出，觉得能解恨。但我要是凶手，我会勒住她，看她无助地挣扎，看她恐惧哀求的目光，看她的舌头无力地伸出，我会觉得更解恨。比如这个案子，凶手将尼龙扎带往她脖子上一套，猛地一收，接下来就可以退到一旁，看着她无助地挣扎，说不定还会点上烟，坐在一旁慢慢地欣赏。"

"您这个想法可真变态！"周薇搓了搓胳膊。

老国木然地看了周薇一眼："没有变态的想法，怎么能找出变态的凶手？"

谈话间，高水分局已近在眼前，老国将车停稳后，带着周薇走向分局大楼。徐常兵之前接到了分局长潘斌的电话，知道老国来协助他们侦破此次案件，故而早早地在楼下等候。

徐常兵是高水区刑侦大队队长，他四十多岁，穿着便服，个头不高，发型时尚，镜片后的双眼中透着精干和傲慢。这是他给周薇留下的第一印象。

"国所，您大驾光临，欢迎欢迎啊！"徐常兵站在楼门口和老国打招呼。

"徐队您好，我是实习警员周薇，现在跟着国老师实习。我师傅现在被调到'8·8碎尸案'专案组，是顾问，已经不在东城派出所了。"周薇说。

"那现在得叫您国顾问了。您跟我去会议室吧，我带您了解一下案情。"徐常兵说。

老国没说什么，也没反驳那声"师傅"，跟着徐常兵向会议室走去。

徐常兵和老国算是老熟人了。十多年前，老国任市刑侦支队支队长时，徐常兵是高水县刑侦中队的普通刑警，在一次市局组织的刑侦人员培训班上，老国给徐常兵和几十名来自区县的刑警上过课。老国不是科班出身，理论知识他没法讲，但是实干经验多，讲的全是干货——自己参与侦破的一桩桩大案要案，侦查员们听得大呼过瘾！

第四章「毒口割舌」

扎带已经牢牢嵌入皮肉，没有一丝一毫间隙，

但她仍然拼命地往外拉扯、抓挠着。

徐常兵带着老国来到"8·30案"专案组会议室内，法医和一众侦查员已经就位。

"8月30日上午8时许，我们接到村民报案，报案人称在铝矿场发现死人。出警后，我们在铝矿场附近的坟场边发现受害者，受害者系被尼龙扎带勒颈窒息而亡。现场并未发现可疑物证，但尸体有一处十分特殊的损伤，就是受害者的舌头不见了……"徐常兵给老国介绍着案情，皱了下眉头。

"舌头不见了？"老国听到这里忍不住发问，"现场照片呢，给我看一下。"

一个侦查员忙不迭地找出照片，递给老国。

一看照片，老国愣住了。

"我认识她。"短暂的沉默后，老国开口道。

"她是谁？"徐常兵以为受害者有什么特殊身份，赶紧问道。

"如果我没看走眼，她是我的辖区——宁安区光明小区的居民，叫朱跃进。"老国说完拿出手机，找到之前吴姗发给他的视频，递给徐常兵看。

徐常兵在调查之初就看过这个让老太备受"关注"的视频，将手机还给老国，继续说道："没想到竟然是您辖区的。没错，受害者就是视频中的老太。当时我们在看到视频后，也曾怀疑过受害者的死亡原因和这个视频有关。但是后期通过技术手段和排查走访，我们很快锁定嫌疑人为矿东村村民、现年75岁的罗家头。可当我们赶到矿东村时，罗家头已经在家中自缢身亡了。就当我们准备结案的时候，朱跃进的死亡视频开始在网上流传。"

徐常兵随即向法医招手，示意他继续讲。

"经过解剖检查，受害者朱跃进，女，1946年6月生，今年71岁，死亡时间为8月29日下午4点半左右。受害者指甲青紫，眼睑和心脏、肺脏均有出血点，颞骨岩部也有出血，符合机械性窒息的死亡特征。受害者体表没有约束伤、搏斗伤等可疑伤痕，背部有轻微的擦挫痕；其舌头被割去四厘米左右，是死后伤，无明显的生活反应。综合分析，受害者被凶手勒死在先、割舌在后。"法医齐国辉眼下带着连日未休息好的乌青，手里拿着现场照片，有条不紊地讲述着。

"现场勘查显示，受害者尸体所在地并非第一案发现场。第一案发现场位于尸体南侧约20米，我们在此处提取到了受害者的足迹和两枚陌生的足迹，但因现场有不少村民来往的痕迹，无鉴别价值。在第二现场，我们发现一枚较为完整的足迹，为胶底解放鞋所留。通过现场模拟实验，判断该足迹为男性所留，此人身高为一米七二左右，体重为60公斤上下。最为关键的是，我们在受害者颈部的尼龙扎带上发现了微量皮屑，在尸体西侧约50米的草丛中，我们又发现一只女式单肩包。经受害者邻居辨认，此单肩包为受害者所有，包内有一小包抽纸、一串钥匙等几样生活用品，还有一张出租车发票，但无现金、手机等贵重财物。"

痕检员小赵接过话题："我们除了在单肩包上提取到受害者的多枚指纹，还提取到了两枚陌生的指纹。经过指纹信息库的比对筛查，受害者单肩包上的两枚指纹均与本案的嫌疑人——罗家头一致，最为关键的是，尼龙扎带上的皮屑经 DNA 检验，也与罗家头一致。"

确认屏幕上打出了罗家头的照片后，小赵继续介绍道："本案的嫌疑人罗家头，1942 年 11 月生，今年 75 岁，本区矿场镇矿东村人，现住矿东村二组。此人好逸恶劳，每一年龄段都犯有相应的案子——从十一二岁时小偷小摸、打架斗殴，到 22 岁强奸、盗窃、赌博，无恶不作，后又因拐卖妇女入狱，累计服刑时间长达 37 年。10 年前出狱后，他靠偷鸡摸狗和偷盗工地上的建筑材料等为生，因为都是案值较小的治安案件，没有再次受到刑事处罚。"

"勒死受害者的尼龙扎带是哪儿来的？能确认是罗家头的吗？"一直静静做笔记的老国提出疑问。

"在罗家头家里，我们发现了大量建筑工地上的材料，其中就包括数十根尼龙扎带，材质与勒死受害者的尼龙扎带一致。"徐常兵回答道，"另外，我们还在他家中找到了受害者丢失的金项链和玉手镯，可以说人赃俱获、证据齐全。"

"照这么说，你们当初准备结案，是因为你们认为这是一起罗家头抢劫杀人后又畏罪自杀的案件？"老国的语气中带了严厉。

"虽然罗家头自缢了，但证据链完整，所以之前考虑结案。没想到，朱跃进的死亡视频开始在网上传播……这下，罗家头的嫌疑就立不住了。"徐常兵被老国问得有些惭愧。

"那么可以推测，发视频的人嫌疑最大。罗家头的证据怎么解释？他为什么自杀？动机又是什么？"老国再次提出疑问，语气更加严厉。

会议室中一片沉默，没有人出声回应老国的问话。

"把案发现场的照片给我，肯定有细节没被注意到。"老国见没人出声，思考了一下，对坐在电脑前的技术员小刘说道。

在仔细看过每一张照片后，老国终于有所发现。

"有一个细节不知大家发现没有？"老国指着其中一张照片说，"你们看，受害者的头发较长，马尾辫长至肩部以下，而尼龙扎带却绕过头发勒在脖子上，这说明什么？"

小刘赶紧配合老国，将他指出的照片投影出来。会议室里没人应答。

见众人不解，老国拉起周薇来到台上示范。他拿起手机充电线，圈成环状就往周薇脖子上套去，周薇吓了一跳，忙用手护着头，但老国动作麻利，还是将充电线套在了周薇的脖颈上。

"请大家看好这个细节，现在，小周的头发被套在了绳套里，绳套是在头发外侧的。"老国对众人说道，随后，他取下充电线，看了一眼周薇，"你紧张什么，我只是给大家做个示范。"

见周薇不再紧张，老国撩起周薇的长发，充电线从头发下穿过，再一次套在周薇脖子上。

老国高声对众人说："大家再看，这次绳子在头发内侧的脖颈上，这两次示范的结果大家看明白了吗？"

"我懂了，您的意思是，凶手是受害者非常熟悉、非常信赖的人。因为只有这样，受害者才能让凶手先撩起马尾辫，再将尼龙扎带套在她的脖子上。如果是陌生人，在受害者不备的情况下，就算能套上去，也一定会把受害者的头发套在尼龙扎带里。"周薇十分兴奋地分析道。

台下众人面面相觑地看着周薇，又转头看大屏幕上尸体颈部的特写照片。

"就是这个意思，你的分析很到位。"老国赞许地看了周薇一眼，示意她坐回去，自己依然站在台上。

"受害者是城里人，而嫌疑人罗家头是乡下人，有半辈子的时间都是在牢里度过，你们有没有他们相识的证据？如果他们不是非常熟悉的人，受害者会让罗家头撩起马尾辫将尼龙扎带套在她的脖子上吗？"老国目光凌厉地看着众人，再次发问，"受害者包内的打车票你们查了吗？"

"查了。"一名侦查员说，"我们根据车票上的车号，找到了出租车司机，并给他看了受害者照片。据司机回忆，8月29日早上8时25分左右，受害者在宁安区光明小区西门上了他的出租车，要求对方载她去老矿区郊游。大概一小时后他们到了矿区，受害者就下车了。具体上下车时间和打车金额，车票上都很清楚。"

"车票上的金额是多少？"老国问。

"175元。"侦查员回答。

"车票是第二大疑点。"老国分析道，"据我了解，从主城区到老矿区，城里有专线班车，每天上午两班，下午一班。受害者的经济条件是不是很优越，不在乎175元的打车费？我看未必，那张单肩包的照片我仔细看了，是个地摊货，最多三十块钱。就算她觉得打车方便，又为什么向司机索要发票，她是要找谁报销吗？还是她有记账和索要票据的习惯？再者，她为什么一个人来老矿区游玩，而不是和邻居结伴打车出游？她上午 11 点前到了矿区，之后的行踪是怎样的？和谁接触过？"

台下的人再次面面相觑。

"第三点，受害者死亡时间为 8 月 29 日下午 4 点半左右，当时天气炎热，天气记录显示室外气温在 32 摄氏度上下。这么热的天气，受害者不在景区玩，不在连淮水库边上的凉亭里看风景，为什么跑到离景区一公里外、离水库两百多米远的荒山上？当时谁和她在一起，你们都调查了吗？"老国声音越来越大，眼神也越发凌厉。

会议室里没人应答。

老国又问法医齐国辉："齐法医，你说受害者是被凶手从第一现场转移到第二现场的，对吧？那你说说，凶手为什么要在杀害受害者后，将尸体转移到二十米开外的小树丛里？"

齐国辉站起身来，之前他对这个问题胸有成竹，但见老国一连串的质疑，他又感到信心不足："根据我们之前的分析，第一现场是草地，但荒草并不长，难以完全遮掩住受害者的尸体。而第二现场有几处灌木丛，荒草也较高，尸体转移到那里很难被人发现。我们分析的结论就是，凶手是为了延迟发案时间而移尸。"

"好，合情合理！那么我再问你，凶手用什么方式移尸？是抱着、背着，还是拖行到第二现场？"老国继续问齐法医。

齐国辉在市局法医处实习过，算是老国前妻吴丽莹的学生，颇受吴丽莹器重，虽没有和老国共过事，但对老国不算陌生。然而面对老国严厉的目光，原本对专业知识十分自信的他逐渐忐忑起来，只好回答道："根据现场荒草倒伏的方向、尸体背部皮肤上的擦痕，以及受害者手腕处皮肤轻微的表皮抓握痕来看，我分析受害者是处于仰卧姿势，凶手抓住其双手手腕，将其拖行至第二现场。"

"用这种姿势拖拽受害者尸体，受害者的腿部是什么样的姿势？"老国终于问到了关键点上。

齐国辉突然意识到自己存在重大疏忽，头上立刻冒出冷汗，支支吾吾答不出话来。

"把受害者尸体的照片再播放一下。"老国向电脑前的技术员小刘说。

片刻后，大屏幕上出现了受害者朱跃进倒卧在草丛中的照片。

老国指着照片说："按刚才齐法医的说法，凶手握着受害者的双手将其拖至第二现场，由于受害者刚刚死亡，四肢尚且柔软，拖行中受害者的双腿应该是伸直的。可是在这张照片中，受害者大小腿之间弯曲折叠成锐角状，脚后跟几乎贴着臀部。你们说说看，这是为什么？"

一名技术员小心翼翼地说："我们到达现场后，受害者已经死亡十几个小时，正是尸僵最硬的时候。这说明凶手将受害者拖至第二现场，又将受害者的双腿弯曲，尸僵出现后将这一姿势保留下来。"

这次，老国终于满意地点点头。随后他又问这名技术员："你说说看，凶手为何要弯曲受害者的双腿？"

"这 ——"技术员支吾着回答不出。

周薇一直在跟着老国的思路思考，如今见老国提问而技术员回答不上来，想了想还是举起了手。在看到老国对她点头后，她才说道："我认为凶手是刻意弯曲受害者的双腿的，而且，她这个姿势我看着很熟悉，但是想不起来在哪里见过。"

老国给了她一个赞赏的眼神，示意她坐下，继续说道："凶案现场，不论是凶手有意识的行为，还是无意识的动作，都能直接和间接反映出凶手的动机。根据现场毁灭足迹和移尸等行为分析，凶手是一个心智成熟稳重、做事滴水不漏的组织型凶手，而非杀人后惊慌失措、逃之夭夭的激情犯罪者。"老国走到大屏幕前，指着受害者的照片对技术员小刘说，"你现在把尸体的照片向右旋转 90 度。"

小刘下意识地听从老国的指挥。

"天哪！"会议室里有人低呼一声。

旋转后的照片上，受害者呈现出一个特殊的姿势——跪姿。

"如果我没猜错的话，凶手将受害者勒死后，将其拖到第二现场的目的，并不是为了藏匿尸体，而是把受害者扶正后双膝跪地，背靠在身后的杨树上。这一姿势一直保持了数个小时以上，直到尸僵形成后尸体又倒了下来，因此这一姿势才被完好地保留下来。至于已经僵硬的尸体为什么会倒下来，我想应该跟罗家头有关。"

老国的分析出乎所有人的意料，台下的人都一脸惊愕。

半天没有吭声的大队长徐常兵问："国顾问，凶手为什么把受害者的尸体摆成跪姿呢？"

"徐队，按照死者面向的方向来看，那里是一块坟地！"一名侦查员说。

老国闻言一愣："那边是坟地？"

"是。"

老国注视着屏幕里的死者，片刻后说："下跪是一种具有臣服、屈服意味的动作，如果没猜错的话，凶手是想让受害者忏悔、赎罪。因此，这起案件并没有你们想象的那样简单，它不是一起突发的抢劫杀人案，而是一起典型的报复杀人案。"

➤➤　➤➤　➤➤

老太双眼圆睁，舌头伸出口外，一根显眼的白色尼龙扎带勒在她的颈部。她试图用右手的两根手指插进扎带与皮肉之间，可扎带已经牢牢嵌入皮肉，没有一丝一毫间隙，但她仍然拼命地往外拉扯、抓挠着。她的另一只手指着镜头，眼中透着绝望和乞求，踉踉跄跄地朝镜头走来，马尾辫在脑后无力地摆动着。

随着时间的推移，老太的双腿变得无力，面色由暗红变得青紫，右手掯着扎带的位置，左手缓缓垂下，眼神中的光亮即将熄灭。几秒钟后，老太终于瘫倒在地，双腿无力地抽搐几下，一切恢复了平静。

这就是那段在网上流传的"毒舌老太"的死亡视频，其间，拍视频的人显然在躲避老太，始终和她保持约两三米的距离……

画面终止，会议室内烟雾缭绕，没人说话，惊悚的画面让久经沙场的刑侦人员也为之变色。

视频重复播放了三次后，徐常兵黑着一张脸，说道："真是耸人听闻哪，我们见过各种各样的凶杀案，见过各种各样的尸体，但这样的杀戮我们还是第一次看到，凶手的行为之恶劣、之凶残远远超出我们的想象。好在周前局长第一时间让网监处关闭了视频传播渠道，虽然视频发出时间是在夜里，点击的群众不多，但其政治影响、社会影响远远超出'8·30案'本身！"

"我们之前认定罗家头为凶手显然是错误的，通过刚才的视频和之前的调查，我们知道罗家头不会使用智能手机，更不会在网上发视频。更能排除罗家头嫌疑的是，视频是几个小时前发出来的，离罗家头死亡已经过去了十几个小时。这种连乡邻都避之唯恐不及的无赖，会有同伙在他死后把视频发到网上吗？

"现在更重要的是重新排查线索，我想问大家，接下来有什么思路吗？"老国语气温和了一些，坐了回去。

沉默了一会儿，徐常兵提出了调查方向："第一，'8·30案'专案组由市局国强国顾问牵头，我们分局的人全力配合，重新开展调查，这也是周前局长的意见；第二，全面梳理死者朱跃进的社会关系，特别是和她存在个人恩怨的人，并对她三个月内的电话记录进行逐一排查；第三，全面调查死者当天到达老矿后的所有行踪和接触过的所有人员；第四，对坟场里所有死者的家人进行一次全面筛查。国顾问的分析非常有价值，从受害者的跪姿来看，极大可能是凶手让她向坟场里某个坟内的死者赎罪。我的意见就这些，请大家补充。"

"我补充几点。"老国说，"通过之前的分析，受害者跟凶手是很熟悉的，最起码凶手取得了受害者的信任。因此从表面上看，凶手与受害者在周围人的眼中并不是冤家对头，甚至关系相当融洽。在接下来的调查中，我们不能只把目光放在那些与受害者有过矛盾的人身上，还要留意那些与受害者有过恩怨、但仍与受害者关系不错的人，他们也应该作为排查重点；第二，受害者曾经因为辱骂打球少年，导致很多网民都对她痛恨不已，所以不排除个别性格极端者出于所谓的'正义'，在骗得受害者信任后杀死她。当然，也不排除凶手让受害者面对坟场是无意识的行为。对此，我的意见是，网上同样是我们要排查的重点。虽然我不懂网络，但我懂得人过留名、雁过留声的道理，只要他作案，必定会留下蛛丝马迹。"

所有侦查员纷纷点头，徐常兵接着说："国顾问说得对，会后大家分下工，成立相应的调查小组。从今天起，非必要必须到岗，取消双休日，取消早九晚五的上下班制度，一天不拿下这个案子，就别想回家休息！"

所有侦查员面面相觑，但谁都不敢说一个"不"字。关键时刻，这就是铁的纪律。

"我还要补充一点，分局可以组织人手做个模拟实验。找一名身高和受害者相同的女警，做出刚才视频中受害者遭遇勒颈时相同的动作，另派几名不同身高的民警，持手机拍摄，在相同的地点，用视频中相同的距离和姿势拍摄，通过比对拍摄画面中景别的差异，我们可以分析出凶手的身高。"老国再次提出自己的专业意见。

徐常兵看了看表，说："过会儿我就安排人手进行模拟实验，今天下班前把所有模拟视频交到技术科进行分析，明天早上必须拿出结论。"

"我可以说说我的想法吗？"周薇举起了手。

"小周，你有什么想法尽管说。"老国鼓励道。

周薇站起身来："顺着刚才国老师的思路，我觉得我们还应该用不同的手机进行拍摄，因为不同品牌的手机，像素和色彩饱和度这些参数都有所不同。有了不同的视频，我们可以分析出凶手用于拍摄的手机品牌和型号，未来可以作为甄别嫌疑人的参考。第二，我建议尽快查找凶手发视频的互联网接入端口，这些信息有助于锁定嫌疑人的位置。当然，嫌疑人是一个高智商的犯罪者，他可能不会使用家里或者就近的网吧的网络发视频，但找到了发视频的接入端口，我们可以顺藤摸瓜。"

一名技侦点点头，附和道："小周警官说得很有道理。徐队，我们这边可以按小周警官的建议，尽快查找视频的互联网接入端口。"

老国对周薇提出的想法频频点头，心里对她的认可又多了几分，然后他继续分析道："除了朱跃进的案子，罗家头的死亡也有一个问题没有弄清。既然罗家头没有杀人，作为一个多次违法犯罪、监狱几进几出的人，他为什么自杀了？"

众人还没跳出朱跃进案，一时没明白老国的意思，一齐用询问的目光看着他。

"之前罗家头案定性为'畏罪自杀'，如今'罪'没有了，他自杀的动机就站不住脚了，那么这很有可能是一起案中案！如果我的猜测成立，那么杀害他的凶手又是谁？为什么要杀他？"老国的思维跳转很快，将讨论的重心转回罗家头自杀的案件中。

刚刚还因为"8·30案"的侦查方向明确而稍稍放松的徐常兵，听老国这么一说，头上又冒出汗来，他在心里想："看来，罗家头自杀的案子也得一并侦查，都放松不得啊！"

徐常兵想了片刻，灵机一动："听了国顾问的分析，罗家头的确有可能是他杀，幸好我们还没有结案，我个人和刑侦大队的所有人员都得紧锣密鼓地扑进调查中。我有个想法，希望国顾问能帮助我们，介入罗家头死亡案，我们负责后勤保障工作，大家意见如何？"

周薇听出徐常兵的言外之意，老国却浑然不觉："好。明天早上，你们找人带我跟小周去罗家头的自杀现场，必要时你们再派个法医。"

➤ ➤ ➤

第二天一早，齐国辉开着车，带着老国和周薇赶往矿场镇矿东村二组罗家头的住处。

市局派了法医处老张接手"8·30案"的鉴定工作，齐国辉就调去协助老国，重新调查罗家头死亡案。

顺着山间狭窄的水泥路，不多一会儿，一行人就来到了矿东村。一个憨厚朴实、满脸笑意的中年男子正等候在村委会门前。

经齐国辉介绍，老国和周薇知道，眼前这个男子是矿东村村主任罗显龙。

"几位警官，今天来咱们这矿东村，有什么重要的事呀？有需要的地方，我一定尽到地主之谊，全力配合。"罗显龙的脸上挂着憨厚的笑容，将一行人迎进接待室后，招呼他们道。

"罗主任，今天我们过来，是想去罗家头家重新调查一下。目前调查还在保密阶段，也不便跟您透露太多，麻烦您一会儿带我们去一趟罗家头家。"上次来村里收殓罗家头的尸体，齐国辉跟罗显龙打过交道，他直接道明来意，"这次我们分局请了大名鼎鼎的国强同志出马，就是要还原事实真相，还请罗主任多多协助。"

正在泡茶的罗显龙微微一怔，接着笑道："齐法医，刚才您说要重新调查，确实有些出乎我的意料，之前来调查的时候不是已经定性了吗？当然，既然是你们的工作，我肯定全力配合，请领导放心。

"我也不瞒各位，罗家头算起来还是我的堂叔呢，但说句不该说的话，这种人死了确实活该。前两天他死了以后，村里上到八九十岁的爷爷奶奶、小到刚懂事的娃子，无一不是拍手称快啊。"说完，罗显龙把茶端到了老国等人面前。

老国看着罗显龙，皱眉说道："罗主任，这话可不应该从你这个村主任嘴里说出来。咱们不能冤枉一个好人，也不能冤枉一个坏人。"

见罗显龙尴尬地呆立着，齐国辉连忙解围："国顾问，罗主任没别的意思，先前罗家头自杀的结论，已经有了先入为主的印象。而且，罗家头出狱后的这几年没少惹事，村民是敢怒不敢言，罗主任说的都是实情。"

齐国辉打了个圆场，让呆立一旁的罗显龙坐下，继续说："国顾问，您看咱们是先到现场看看，还是先走访一下村民？"

老国站起身走到墙边，仔细看了一会儿矿场镇的行政区划图，对罗显龙说："罗主任，你先指一下罗家头家的位置，还有老太被杀害的位置，我全面了解一下。"

听了罗显龙的介绍，老国点了点头，似乎看出了其中的玄机，说道："我们先去罗家头家实地勘查一下，过会儿再走访村民。罗主任，你先忙着，有事咱们电话联系。"

罗家头家位于矿东村二组的最西头，再往西就是一条河，河对岸是邻镇的辖区。

来到小院外，齐国辉拿出手套、鞋套等工具分给老国和周薇。三人戴好装备，掀起外围的警戒线走进小院。眼前的房子是一栋两上两下的小楼，楼下连着两间平顶小房，整个小院占地约半亩大小。

老国看着这栋房子，不禁皱紧了眉头，面露沉思。

"师傅，怎么了？"周薇发现老国的异样，开口问道。齐国辉也投来询问的目光。

"没事，我们先进去看看。"老国摇摇头，向前走去。

三人穿过小院里半人多高的荒草，推开了虚掩的木门。室内光线昏暗，一阵风吹了进来，周薇吓了一跳。

齐国辉朝周薇笑了笑，算是安抚，之后指着一处望向老国介绍说："那天我和徐队等人到这里抓捕罗家头时，推开门就发现他吊在这里。"

老国有心探一探周薇的基础："小周，我考考你，自缢死亡和被人勒颈后悬尸有什么区别？"

周薇想了想回答道："虽然我学的不是法医专业，但多少知道一点。自缢死亡的人，颈部的索沟不相交，在颈后或颈侧的索沟下深上浅。如果是被人勒死，死者颈部的索沟相交。如果凶手又将其吊起伪造自杀现场，索沟的皮下组织会有相应的生活反应和表皮剥脱等特征。"

"就这些？"老国的声音透着不满。

"我还没说完呢。"周薇继续说道，"自缢死亡者，由于身体姿势为垂直状，血液循环停止后，毛细血管内的血液向下方沉积，尸斑多出现在臀部和双下肢。如果是被人勒颈致死，尸斑会出现在体表上，法医可以通过尸斑位置判断死者死亡时的姿势。当然，如果被人勒死后立即悬尸，伪造自缢现场，尸斑也会出现在尸体的臀部和双下肢。"

"没了？"老国仍然对周薇的答案不甚满意。

"如果受害者死于勒颈或被人掐死，因凶手的力气有限，只能导致受害者位于浅表的颈部静脉关闭，没有影响到位于颈部深层的动脉，那么受害者的头部无法回血，尸体面部会呈黑紫色。如果是自缢死亡，因尸体自身重量大，勒索会导致死者颈部静脉和动脉全部封闭，头部血液无法往心脏回流，同时心脏也无法通过动脉将新鲜血液输送到头部，因此，自缢死亡者的脸色是苍白的，没有血色。"

"嗯，还不错！"这一次，老国终于向周薇点点头，表示赞许。

"国顾问，罗家头的死状确实跟小周刚才所说的相符，尸检结果也是如此。不论是尸斑、指甲青紫、眼睑处出血点、大小便失禁等体表特征，还是经解剖后查证的全身脏器淤血、心血不凝、颞骨岩部出血等病理特征，都符合自缢导致的机械性窒息死亡特征。"站在一边的齐国辉接上话题，解释说，"所以当时我是按自缢死亡出具了鉴定结论。"

老国没有出声，而是仔细观察着屋内的情况。十多分钟后，老国终于开口问："死者会不会是被凶手制服后，将其悬吊致死，伪造自杀现场？"

齐国辉思索了片刻后说："现场勘验的时候，已经排除了这种可能。死者身上没有任何约束伤和搏斗伤，指甲缝里也没有留下其他人的皮屑。如果有人把绳套往他头上套，死者肯定会奋力反抗和挣扎。"

听着齐国辉的分析，老国眉头微皱，右手掐着下巴，缓慢地点着头。

"罗家头与朱跃进同样死于勒颈导致的机械性窒息死亡，但情形并不一样。在'8·30案'里，朱跃进十分信任凶手，在凶手拿着尼龙扎带往她脖子上套时，她并未觉察到死亡威胁；可罗家头这个案子不一样，就是死者再信任的人，也无法完全骗取死者的信任，让死者主动把头伸进绳套。"

老国一时没能理清思绪，问齐国辉："静电吸附做了吗？"

老国说的静电吸附是勘查人员提取案发现场足迹的重要手段。静电吸附仪由一层单面镀着金属膜的黑色塑料膜和一台静电发生器组成。提取灰尘加盖足迹时，先将金属膜铺展在地面上，启动静电吸附仪后接触金属膜，黑色塑料膜上会产生强大的静电场，将地面上的灰尘和足迹完整地吸附下来，用于鉴定和保存。

"做了，但这里的地面条件太差，没有提取到有鉴定价值的足印。"

老国没有回应，又四下转了转，看了看房梁，又看了看解放鞋和绳子的物证照片和信息。

"如果我没记错的话，死者罗家头身高一米七二，是不是？"老国问齐国辉。

"是的，死者身高为一米七二。"齐国辉很快给了老国肯定的回答，罗家头的尸检是他做的，每一个细节都记得很清楚。

老国追问道："这是人口档案里的身高，还是尸体身高？"

"是尸体身高。那天在解剖台上，我亲自量的。"

老国仰头望着木梁上的绳套思索，过了一会儿，嘀咕道："看这鞋的尺寸，死者的身高的确是一米七二。"

"齐法医，你赶紧通知专案组，让他们查一查罗家头当年入狱时的档案，我只要他的身高数据。"

"好的，我这就给专案组打电话，让他们立刻查。"齐国辉虽然不理解老国为什么这么做，但也没询问，只觉得他一定是发现了什么线索。

待齐国辉打完电话，老国指着物证照片说："找根同样长度的绳子来，再找个跟这同样高度的凳子来。我看，这凳子应该是成套的。"

"是的。凳子和绳子隔壁屋有，我们都做了勘验。"

"那就好。齐法医，你把绳子绕过房梁。"

老国换了一副手套戴上，将找来的凳子拿到房梁下，穿着鞋套站到凳子上。

见老国费力地拉着绳套往自己脖子上套，周薇惊呼一声，赶紧拉着齐国辉一起站在老国身边。齐国辉抱着老国的腰，周薇双手扶着凳子，防止凳子被踩翻出现意外。

"有什么可紧张的。你们都要记住，下次遇到案子，只要有条件，都要在现场做一下试验。"老国推开齐国辉，踮起脚将绳套套在脖子上，本就不结实的凳子在他脚下摇摇晃晃，仿佛一不小心就步了罗家头的后尘。

周薇和齐国辉两人见状，只好张开双臂护着老国，以防他摔倒。

很快，老国取下绳套，跳下凳子，拍拍手上的尘土说："我明白了。"

周薇和齐国辉心有余悸地看着心情好转的老国，不知道老国这番操作到底有什么作用。

"您明白什么了啊，师傅？"周薇一脸茫然。

"是啊，国顾问，您明白什么了？"齐国辉问道。

"通过身高可以分析，罗家头的案子是他杀，不是自杀。"

"您是说死者的身高踩着这个凳子，不足以把自己套进绳套里？"作为经验丰富的法医，齐国辉在震惊过后，立刻顺着刚才老国的行为在心里分析了一番，看出了一些门道。

"嗯，他够不着！"老国做出肯定的答复。

"师傅，您身高好像才一米七一，您都够着了，死者为什么够不着？"周薇不解，齐国辉也同样不解。

"国顾问，专案组查到的资料证实，罗家头最近一次入狱，就是23年前入狱时，身高是一米七三。他站在这个凳子上肯定是够得着绳套的。"齐国辉跟老国汇报刚才侦查员给他发来的资料。

"这么说，当年罗家头入狱的时候已经52岁了？"老国紧盯着齐国辉，等他说出答案。

齐国辉忽然一拍脑袋："我明白了！人体随着年龄增长，身高是会发生变化的，尤其是到了中年，身高就开始逐渐萎缩！这次，我真是太疏忽了！"

周薇知道人的身高确实会有变化，但她不知道具体的数据，好奇地问："会差很多吗？"

齐国辉解释道："理论上说，人过了30岁，身高就开始萎缩，每年萎缩的量在0.6毫米左右。按这个速度，大约每16年，身高会缩短1厘米。但萎缩的速度并不是恒定不变的，年纪越大，萎缩的速度会相应越快。60岁的男性，平均身高比年轻时会缩短2.3厘米；到70岁，身高平均下降在4.9厘米。"

"按照这个理论，罗家头今年75岁，他最后一次入狱是52岁，那时他的身高是一米七三，算下来，现在可能不到一米七？"周薇快速计算了一下罗家头的身高，"就算现在罗家头的身高只有一米七，如果他把脚踮起来，稍稍费点力，还是能套进绳套的。"

齐国辉也点点头，表达了同样的疑惑。

老国目光凌利地看着齐国辉和周薇："不，罗家头根本够不着绳套。"

"不会吧，他能变矮这么多？"周薇诧异不已，"再说，齐法医量过尸体，身高确实是一米七二，就算有出入，也不会有很大误差吧？"

老国从来不会怀疑自己的判断："刚才我看了罗家头穿过的鞋，两只鞋的脚掌前外侧均磨损严重，是典型的前脚掌用力过度。这表明他的腰是弯的，通俗点说，是驼背。驼背导致他行走时上身前倾，身体重心都压在前脚掌上，再加上他已经 75 岁了，发力点已经移至小脚趾外侧。这些都可以佐证，鞋底磨损不会说谎。"他拿着鞋的照片给齐国辉和周薇看。

周薇按照老国的描述弯着腰走了几步，又把双脚的发力点移到小脚趾外侧继续走了几步。然后她惊讶地发现，老国的推论是正确的，以这样的姿势走路，果然是一副老态龙钟的模样。

"师傅，您说得太对了。如果罗家头是这个姿势走路的话，身高确实会矮很多！"

见齐国辉和周薇点头认可了自己的判断，老国继续分析道："罗家头的案由是强奸和拐卖，这种服刑人员在监狱里最是卑微。他在监狱里待了这么多年，定是瘦弱无力，比不得别人。"

"这又是为什么呢？都是犯人，还分三六九等吗？"周薇不解地问道。

"犯人也分好多种，他们有自己特殊的价值观。案由是打架、斗殴、抢劫等的犯人，他们自认为讲义气、有血性，高其他犯人一等，这些犯人大多年轻有力；而案由是强奸和拐卖等的犯人，最受人鄙视，经常成为暴力犯的出气筒，遭到他们的殴打。因此在监狱里，罗家头这样的犯人都是不敢挺直腰板的，再加上见到管教也得弯腰打招呼，哈腰就成了他的习惯。"老国解释道，"罗家头现年75岁，生活的贫困导致他营养缺乏，体内钙流失严重，腰肯定是佝偻的。综合这些判断，我推算他的身高可能到不了一米六五。走访村民的时候，你们可以跟村邻确认一下。"

"可这跟尸检的身高差距也太大了吧？"周薇很难相信身高能有如此大的差距。

老国没有回答周薇的问题，继续在屋内观察，齐国辉解释道："是这样的，我们成人的脊柱由26块椎骨连结而成，每块椎骨之间有椎间盘衬垫，以避免椎骨之间直接摩擦。在人体运动或站立一天后，每块椎间盘都会有微小的压缩量，全部压缩量加起来长度还是可观的。因此，普通人早上量的身高会比晚上量的要高出约两厘米。罗家头在绳套上吊了好几个小时，佝偻的腰被拉直了，身高出现几厘米偏差是可能的。"

周薇恍然大悟，对老国的敬佩更多了。

不多时，老国对在屋内观察的两人说道："差不多了，咱们走吧。"

临出门前，老国拿着尼龙绳，对齐国辉和周薇道："这也是罗家头死于他杀的间接物证。"

"可这根绳子并不是他上吊的那根哪。"周薇疑惑地看向老国。齐国辉也不明白老国到底看出了什么门道。

"你仔细看看，这根绳子与吊死罗家头的那根绳子有什么区别。"老国边说边把尼龙绳递到周薇手中。

"这根绳子表面光滑，质地比较软，而吊死他的那根绳子是麻绳，质地粗糙，上面还有许多扎手的毛刺。"周薇回答。

"齐法医，你明白我的意思了吗？"老国转头看向齐国辉。

齐国辉想了一会儿，又仔细看了看两根绳子，恍然大悟道："如果我选择上吊的话，我会选择比较舒服的绳子。"

老国赞许地点了点头："不错，上吊自杀的人都会有一个心理共同点，在选择绳索时，他们都会选择质地柔软光滑的绳索。怕疼是动物的本能，准备自杀的人也一样。"

一行人再次来到村委会，依然是村主任罗显龙接待。

罗显龙迎上前来："三位警官辛苦了，食堂里的饭菜已经准备好，中午吃个便饭，有什么需要再跟我说。"

"既然罗主任盛情难却，那我们也不客气了。"老国看周薇和齐国辉用询问的眼神看着自己，现在刚巧是饭点，便接受了罗显龙的好意。

几人到了食堂，见里面已经聚集了十几个老头老太。

罗显龙见人已经到齐了，介绍说："三位警官，熟悉罗家头情况的人我都叫过来了。村里年轻人都出去打工了，净剩些棺材瓢子！咱们边吃边聊吧。"

"你个这杀千刀的，再过二三十年，你还不一样成了棺材瓢子。"听罗显龙这么称呼他们，十几个老头老太不仅没有生气，反而开心地笑起来。

"看来罗主任平时没有一点官架子，这样的玩笑也开得。"周薇心想。

一个包着金牙的老太说："老罗头早就该死了，政府当初就应该判他死刑，要不也该判他个无期，放出来净害人。"

"可不是嘛，去年冬天咱家的大黄被他勒死了，还翻脸骂我，说我冤枉他，撒泼不成就倒地上翻白眼装死。"一个满脸皱纹的老汉接着说。

"罗主任可是个好人，自己掏了一百块钱给老罗头，这事才算翻篇儿了，要不他非赖在他家吃上半个月不可。"金牙老太指了指老汉，说道。

"想当年，老罗头刚出狱时，连个三尺宽的棚子都没有，还是罗主任把老宅子借给他住的。现在老罗头自个儿在那宅子里吊死了，那房子谁还敢住啊！真是晦气得很！"

十几个老头老太七嘴八舌地罗列着罗家头的种种恶行。出乎周薇和齐国辉意料的是，老国对他们的说辞似乎没有兴趣。吃完饭后，老国带着周薇和齐国辉匆匆离开了食堂。

因为，老国已经知道凶手是谁了。

第五章

自缝男尸

一条缝合线从他的颈下一直延伸到耻骨，

像一条巨大的蜈蚣，看着甚是骇人。

当晚六点半，杀害罗家头的第一嫌疑人被带进了讯问室。

嫌疑人就是矿东村村委会主任罗显龙。

老国和周薇坐在讯问室的单向玻璃外，看着另一侧低头不语的罗显龙。周薇问："师傅，我看这罗主任挺憨厚的，您有把握他就是凶手吗？"

"错不了！"老国吸了口烟，不紧不慢地回答道，"我还没认你这个徒弟呢，别总叫我师傅。"

周薇察觉到老国不像之前一样拒绝得那么干脆，欣喜不已。她相信老国的判断，又不认为这个憨厚热情的村主任是凶手，过电影般地回忆着今天的细节，生怕漏了什么关键点。可她不论怎么想，都没发现疏漏，唯一的可能就是那些老头老太的证言。

"师傅，您是觉得那些老头老太的证言不可靠吗？"周薇问。

"是罗主任那句开玩笑的话 —— 棺材瓢子。"见周薇疑惑不解地看着自己，老国接着说，"每个人对死亡的理解都不同，有的老人看得开，但有的老人就非常忌讳。现场的十几个老头老太竟然没有一个生气，这说明什么？"

"说明他们都很乐观？"

"你说得不是没有道理，但你忽视了概率。当时现场有十四个老人，难道没有一个忌讳的？按概率，这几乎不可能。"老国紧盯着讯问室内的情况，也没忘了给周薇解释，"按常理，只有关系非常亲近的人说到死亡这个话题，老人才不会生气，既然没有一个老人生气，就说明这十四个老人和罗主任的关系都不一般。说白了，这十四个老头老太明显是罗显龙特意找来的，都经过精心挑选。这样一来，第二个问题就有了，他为什么要挑选和他关系亲近的老人接受我们询问？况且我们根本没有让他把人找到食堂去。"

"或许罗主任是好意呢？我看罗主任人缘挺好的，可能是怕我们走访辛苦。如果说他有私心，那就是他担心村民乱说，对村里影响不好。"周薇说出自己的猜想。

"我当时也有过这种想法，后来看这些老人的回答基本都是一样的，认为罗家头早死早好，却没有任何实质性内容。这太奇怪了，奇怪得像是被刻意安排的一样。我这才意识到，他可能是想转移我们的视线，或是害怕我们从其他村民口中得到不利于他的话。可惜他偷鸡不成蚀把米，这反而让我开始怀疑他。"说完，老国回头郑重其事地说了一句，"你要记住，永远不要盲目相信别人，你要质疑你所看到、听到的一切。"

"我明白了，幸好您带着我和大齐出了村子后又折了回来，要不然也遇不见那个捡矿泉水瓶的老太……"

吃完午饭，老国带着齐国辉和周薇在村子附近溜达了近一个小时，之后又从另一条小路回到矿东村。

看见警察进村了，几名老人纷纷跑回家，甚至关上了门。这些行为加深了老国对罗显龙的怀疑。最终，他们见到了一个捡矿泉水瓶的老太。

老太絮絮叨叨地诉说了半天，周薇才听明白。老太告诉他们，说四五年前建高速公路时，区里征收了她家一亩四分田，补偿款只有一万七千块钱。她怀疑其他的钱被村干部贪污了，要几个警察替她做主。末了，老太还透露了罗显龙的一个秘密——罗显龙是罗家头的私生子！

"别看他装模作样的，其实骨子里和他那个死鬼爹一个德行！"老太说。

"师傅，您听说罗显龙是罗家头的私生子后，为什么觉得罗显龙更可疑了？按理说，罗家头是罗显龙的亲生父亲，他不可能杀死自己的父亲才对呀？"周薇对此充满了疑惑。

"是，按正常思维理解，罗显龙不会杀了自己的亲生父亲。问题是，罗家头这个亲生父亲是个吃喝嫖赌五毒俱全的无赖，村里没人待见他，这让身为村主任的罗显龙怎么办？"

"罗显龙不可能最近才知道自己跟罗家头的关系，如果之前有冲突，为什么选择现在下手呢？"

徐常兵几分钟前来到讯问室外，刚好听到两人的对话，给两人说起之前的调查结果。

"我们根据镇上安装的监控和对居民的走访，完全掌握了罗家头死亡前的行踪。8月29日15时，有居民看见罗家头往铝矿场方向走去，18时才回到家中。这也是我们当时怀疑罗家头有嫌疑的原因。8月30日，也就是我们发现朱跃进尸体的当晚，监控显示20时05分，罗家头进出了本镇的手机维修店；20时32分，他走到位于镇东头的小兰土菜馆吃饭。饭店服务员曾经反映，吃饭过程中，罗家头让她到附近的小超市替他买了两包软中华香烟。

"当晚 21 时 40 分左右，罗家头路过镇东村的凡某家时，被凡某和其妻余某发现身上带着一大沓现金，夫妻俩心生歹念。想到当天有人在老矿场边发现一具尸体，余某便认为缺钱惯了的罗家头，手里凭空多出来这么多钱，很可能与那具尸体有关。既然是不义之财，夫妻俩就打起了勒索的主意。两人张口便要了罗家头一万块钱，当时罗家头身上只有两千多元。凡某就威胁罗家头，让他两天之内凑齐余款，不然他们就去公安机关报案。

"当时有个发现，就是讯问凡某的时候，凡某提到他们勒索罗家头，只是猜测与老矿场的那具尸体有关。没想到罗家头没有否认，而是真的把钱给了他们，还表示会凑钱给他们。这也是当时佐证罗家头就是'8·30案'嫌疑人的关键点之一。"徐常兵说完看着老国，想知道老国将罗显龙列为第一嫌疑人的依据，"目前凡某和余某已被刑拘，另案处理。"

"这就对了。按罗家头的性格，他身上有两千多元，为什么会乖乖交给对方？可是他给了，说明他担心牵涉到凶杀案里。尤其是现场勘查到的足迹和指纹，很难洗脱罗家头的嫌疑。37 年的牢狱生涯已经让他吃尽了苦头，已经 75 岁的他再度入狱，他怎么接受得了？那么问题来了，勒索他的夫妻俩要价是一万，他只给了两千多，剩下的钱从哪里来？他必定会偷会抢或找人去借，可是谁会借钱给罗家头这样的人？两天之内偷到大笔现金的可能性也很小，凭他那把年纪，抢钱更不可能。"老国盯着周薇，启发她，"遭遇这样的困境，你要是罗家头，你会怎么办？"

"我明白了，罗家头肯定会找做村主任的'私生子'罗显龙索要。"周薇兴奋地说。

老国赞许地点点头，接着又问："还记得我在罗显龙回家必经的那条路上找到了什么吗？"

"那四个烟头？"

"对，那地方散落着新鲜度一样的四个烟头，而且是中华烟的烟头。刚才徐队也说了，饭店服务员替罗家头买过两包软中华香烟。一个地方散落着四个同样的烟头，说明当晚有人在那条小路上等人，等候时间应该不少于半个小时。因此我认为，罗家头被勒索后，苦于无法凑足钱，想找罗显龙索要，于是蹲在罗显龙回家必经的小路上等他。"

"这也不至于让罗显龙当夜就潜入罗家头家，将他吊死吧？"周薇提出自己的疑问，"这肯定不是罗家头第一次敲诈罗显龙了，他为什么选择这个时候下手？"

"这一点我还没有想清楚。"老国低头思考了一会儿才说，"或许这一次的敲诈与以往不同。罗家头强要不成，很可能威胁了罗显龙，手里有罗显龙的把柄。"

周薇听后兴奋地说："经您这么一说，我终于理清了。"

老国继续说道："在罗显龙家通往罗家头家的小路上，我还发现了几个有些模糊的足印。根据对罗显龙步态的观察，我可以确定那些已经失去了鉴定价值的脚印是他留下的。罗显龙和罗家头家有一条水泥路相连，他既然去罗家头家，为什么不走水泥路，而走两边净是荒草的土路？"

这些线索是徐常兵之前没有掌握的，但他知道那条水泥路上有摄像头，便说："是因为摄像头吧，罗显龙害怕被拍下来。"

老国肯定地点点头。

周薇这下终于明白为什么老国认为罗显龙是第一嫌疑人了。

➤➤　➤➤　➤➤

三人正在讨论着案情，楼下忽然传来一阵喧闹声和几台拖拉机马达的笃笃声。周薇正欲到窗口察看，刑警小袁已经气喘吁吁地跑到了他们身边："徐队、国顾问，不好了，矿东村的村民来闹事了，现在被我们挡在了分局大门外。"

"他们闹什么？"老国不解地皱起了眉头。

小袁急得满头是汗，急吼吼地说："国顾问，这都是因为我们抓了他们村主任。他们认为我们警察乱抓人，才来聚众示威，要求放人的。"

"胡闹！"老国很是恼火，他刚打开窗子，一阵嘈杂声就传了进来。远远看去，三台拖拉机横在分局大门口，堵塞了进出的车辆，四五十个村民和保安对峙着。人群后面，不断有匆匆赶来的村民加入。

"徐队，我们怎么办？"满面是汗的小袁焦急地看着徐常兵。

"传唤又不是定罪，这些村民为什么闹这么一出！"此时，徐常兵看着眼前的情况也急出了一脑门汗。

"不能放人！现在才将人带回来两个多小时，满了二十四小时，如果我国强还找不到证据，我立即放人，所有责任我来承担。"老国信誓旦旦地说完，楼下的喧闹声就像跟他唱反调一样，忽然大了起来。

四人再次向楼下看去，领头的几个村民已经和保安发生了冲突，相互推搡乱成一团。分局大门外，越来越多的村民赶了过来，大路上的行人也停下脚步，有的在驻足观望，有的举着手机拍摄。

前面的村民试图冲进大门，后面的呐喊助威："警察抓好人，立即放人——警察抓好人，立即放人——"配合着喊叫的节奏，一面铜锣被敲得哐哐作响。

这时，老国的手机响了起来，是分局长潘斌的电话。

"老国，楼下的场面你看到了吧，闹得很难看，村民只要求放人。现在我问你，有确凿的证据吗？"潘斌心里十万火急，这事要是闹大了，就不好收场了。

"能够定案的证据还在找，但我能肯定，凶手就是他。"

"证据还有多久能找到？"潘斌直截了当地问。

"给我六个小时。"

"不行，场面已经失控了，我最多给你两个小时，多一分钟也不行。这两个小时内，给你最大权限去查，不必单独汇报了！"潘斌的话语里没有丝毫商量的余地，也给了老国最大的支持。

"好，就两个小时。"老国说完就挂断电话，砰地关上了窗子，无奈玻璃窗根本挡不住沸腾的声浪。

"师傅，我们该怎么办？"周薇的脸上也因为焦急渗出了汗珠。

老国坐在椅子上猛地吸着烟，沉默不语。办公室内死一般沉寂，窗外的喧闹声、铜锣声震得玻璃窗哗哗作响。

"叫齐法医，让他现在立即重新检查尸体体表，一寸皮肤也不要放过。"没过多久，老国已经确定了调查方向。

"国顾问，查哪些项目？"接到电话的齐国辉因焦急，话音有些颤抖。

"电流斑，只查电流斑。"老国命令道。

"您怀疑罗家头是遭电击致晕后……"齐国辉的话还没有说完，就在老国的一声"快查！"后挂断电话，急匆匆地跑向负一层的停尸间。

"小周，你立即调查嫌疑人的网购记录，查他有没有购买过电击棒之类的物品。潘局给了权限，你只管查！"老国有条不紊地安排着工作，紧皱的眉头没有丝毫放松。

"好，我这就查。"周薇立即从随身携带的电脑包内取出笔记本电脑，开始查找工作。

老国随后拨通了吴丽莹的电话："老吴，下午高水分局送检的两份 DNA 样本多久能出结果？"

"七十分钟。"吴丽莹也没有一句多余的话。

"好，你抓紧，一出结果，立即传过来。"

"知道了。"

"老国，楼下动静越闹越大了，村民执意要你下去解释。要不你下去解释一下吧，尽量别把事情闹大！"老国刚把工作安排好，潘斌急匆匆跑来，焦急的眼神从镜片后透过来，"按理说这是我的事，调来特警硬扛几个小时没有问题。但咱们尽量还是大事化小、小事化了，能低调处理的就别闹大了。"

"好，我下去解释。"老国没多说什么，站起身来向楼下走去，潘斌和分局的许政委、徐常兵紧随其后。

此时分局大门外已经堵了黑压压一群人，算上看热闹的居民和驻足的行人，总数不下三四十人。老国刚一现身，立即有村民认出了他，愤怒的指责声此起彼伏。

"就是这个老家伙，今天中午罗主任在食堂招待他，下午他就把罗主任抓走了。"

"对，就是这个混账东西，草菅人命，没本事抓真凶，就抓咱罗主任凑数。"

"对，这老家伙不配做警察，立即释放罗主任——"

"释放罗主任——"

…………

老国走上前，解释道："村民们，我叫国强，我当警察三十多年，还从没错抓过任何一个好人。"可惜，他的声音被湮没在声浪中。

"罗主任就是好人，你立即放了他，否则我们跟你没完。"又有几个村民带头叫嚷起来。

"罗显龙是不是凶手，不是你们说了算，也不是我说了算。是证据说了算。"老国冲人群大声说道。

"好啊，那你就拿出证据啊！没证据为什么抓人！"一个村民叫道。

"证据正在找，两个小时后，我会拿给你们。"

"如果找不出怎么办？"

"那就放人。"站在一旁的潘斌说道。

"说得可真轻巧，只怕你们抓人容易放人难。"越来越多的村民附和道。

"好，我给你们承诺！"说完，老国迅速脱下警服，上前几步，将警服挂在分局大门的伸缩门上。

"你们看好了，不管你们认为我是好警察还是坏警察，现在我这身警服就挂在你们面前。如果两个小时后我拿不出证据，你们就把我的这身警服烧了。从明天起，我到你们矿东村当清洁工，给你们扫马路、掏厕所，不要你们一分钱。"

喧嚣的人群逐渐安静下来，几十双眼睛狐疑地看着老国，又紧紧盯着伸缩门上挂着的警服。

"老国，你这是……"许政委在身后拉了拉老国的衬衣。

"你们老老实实在这里待着，在真相还没有浮出水面之前，不得大声喧哗，不要影响警察正常办案，围攻公安机关是违法犯罪行为。两个小时后，我会拿出证据，证明罗显龙确实杀了人。至于你们，按照《治安管理处罚法》，带头闹事的，全都得拘留。"老国说完，转身向大楼内走去。

➤➤　➤➤　➤➤

老国刚走进楼，齐国辉就迎了上来，面色忧虑，吞吞吐吐地说："国顾问，刚才我仔细检查了罗家头的尸体，并没有找到电流斑。"

"带我去停尸间。"

齐国辉领着老国来到负一层的停尸间。此时停尸间内灯火通明，两名法医正拿着放大镜，在尸体上仔细查找着。老国看了一眼墙上的石英钟，时间是 19 点 50 分。

周前的电话突然打来："老国，你搞什么名堂呢？先前我知道高水分局出事了，相信你能处理好，就没打电话问你。可你看看你现在在做什么？警服代表着什么，你忘了？那能随便脱吗！"

"我当然没忘。"

"你给我取回来，老老实实地穿着。"

"我已经跟村民保证了，我会找到证据的。你信我。"老国说完就挂断了电话。

罗家头的尸体仰面放置在解剖台上，因尸检需要，头发已经被剃光了，一条缝合线从他的颈下一直延伸到耻骨，像一条巨大的蜈蚣，看着甚是骇人。

老国站在解剖台旁，看着法医仔细地检查尸体，陷入了沉思。

时间在一分分地流逝。

焦急的情绪写在每个人的脸上。

突然，哐当一声，门被推开，周薇闯进了停尸间："师傅，重大发现！"

老国的双眼忽然瞪大："罗显龙买了电击物品？"

"嗯。"周薇难掩心中的激动，兴奋地说，"罗家头死亡当天的下午，罗显龙才收到从网上购买的电击棒，就是那种又能防狼又能当手电筒的电击棒。"

"太好了！齐法医，你们继续找电流斑，这是案子的关键。"老国的脸上挂上了笑，他现在更确定罗家头是遭到电击后被人悬尸的。只要找到电流斑，罗显龙杀人悬尸的证据就有了。

墙上石英钟发出的嘀嗒声不紧不慢地回荡在寂静的停尸间里，所有人都聚精会神地盯着解剖台上的尸体。

时间不知不觉又过去了十多分钟，法医依然没有从罗家头的尸体上找到电流斑。

周薇焦急地看了看石英钟。

分局大门内站着的数十名警察和特勤手持盾牌严阵以待，门外数十双眼睛死死盯着伸缩门上的警服，领头的几个村民紧紧攥着打火机……

尸体上仍没有发现电流斑，三名法医似乎失去了信心，不时地抬眼看沉思的老国。

周薇忧心忡忡地问："师傅，就算他买了电击棒，可是尸体上没有电流斑，也不能说明罗显龙电击过罗家头啊？"

沉浸在思考中的老国也没在意周薇几次喊他师傅，沉默了片刻，他忽然指着尸体，高声说道："撬开他的嘴。"

齐国辉和一名法医立即取过器械，合力撬开罗家头的嘴。老国赶紧戴上乳胶手套，查看口腔内部的情况。

在强光手电的照射下，两处仅有芝麻大小的烧灼痕出现在罗家头的牙床上。

"终于找到了！"一名法医突然激动地叫出来。

老国倒是一片平静，他早已笃定罗家头身上有电流斑，如今找到，也是意料之中。

这时，吴丽莹将一份 DNA 比对报告传了过来。这是一份嫌疑人罗显龙与受害者罗家头的亲子鉴定报告，报告上写着——确认无血缘关系。也就是说，罗家头并不是罗显龙生物学意义上的父亲。

"没想到，罗显龙根本不是罗家头的私生子。"周薇万分失望地喃喃自语。

老国沉默不语，见第二份报告没有传来，给吴丽莹打了个电话：

"老吴，报告为什么只传了一份？"

"另一份是从绳套上提取的皮屑比对报告，明天早上才能有结果。"吴丽莹冷冷的声音从电话听筒里传来，"你不会忘了检测皮屑的 DNA 需要多长时间吧？"

这句话击溃了老国的信心，颓然地跌坐在椅子上。所有人都知道，这份 DNA 比对报告有多关键。

可时间不以任何人的意志为转移，仍在一分一秒地流逝着。

办公室内，老国手握着刚打印出来的亲子鉴定报告，陷入沉思，如何将这份报告的价值发挥出来，是眼下至关重要的。

外面的村民又开始喧嚷起来，特警们精神高度紧绷。坐立不安的潘斌紧紧盯着墙上的挂钟，额头渗出汗珠。

办公室内一片死寂。忽然，老国像打了鸡血一样喊道："这样更好，更好，我怎么才想到呢！"话音未落，他急忙向讯问室大门奔去。

"罗主任，接下来我会告诉你一个坏消息和一个好消息。"老国拍了拍罗显龙肩膀。此时，距离老国承诺的两小时时限还有十分钟。

"罗主任，我先给你讲坏消息吧。我们已经查到了你购买电击棒的记录；其次，我们在罗家头的牙床上找到了电流斑。你可以说这不能证明你对罗家头实施了电击，但我不瞒你，到明天早上七点，绳套上的皮屑 DNA 比对结果就会出来。那是不是你留下的，你心里清楚。"老国说完，掰开罗显龙紧握着的右手，手掌上，一道乌青的勒擦痕赫然在目。

"中午吃饭时，我就看到了，你不会以为能瞒天过海吧？"老国的眼神凌厉，紧紧盯着罗显龙的双眼。

"那好消息呢？"罗显龙沉默了一会儿，开口问道。

"好消息是——你不是罗家头的儿子！"老国将手中的亲子鉴定报告拍在罗显龙眼前。

罗显龙盯着那份报告愣住了，尽管没有看懂那些复杂的名词，但那红色的"确认无血缘关系"几个字，他看得真切。

下一秒，他"嗷"的一声哭了出来。

距离两小时的时限只剩下不到两分钟。

"罗主任，现在你得陪我下楼一趟。矿东村几十号村民在楼下为你鸣冤叫屈，你得亲口告诉他们，你究竟是不是凶手。"说完，老国晃晃手中的鉴定报告，"如果你同意，这份报告的结果我会亲口告诉村民们。"

罗显龙稍稍缓和了情绪，又因为村民的信任红了眼眶。在确认了自己与罗家头无血缘关系后，他释怀了，积压多年的郁结也在这一刻消散了。

"我同意。"

罗显龙跟着老国走出大楼，分局大门外正一片喧哗。

几个村民正冲向伸缩门上挂着的警服，几名特警正在努力维持秩序。

"罗主任出来啦，出来啦——"有人喊了出来。

"住手！"

所有人都下意识停住了，罗显龙走到伸缩门边，"咚"的一声，跪在村民面前，喧闹的现场立刻变得鸦雀无声。

"村民们，感谢你们相信我，但是我辜负了大家的信任。我就是凶手，是我亲手杀了罗家头。"罗显龙边说边痛哭流涕。

现场死一般的寂静，只有罗显龙嘶哑的哭声在夜空中回荡……

见村民处在震惊中，周薇过去取下警服，披在老国的身上。老国看了周薇一眼，穿上警服，拿出那份亲子鉴定报告，大声宣读结果：

"经对高水分局送检的两份血液样本进行 DNA 鉴定，罗显龙与罗家头确认无血缘关系……"

村民们木讷地听着，一时做不出反应。他们还没从他们敬爱的村主任是杀人凶手的震惊中回过神，又得知了罗显龙跟罗家头不是父子的消息。领头的几个村民反应过来后，沉默地领着大家离开了分局，他们沉重的步伐中透着疲惫。

➤➤　➤➤　➤➤

闹事的村民已经散去，被重新带回讯问室的罗显龙主动交代了一切：

那一年，罗家头三十多岁，在服刑回家后的一个下午，他趁着父亲去给稻田放水，溜进家里企图强奸我母亲。听姑姑说，母亲曾大声呼救，村邻赶来时，罗家头已经跑了。尽管母亲反复说罗家头没有得逞，但村里人根本不信。后来父亲带着几个堂兄弟打了罗家头一顿，这件事仿佛让村民的猜疑得到了证实。

之后不久，母亲就怀孕了，第二年春天生下了我。因此全村的人都以为我是罗家头的孩子，包括我父亲。打我记事起，父亲就是个酒鬼，只要他醉了酒，我和母亲就成了他的出气筒，他往死里打我，也打我母亲。

在家里挨父亲打，在村里受村民的冷言冷语，到了学校还要受同学的侮辱。从那时起，我产生了杀人的念头，我想杀光他们所有人，杀掉骂我野种的同学、冷眼看我的村邻，还有隔三岔五暴打我的父亲。

说到此处，罗显龙双手掩面，不停地抽泣着。

十四岁那年，我跟着父亲去山上挖竹笋，没想到父亲不小心跌落山崖。他向我求救，还不断地咒骂我……我，我没有伸手救他，转身就走了……

出了这样的事，我跟母亲讲了实情。母亲狠狠地打了我，告诉我他是我的亲生父亲，但我不信。后来，警察来调查过一阵父亲的死因，我吓得够呛，可我当时真的一点都不后悔。打那之后，我和母亲相依为命。

母亲一次次告诉我，想要报复他们，就要活得比他们好，让他们仰视你。

高中毕业后，我开始积极参与村里的工作，从村民组长、村副主任一步一步升上来，七八年前，我做了村主任。我表面上对村民们有求必应，整天为他们忙这忙那，其实我心里恨死他们了。我对他们好，其实是源于我内心的自卑，我怕他们讥讽的眼神，怕他们一不满意就会骂我野种，就算他们在心里骂，我也能从他们的眼睛里看到。不承想无心插柳柳成荫，刚才的那一幕你们看到了，我的怯懦和自卑竟然让我成了一名好干部，换取了他们真心的尊敬和爱戴。

时间真的会改变一切啊——罗显龙一声长叹。

那天晚上我回家时，罗家头突然从路边冒了出来。他开口就向我要一万块钱，说他有急用。说实话，这一万块钱虽然不算多，但我不想给他。小到几百、大到一两万，我这些年被他敲诈了无数次，就连他住的房子都是我的老宅！

我问他为什么要这么多钱，他死活都不说。我忽然意识到他可能是杀人了，当天老矿场那边死了一个老太。我问他是不是杀人了？他说是又怎么样，你要是不给钱，我被警察抓了就让你这个亲儿子来救，让全世界的人都知道，你爹是个杀人犯！

当时我才知道，这老东西其实心里清楚，他利用了村里的传言，利用了我的怯懦和自卑。

还有，五天前，我女儿跟我说，她晚上回家时被罗家头尾随了。我知道后非常气愤，谁知道他想做什么！我怎么能让女儿出事？于是我买了根电击棒，想给女儿防身用，没想到，真是没想到那个时候派上了用场。

老国和周薇站在讯问室外，看着单向玻璃后的罗显龙，静静地听着。

周薇想起了什么，忽然问老国："师傅，您是怎么想到电流斑会在罗家头嘴里的？"

"这是生活常识。"老国说，"罗家头已经75岁了，长期营养不良让他大部分牙齿都脱落了，为了日常生活，他平时应该是戴着假牙套的。一般戴假牙套的老人，晚上睡觉时都会把牙套取下，这样牙床就会露出来，而且很多人有张嘴睡觉的习惯。罗显龙成功电晕罗家头后，再把假牙套给他戴上，正好可以完美地掩盖电流斑。"

"哇，师傅，您真是太厉害了！"周薇惊叹道，"我怎么就想不到呢！"

"你要学习的地方还多呢。"老国道，"我当时想，罗显龙可能没有反侦查意识，他随意电击罗家头的身体部位，所以一直让法医在尸体上寻找电流斑。"

"后来怎么想到电流斑会在嘴里呢？"周薇好奇地问。

"一个经常敲诈你、侮辱你的人，如果有机会，你想怎么报复他？"老国不等周薇回答，继续分析道，"当罗显龙去罗家头家想要电晕对方时，发现罗家头正张着嘴睡觉。多年来被罗家头要挟和敲诈的痛苦，让他恨死了这个人，想到对方动不动就要向全村人公布他们的父子关系，让他无地自容……"

"师傅，我懂了。"

"我当时把自己想象成罗显龙，一直在想如果我是他，我会怎么做？后来灵光一现，想到了嘴里。没承想，真是如此。"老国说完颇为感慨，自言自语道，"每个人的心中都住着一只魔鬼啊！"

"您是指罗显龙吗？"

老国点点头又摇摇头："恐惧、自卑、无助、冲动、愤怒……这些都是魔鬼，在罗显龙童年的时候就住进了他的心里。"

"所以您在最关键的时刻告诉罗显龙，他不是罗家头的儿子。您给他看那份亲子鉴定报告，还把报告读给村民听，就是要把魔鬼从罗显龙的心中赶出来，是吗？"

老国点点头。

"师傅，您说罗家头为什么会牵扯进'8·30案'啊，他怎么会出现在现场，还留下了指纹和足迹？"

"目前还不知道罗家头为何去老矿场那边，我推测他走到那附近的时候，意外看见跪靠在杨树旁的老太尸体，还不知道老太死了。在好奇心驱使下，他上前去扯了扯老太脖子上的尼龙扎带，没想到把尸体弄倒了。这要是别人，肯定会跑去报警，但罗家头一直缺钱，突然看见老太身上的钱财，他很可能拿走包内的财物才离开。这也是他为什么会在现场留下了指纹和足迹。"

两人边说边往大楼外走去。

第六章
疑凶现身

这是一场豪赌，赌赢了，专案组可以找出嫌疑人；

豪赌失败，嫌疑人将再次陷入茫茫人海。

经过一个不眠之夜，第二天一早，吴丽莹就把第二份 DNA 鉴定报告传了过来。此时这份鉴定报告的结果已经没有任何悬念，正如老国预料的那样，在吊死罗家头的绳套上提取的皮屑，与罗显龙的 DNA 样本完全一致。

至此，罗家头的案件已经落定。

这时，老国的手机响了起来，是郭斌打来的，"8·8 碎尸案"有了新的进展。

"师傅，耗子出洞了！"电话里，郭斌的声音很激动。

"他开机了？"老国因为这个消息兴奋起来。

"是的，这几天我们用董莉珠父母的手机给他发了两条信息，他一直没回。我生怕嫌疑人已经知道我们查清了受害者的身份信息，要不这个方法就不好使了。"

"我马上赶回去，你们等着我。"老国挂断了电话。

周薇在老国挂断电话后问道："师傅，潘局长不是叫咱们去开新闻发布会吗，我们不去合适吗？"

"有什么不合适的，我已经跟潘局说明了情况。而且，我一向不喜欢应付媒体。"

"师傅，您知道怎么通过手机定位查到凶手的行踪吗？"周薇岔开话题。

"说说看，在这些现代的高科技面前，你可是我的师傅。"老国不复刚才的焦急，一脸认真地说道。

周薇有些害羞又有些兴奋，任何人的价值被别人认可时，都会喜不自禁，更何况是得到师傅这样一个探案天才的肯定。

"我们的城市里密密麻麻地布满了大大小小的移动通信基站。举个例子，您刚才打了电话，您的手机信号就是从离我们最近的通信基站发送出去的。这一路上会有好多信号塔，您过会儿再打一个电话，信号又会从某个离您最近的通信基站发送出去，过一会儿再打第三个电话，又会从相应区域的通信基站发送出去……"

周薇向老国介绍了通过手机定位的原理，老国听得惊诧不已，也由衷地佩服这个新徒弟，她果然如周前所说的那样，在计算机网络方面是个人才。

"小周，以后我还得多向你学习，你也是我的师傅！"老国一脸严肃，并不像开玩笑。

"好啊，那您叫一声'师傅'让我听听。"周薇一脸兴奋地看着老国。

老国想笑，但常年板着脸让脸上的肌肉无法协调起来，笑得僵硬无比。

说话间，车子已经开进宁安分局的大院。

郭斌早早等在院子里，看见老国就一脸兴奋地迎了上来："师傅，我已经安排下去了。嫌疑人开机接入的移动通信基站位于虎啸山庄和群英国际城之间，我们的侦查员都已经进入现场准备收网了。"

老国问："你们刚才都聊了什么内容？"

三人到了会议室，郭斌从一名女警手中拿过董莉珠母亲的手机递给老国。董莉珠的父母也坐在会议室里，两双眼睛中充满了悲伤和期盼。两位老人为了真相，正在全力配合警方行动。

郭斌介绍道："案情分析会上确定了侦查方向后，我们就准备联系嫌疑人了。前天下午四点多，我们给嫌疑人发送了第一条短信，内容是，'闺女，听说海南正在闹台风，你住的地方安全吗？要不赶紧回家来吧，过些日子就在咱们这儿找个工作，再也不去江滨了，好不好？'

"由于不能打破以往的短信联系规律，侦查员今天早晨才用董莉珠母亲的手机发送了第二条短信，内容是，'闺女，昨天你爹包饺子时忽然跌倒不能说话了。妈和邻居把他送到市里医院检查，说是中风，好在不太严重。妈打算到江滨的大医院检查，大医院的大夫水平高，咱们这儿比不了，闺女你也赶紧回家吧。收到回个信息给妈！'

"根据以往的规律，原本以为嫌疑人晚上会用董莉珠的手机回信息，没想到只过了一两个小时就回了！"

"今天是星期六，嫌疑人应当是在家里休息，不过他的妻子应该不在家！"老国一边说，一边翻看郭斌递过来的手机，他看到了最新一条嫌疑人回复的短信。

"爸妈，你们就在咱们市的大医院检查吧，都是三甲医院，水平都是一样的。我还想在同学这里住上一阵，而且我在海南的一个公司面试通过了，待遇非常好，这几天正在试用期，我怕请假回家不合适。祝爸爸平安！"

"现在咱们怎么回复嫌疑人？"郭斌并不是一个没有主见的人，但只要老国在身边，他就会不由自主地想请教。

"让我好好想一想。"老国低头沉思。

❯❯　❯❯　❯❯

"郭支队，第一抓捕小组已经就位，等候指示。"

"郭队，第二抓捕小组准备就绪，请指示。"

"第三抓捕小组到达预定现场，请指示。"

…………

"第九抓捕小组等候指示。"

郭斌的对讲机中不停地传来侦查员的请示声。这次抓捕行动，专案组的侦查员全体出动，二十多人分成九个小组，正在等候郭斌的指示。

负责技术侦查的小张急得满头是汗，他跑到老国和郭斌身边说道："国顾问、郭队，现在无法确定嫌疑人的具体地址，范围只能圈定在虎啸山庄和群英国际城这两个小区，以及周边的商铺和行人当中。"

说完，小张又以这两个小区为关键词，在先前的排查信息中筛选，结果仍跳出一个长长的名单。他大致数了一下，说："这两个小区中，符合嫌疑人特征的仍有八十多人，还不包括这条路上的行人和在商铺里购物的人群。"

郭斌看向老国，征求老国的意见。

小张擦了一把头上的汗："过会儿他要是关机了，我们就白忙一场了。"

郭斌的额头上也渗出了汗珠，他抓起一个档案袋扇了起来，试图用那微弱的风带走心中的焦灼，健硕的身躯在会议室内走来走去，像一头困兽。

"第四组呼叫、第四组呼叫，大中华超市门外的停车场上停着辆奥迪Ａ6。车中男子正在玩手机，该男子体貌特征与嫌疑男子相仿，是否抓捕？"

"悄悄靠上去，敲车窗借火点烟，注意观察他的神态。"郭斌随即又补充道，"把车停在他的车头前，防止他驾车逃窜。"

"第四组收到，马上行动！"对讲机中传来侦查员的声音。

"第六组呼叫、第六组呼叫，群英国际城大门前有一男一女在吵闹。男子符合嫌疑人特征，女子正在抢夺男子手机，似乎想看手机里的内容。郭队，是否抓捕？"

"包抄过去，先抢手机再控制人，防止他毁灭证据。"

几分钟后，对讲机中传来前两组侦查员的声音，都排除了对方的嫌疑。

郭斌坐立不安地问老国："师傅，接下来短信我们怎么回？"

老国把才吸了几口的烟狠狠摁灭在烟灰缸里，说道："你这样回，'你个死丫头，你爹都快死了你还不回来，工作要紧还是你爹的命要紧？'"

这是典型的老国式风格，看似简单粗暴，实则融入了他三十多年的侦查经验。

"发完信息，立即让董莉珠的母亲打电话过去。"

"师傅，万一把嫌疑人吓得关机了怎么办？搞不好今后再也不开机了，那咱们的线索就彻底断了！"郭斌的脸上多了几分踌躇。

老国紧锁着眉头。郭斌的话不无道理，如今他们尚未锁定嫌疑人，如果这唯一的线索断了，再想找到他可就难上加难了。

一旁的周薇闻言，快速说道："师傅，我们可以让运营商和我们打配合，停掉董莉珠的话费，这样嫌疑人一定会给董莉珠充话费！只要嫌疑人给董莉珠的手机充话费，我们就能顺藤摸瓜，找到他！"

一旁的小张也使劲点头。

郭斌听到周薇的提议，脑子一转，道："在停掉董莉珠的话费后，再发送一条短信到她的手机，就说她参与了境外赌博，请回电当地市公安局询问详情。这样能减轻嫌疑人的怀疑，让他以为是电信诈骗扣了他的话费。"

老国听着两个徒弟的提议，点了点头："好，我现在就给周局打电话。小周，你先帮着小张筛选嫌疑人，等我拿到周局的授权，你赶紧联系运营商，跟他们打好配合！"

"明白，师傅。"周薇立刻拿出电脑，配合侦查员小张进行筛选工作。

"你现在按照我说的，发短信给嫌疑人，要快。"老国对着侦查员小张命令道。

"老周，我现在需要你的授权，需要跟运营商打配合。这次能不能抓到'8.8碎尸案'的嫌疑人，就看你批不批了！"老国拨通了周前的电话，火急火燎地说完，不等对方回复就开始催。

"有把握你就放手干，我信你。"周前给了肯定的答复。

"小周，联系运营商。小张，短信发出去了吗？"

小张回应道："国顾问，信息发出去了。没有回复。"

"小周，还要多久能搞定？"

"快了，两三分钟。"

"好，搞定前告诉我。"

周薇没有抬头也没有回应，键盘的敲击声在她的指间响起。两分钟后，她抬起头："师傅，一切就绪，等您的指令。"

"把电话交给她，开始打电话。"老国对小张说，指了指董莉珠的母亲。

小张调出董莉珠的号码，按照事先的交代，按下了免提键和录音键后交给了董莉珠的母亲。董莉珠的母亲颤颤巍巍地接过电话，双眼紧盯着屏幕，等候对方接听。

办公室里鸦雀无声。

"嘟——嘟——"几声长音后，手机中传来甜美的女声，"对不起，您拨打的电话正忙，请稍后再拨……"

"果然不出所料，他不会接听的。"郭斌一拳擂在桌上。

"小周，现在让运营商清空话费，让他无法回复短信。"老国迅速下了命令。

"是，师傅。"

这是一场豪赌，嫌疑人是否会给董莉珠的手机充值成了在场所有人的期盼。赌赢了，专案组可以通过充值账号，迅速找出嫌疑人；豪赌失败，意味着董莉珠的手机再也不会开机，嫌疑人将再次陷入茫茫人海。

胜败在此一举！

会议室里的空气异常沉闷压抑，所有人都知道这场豪赌失败意味着什么。他们的脸上都透着焦虑，咝咝的空调声让所有人焦躁不安。

一分钟、五分钟、十分钟、二十分钟……时间是如此漫长。

"师傅，嫌疑人充值了！"运营商在第一时间通知了周薇。

"嘀——"放在众人面前的手机发出一声轻微的响声，众人神色一喜！

郭斌一把抓过手机，迅速打开，屏幕上显示一条未读短信，发信人姓名：莉珠。

在场的所有人从未见过郭斌如此激动，一起鼓起掌来。连续一个月的忙碌，多少个不眠之夜，现在终于有了收获！

郭斌在众人面前挥了挥手，示意大家安静下来，他拿着手机读道：

"妈，您女儿陷在感情旋涡里难以自拔，请原谅您的不孝女儿。过些日子，心情好了，我一定会回去看您和爹的！"

郭斌读完短信看向众人："一切正如我们的预料，嫌疑人害怕受害者父母着急报案，急忙充了话费回复短信。目的很明显，还是想稳住受害者父母，拖延案发时间，让留下的证据逐渐灭失。"

"这个赌局才揭开了一半底牌。"现场唯一镇定的是老国，他对周薇说，"小周，下面看你的了！"

凝重的氛围又聚在办公室里，只有周薇聚精会神地敲击着键盘。

"充值金额为 500 元。"周薇看着电脑屏幕说，"充值的费用来自一个微信账号，微信号为 wxid-w0oaysotcus442176，昵称为阿伟，捆绑的手机号是 13918××××××。运营商提供了嫌疑人的身份信息，嫌疑人名叫——康剑伟！"

真相在一步步逼近，所有人都因激动而紧张，心脏咚咚地狂跳着。

小张回过神来，迅速调出康剑伟的个人信息档案，说："郭队，查到了康剑伟的房产登记信息——群英国际城 B 区 6 栋 1602 室"。

"通知抓捕小组立即出发！"老国大声叫道。

警车从街道上呼啸而过，直奔群英国际城。

周薇穿着抓捕小组从小区物业处借来的工作服，按响了 B 区 6 栋 1602 室的门铃。老国和郭斌以及两名侦查员靠在防盗门外的墙边，等候嫌疑人开门。

咚咚咚。

"谁啊？"防盗门内传出一个男人的声音。

"物业。您家的水管漏了，流到楼下去了。"周薇在防盗门外客气地说。

"怎么可能呢？我家水管好好的。"门内的男人说。听声音，对方已站在了防盗门边。

"麻烦您开下门，我来检查一下。"周薇保持着客气的口吻。

防盗门刚打开一条缝，周薇就用尽全身力气，一把将防盗门拉开，郭斌和两名侦查员趁机进入屋内。

"你们，你们干什么？"面对突然闯入的一群人，这个戴着眼镜的中年男人显得十分慌张。

"警察！"郭斌手搭在中年男人的肩头，一把将他按倒在沙发上。

"姓名？"老国走上前厉声问道。

"你们凭什么私闯民宅？"一听对方是公安，中年男人脸上的恐慌一扫而光，迅速镇定下来，"谁给了你们私闯民宅的权力？我这就打电话投诉你们！"

"我们找你调查一个案子，希望你配合。"郭斌没有被投诉吓到，一副公事公办的模样。

老国再次喝道："姓名？"

"康剑伟。"中年男人见老国用狰狞的眼神盯着他，下意识说了出来。下一秒，他便回过神来，用愤怒的眼神盯着他们，一边挣扎一边大声嚷嚷，"放开我！我要投诉！我要投诉你们！"

老国冷笑一声，从兜里掏出手机拨打了董莉珠的号码，很快，一阵电话铃声从沙发处传来。

一名侦查员快速在沙发处翻动，从沙发垫下取出一部正在不停响着的红色手机，递给老国。

老国看手机屏幕上来电显示的号码正是自己的号码，就知道眼前这个被控制住的中年男人是凶手无疑。

康剑伟看见老国拿着那部"要命"的红色手机，更加剧烈地挣扎着，声嘶力竭地喊着："我要投诉，我要向钱书记、向周前投诉——"

➤➤　➤➤　➤➤

康剑伟，男，1975 年 3 月 16 日生，1998 年毕业于江滨经贸大学金融专业，硕士学历。同年 8 月就职于江滨商业发展银行，先后任城南分理处副主任、主任、办公室主任等职位，现任商业发展银行副行长，分管信贷业务。其妻杨爱娟，1976 年 9 月生，现任江滨市经贸局发展处处长。夫妻俩育有一女，名叫康馨怡，现年 14 岁，就读于本市外国语学校初中部⋯⋯

老国看完康剑伟的资料，又看了看讯问室内的康剑伟，陷入了深思。康剑伟自从被带回宁安分局，一句话都没有说过，不管预审员如何发问都没有回应。

"师傅，已经过了二十三个小时了，再有一个小时，我们就得放人，毕竟我们没有确凿的证据。"周薇的脸上满是焦虑。

"我知道。"老国仍紧盯着讯问室内一言不发的康剑伟。

"师傅，您知道他的背景吗？"周薇见周围没人注意她，小声问。

"管他什么背景，只要杀了人，他就要受到法律制裁。"

"康剑伟的妻子姓杨，钱书记的妻子也姓杨，"周薇凑到老国旁边小声说，"钱书记的夫人就是杨爱娟的姑姑。"

"难怪抓捕时这么狂妄。"老国冷笑一声，转身走进讯问室。

"康剑伟，董莉珠和你是什么关系？"老国厉声问道。

康剑伟低头不语。

"康剑伟，我再问你，董莉珠的手机为什么会在你家里？"

康剑伟抬起头，挑衅似的看了看天花板上的监控摄像头。

"康剑伟，我老实告诉你，我们能从人海里找到你，就说明我们不是没有证据。"老国的脸色越来越阴沉。

康剑伟看了看墙上的挂钟，时间是下午 2 点 25 分。他知道，再过半小时，他就可以大摇大摆地走出这间讯问室，走出宁安分局的大门。

"康剑伟，董莉珠的头颅在哪儿？"老国看着康剑伟低吼一声，眼神凶狠，面容扭曲。

康剑伟看着身前的老国，先是一怔，然后眼中充满了恐惧，大叫起来："来人哪，来人哪，有人刑讯逼供啦——"

这是康剑伟进讯问室后说出的第一句话。

老国愣了两秒，他什么都没做，康剑伟鬼叫什么？

然而在他还没有下一步动作的时候，肩膀被人拍了一下，一个愤怒的声音出现在耳畔："国强，你干什么呢！"

老国回头看去，周前不知道什么时候来到了讯问室，就站在他身后。

"我什么都没做。"老国从刚才的惊愕转为愤怒。

"你跟我出来。"周前一脸怒容，将老国拽出了讯问室。

"老周，还有半小时就得放人，时间不等人啊。而且，我刚才真的什么都没做，这个姓康的故意陷害我！"老国也压低声音跟周前解释。

周前向准备解劝的郭斌挥挥手："你先出去，把他们也都带出去。"他指了指室内的几个专案组成员。

待几人都出了房间，周前开诚布公地问："老国，说实话，这个案子你有几成把握？"

当年没有天眼工程，没有现代通信，没有指纹信息库，没有随时可以调取的公民档案，更没有DNA技术，老国硬是凭借细致入微的观察、天才般的辨识能力，以及对案发现场林林总总的证据进行整合分析，破获了一起又一起惊天大案。其中最让周前钦佩的就是老国对步态出神入化的分析判断。

"老周，康剑伟的步态和监控录像上的抛尸人完全一致。"老国眼神坚定。

"我相信你。但现在步态无法量化细化，还不能作为证据使用。"周前想了想又问，"有其他证据吗？"

老国沉默了，要是有其他证据，他刚才也不会进入讯问室，试图从康剑伟嘴里问出什么了。

"你啊——"周前一脸的无奈，"昨天晚上王主任给我打电话了，说如果我们拿不出证据，定不了康剑伟的罪，他们就会投诉专案组，甚至要求局党委将你赶出专案组。"

老国听到要将他踢出专案组，急切地说："周局，我可不是为了我个人的名利啊，你要是赶我走，我肯定跟你急。"

"老国，我们需要的是证据。证据，你懂吗？"说完，周前抬手看了看表，"来不及了，还有不到十分钟就得放人了。王主任、嫌疑人的律师和妻子，已经在楼下等了快两个小时了。"

老国颓然地跌坐在椅子上，面露不甘。

康剑伟刚走到一楼大厅，王主任、康剑伟的妻子杨爱娟和一个戴着眼镜的中年律师就迎了上来。

看着向门外走去的康剑伟，老国的脸阴沉得快要下起雨来，所有专案组成员也愤愤不平地看着。

康剑伟一行人即将上车时，王主任转回身看了看站在他们身后的一群警察，讥讽的笑容从他脸上溢出。他顶着一张皮笑肉不笑的脸，面无表情地走到老国面前，狠戾的眼神透过近视镜片直视老国。

"你是国强？"

老国没有出声回应，双眼紧盯着王主任。

"你竟敢刑讯逼供——"王主任一字一顿地说，"你把公安局当什么了？你这是违法，知道吗！"

"这是什么地方？这是公安局，这是刑侦大队，这是专门抓坏人的地方，做事要讲证据，你说刑讯逼供，你有证据吗？"

"哼——"王主任从鼻子里哼出一声冷笑，右手食指点在老国胸前的警号上，"国强警官，你等着瞧，迟早扒掉你这身狗皮。"

"你竟然污辱警服，说它是狗皮？"

"你说我们警察是狗？"一名警察恶狠狠地看着王主任，身边的警察都附和着。

"还嫌不够乱，给我站一边去！"郭斌轻飘飘地瞪了一眼专案组成员，示意他们不要拱火。

老国指着王主任，强压着怒火说："如果今天你是以亲友的名义来接康剑伟，我没意见。如果你狐假虎威，扛着你们钱书记的大旗来要挟我们人民警察，现在我就把你赶出去！"

王主任嘴唇哆嗦着没有出声，律师出身的他知道，侮辱警服是会被拘留的，是他理亏在先。

"啪——"一声脆响。

杨爱娟的一记耳光狠狠抽在康剑伟的脸上："我让你把捡来的手机扔掉，你偏不听，还发短信逗人家玩。现在可好，事情闹大了，我看你就是有毛病！"

老国和周薇看着眼前这一幕，心里一阵冷笑。

➤➤　➤➤　➤➤

老国和周薇已经两天没怎么休息了，正当两人走出分局大门准备回家时，吴姗迎了上来。

"老国！"吴姗兴奋地喊道。

老国没有理吴姗，脸上还带着情绪。他对康剑伟这么堂而皇之地走出分局愤懑不已，眼看着嫌疑人离开的屈辱，他是第一次感受到。

"师傅，这位是？"周薇看着吴姗问。

"我闺女，吴姗。我徒弟，周薇。"老国向周薇介绍道。

"你好啊，没想到老国收了个新徒弟，还是个漂亮姑娘！"吴姗同周薇握了握手，"我听说老国熬了两宿都没合眼了，特地过来盯着他吃个饭，好好休息一下。走呀，周薇，你也一起去。"

"啊，我也去啊？"周薇看了看老国，眼里带着几分迟疑。

"去吧，你也跟着我跑前跑后这么多天了，都没好好休息。"老国拍了拍周薇的肩膀。

周薇眼睛一亮。吴姗笑眯眯地挽上她的胳膊："走吧！"

吴姗带着两人走到一辆 SUV 前，拉开车门坐进了驾驶室。一个五十多岁的女人坐在副驾上，周薇和老国则坐到了后排。

"老国，给你介绍一下，这是我干妈，叫林可慧，今天一起吃个晚饭，正式认识一下。"吴姗给老国介绍道。

"国警官，幸会幸会！"林可慧从副驾伸出手来。

"什么干妈？我怎么不知道。"老国皱起了眉头，没有和林可慧握手。

林可慧自然地收回了手，笑容未变。

"哎呀你别着急，我这不正要跟你讲嘛。"吴姗见状，急忙打了个圆场。

几个月前，吴姗在一次电视台安排的采风活动中认识了林可慧，两人意外地投契，当即交换了联系方式。之后两人偶尔约在一起采风、吃饭，认识久了，林可慧就想认吴姗做干女儿。吴姗一开始没答应，她原本是把林可慧当作谈得来的长辈。之后偶然的机会，她和林可慧吃饭时谈到了不久前报道的兄弟争财产的新闻，吴姗问林可慧孩子是不是孝顺。林可慧愣了一下，略显窘迫地告诉吴姗，自己没有孩子，这么多年来就自己一个人。吴姗立刻意识到自己多嘴了，看着林可慧一副落寞的表情，她有些不忍心，在林可慧再次提议收她为干女儿的时候，她答应下来，希望这样能给林可慧一些慰藉。

"干妈是能随便认的吗？"老国依旧满脸不赞同。

"怎么就随便了？干妈又会照顾人又跟我聊得来，比我亲爸对我好多了。"吴姗见老国始终皱着一张脸，也抱怨起来，车上的气氛顿时有些尴尬。

好在话音刚落，车子便驶入一家饭店停车场。

下车后，吴姗拉着老国落后几步，低声说道："老国，从你和我妈离婚后，你们就一直忙着工作，都不怎么陪我。但是干妈不一样，她对我特别好，只要她有空的时候，就会陪着我去做一些我喜欢干的事，对我比亲闺女还要亲，我不想让她伤心。你就给我点面子，咱们把这顿饭好好吃完，行不行？"

女儿的话唤起了老国的愧疚。老国用手抹了把脸，同样压低声音说："我知道了。"

吴姗这才松了一口气。等到一行人来到林可慧订好的包间后，四人之间的氛围已经好了很多。

两个年轻人很快成了朋友，吴姗跟周薇聊着，也没冷落了老国和林可慧，她笑嘻嘻地问老国："老国，您猜猜我干妈今年多大了？"

老国面无表情地看了看林可慧，说："六十左右。"

吴姗本以为老国会说"不到五十"，没想到父亲给出了这样的答案。她不禁有些无奈和抱歉，转头尴尬地对林可慧说："干妈，您别见怪，老国就是情商有些低，不是故意的。"

吴姗还没来得及提醒老国这样说不合适，林可慧先带着疑惑发问了："姗姗，你爸爸说得对，去年我就过了六十岁生日。不过，国警官，你是怎么看出来的呀？"

老国脸上没有一丝歉意，面无表情地说道："一个人不论如何打扮，她的步态都会透露出真实年龄。"

"步态？"吴姗和林可慧都面露不解。周薇则兴奋地准备记录，"8·8碎尸案"她就见识过老国以步态断凶手的本事。

"所谓步态，就是一个人在行走时，肢体和关节的整体动态。刚才林女士跟我们走到包间时，我就看出来了，不过我也挺疑惑的，还以为自己看错了。林女士看起来只有五十岁左右的样子，但刚才我又观察了一下，才确定她今年是六十岁左右。"

"老国，年龄跟走路也有关系呀？"吴姗不明白这之间的关联。

老国解释道："十几二十岁的人在行走时，是由大脚趾发力，随着年龄的增加，骨越来越钙化，小腿后侧的腓肠肌力量开始减弱，足底肌肉开始松弛，导致脚趾的发力点逐年向外侧，也就是小脚趾处转移。人一旦超过二十岁，大约每过十年，脚趾的着力点就会向脚外侧移动一个脚趾。刚才我看了一下，林女士行走时脚趾的着力点在小趾上，且略偏外。"

"真的假的？"吴姗小声咕哝。

"真的！"周薇一边记笔记一边对吴姗和林可慧疯狂赞美老国，"姗姗姐、林姨，我师傅可是步态分析的高手！我更是亲眼看着师傅用步态分析破案子、抓凶手。"

林可慧从未注意过自己平日里的步态，如今听老国这么一说，忍不住站起身在包间里走了一圈，之后惊奇道："姗姗，我行走时脚趾的着力点真的在小趾上，而且略偏外，和你爸分析的一模一样啊！"

一听这话，吴姗也来了兴趣，在包间里走了几步："天哪，老国，你也太厉害了！我今年 24 岁，发力点确实在大趾和二趾之间！"

"是吧是吧！"周薇合上笔记，满脸自豪，"我就说师傅最厉害了。"

不多时，菜便上齐了，老国的鼾声却响了起来。

周薇小声说："师傅最近太累了，两头跑案子，一直没怎么休息，而且从前天到现在都没合过眼，肯定累坏了。"

吴姗也低声说道："一会儿咱们吃完饭，我带老国回家休息。"

第七章 失踪谜案

"师傅，我们真的要查吗？

一查出来，这个风雨飘摇的家就彻底塌了。"

　　经过一夜一天的休息，老国终于缓解了这几日的劳累。当老国收拾妥当、准备赶去分局时，周前敲响了他家的门。

　　"老周，你怎么来了？"老国开门看见周前来了，诧异地问。

　　周前没有直接回答老国的问题，而是走进屋内，在客厅坐定，示意老国坐下聊。

　　"老国，我不瞒你，我要让你离开专案组了。"周前直视着老国的眼睛，"康剑伟的律师已经向市局督查处正式提交了申请，说你刑讯逼供，要求局里对你严肃处理。王主任也实名举报你，说你在公安局里威胁他，侵犯了他的公民权益。两份材料都对你非常不利，督察处要调查清楚，才能让你继续查案。"

　　老国一听这话，急得脑门上暴起了青筋："老周，你当时到了现场的，我是否刑讯逼供你是清楚的。"

　　周前无奈地叹了口气："我当然知道你没刑讯逼供，但是律师提交了申请，督查处就得查，这是纪律！只要证明你是清白的，之后查案谁还会拿这个举报你，这些你看不透吗！"

　　老国急得站了起来："老周，我只想继续留在专案组，只想找到康剑伟的证据，将他绳之以法。督查处的调查进度是什么样的，你我都清楚，这时间一耽误，人可能就跑了！"

"你以为我不想让你继续查案吗？王主任和康剑伟的律师都盯着呢！放你继续查案，到时候人家往上级单位递交材料，你这警察还能安稳当下去吗？这次调查清楚了，就是他们往上找，你又怕什么。"见老国张口欲言，周前伸手制止了他，"跟你说点真心话吧。昨天郭斌给你打电话你没接吧，我问了小周，说你这几天都没怎么休息，昨天直接就累晕了。你啊，趁这个时候好好休息，督查处的事你别管，我会跟进的。"

听了周前的话，老国一脸失望。他理解周前的难处，也知道周前是为了他好，在对待自己的问题上，如果不作退让，王主任和律师那里很难交代。但这个时候让他退出专案组，又实在心有不甘。

"老周，'8·8碎尸案'我不能不管，就算不能明着查，我也要私底下调查。"老国在客厅焦躁地来回走动着，"你知道我的个性，不找到康剑伟杀人分尸的证据，我内心永远无法安宁。"

"你以为我就能把案子搁在一边不管吗？"周前蹙眉看着老国。

两人一起走到窗边，看着窗外的天空，静静地思索着。

不知过了多久，老国哑着嗓子说："还有高水的案子，勒死老太的凶手是谁还没头绪，我也不能不管。"

"你，你先给我歇着吧。"周前指着老国，一脸无奈。

被迫休息的老国从未感觉时间如此漫长。他每天早上五点多起床，六点多在楼下院子里溜达半小时，活动一下筋骨。上午琢磨案子，下午去东城派出所看看有什么需要做的，漫长的一天就结束了。

虽然无聊又空闲的日子让老国不再疲惫，但是未结的案子一直悬在心里，让他寝食难安。他迫切地需要一个宣泄的出口、一条线索或者一个案子，让他转移注意力。

几天后的一个中午，林可慧单独来到老国家里，热情地邀请老国一起吃个便饭。老国本想拒绝，但没有案子的日子让他无聊至极，加上林可慧平日里对吴姗颇为照顾，便答应了下来。出乎意料的是，这次便饭给他无聊的日常带来了波澜。

席间，林可慧同老国聊了和吴姗相识后的趣事，又聊了工作。林可慧是本市经商的港岛商人，经营着江滨美容业内名气颇大的连锁公司——曼丽美妆。

"国警官，前些年我在港岛看过你的报道，报道称你是当代的福尔摩斯，侦破了无数大案要案和奇案，你这身本事真是太了不得了。"说完，林可慧沉默了片刻，有些犹豫，"有件事不知道该说不该说。"

"林姐，有什么事，你尽管说。"认识的时间虽短，可老国发现林可慧对吴姗是真的好，他也认可了女儿的这个干妈。

"我家的保姆段婶，她儿子三年前失踪了，一直杳无音讯。她报过案，派出所也立案了，但到现在她儿子是死是活也不知道。前两天她听说姗姗的父亲是警察，就想拜托我问问，这种案子能帮忙查查吗？"林可慧在刚才的聊天中知道，老国正在被调查期间，现在提出这件事会让老国为难，但段婶声泪俱下的哭诉也让她揪心。

老国听后，没有感到任何为难，直言："在失踪案里，失踪的原因各不相同，要知道具体情况才好判断。"

"那能否麻烦你抽空去段婶家了解一下情况？当然，我知道这种事情不好查，说不定调查个一年半载都没有消息，结果她儿子自己回家了。可是段婶她……"

老国说:"我看得出来,林姐,你就是想帮帮段婶。你放心,这不是麻烦,再说我们警察就是干这个工作的,明天我叫上小周一起,到段婶家走一趟,先摸摸情况再说。"

听到老国这么说,林可慧感触不已,她想起吴姗曾经对她说:"我爸虽然情商低但是个热心肠的人,因为小时候在孤儿院长大,他特别理解那些生活困苦的老百姓,不管找他办什么事,他都不怕麻烦。"

"谢谢你,国警官。"

"是我该谢谢你,林姐。"见林可慧一脸茫然,老国继续道,"谢谢你照顾姗姗。"

林可慧摆摆手,笑道:"姗姗那孩子性子好,和我也投缘,如今更是我的干闺女,我不对她好对谁好?"

➤➤　➤➤　➤➤

隔天一早,林可慧便开着车,接上老国和周薇一起前往段婶家。段婶家在江口区李家镇林下村,位置偏僻,没有熟人指路很难到达。段婶一行人,过了一条江,又驶过一段十几公里的乡村公路,最后拐到了一条僻静的乡村小道上。没过多久,他们在一座小山旁的村子里停了车。

山脚下有一个破旧的小院,那就是段婶的家。进了院门,一行人就看见一个五十多岁挂着拐杖的男人颤颤巍巍地迎上来。段婶忙上前搀扶男人,来到老国他们面前。

"这是我们家那口子。"段婶介绍道。

相互介绍后，一行人在破旧不堪的屋里坐定。林可慧挑了头："段婶，您先说说您儿子失踪前后的情况，让国警官分析一下。这位国警官是个好警察，但是不是能帮上忙也不好说，毕竟查失踪案是很麻烦的。"

段婶连忙讲起了家里的情况。段婶和老贾以养鱼为生，前些年承包了村里的一口鱼塘，每年收入还算不错。他们的儿子学习好也争气，大学毕业后在镇上的中学当了老师。眼看着日子过得越来越红火，可是在三年前9月里的第一个周末，儿子莫名其妙地失踪了。儿子失踪的当天，老两口还没觉得什么，但第二天也没看见人就觉得不对，他们就报案了。过了一个多月，一直没有消息。老贾经不住打击得了脑梗，自那以后就一病不起，鱼塘也经营不下去了，养家糊口的重担一下落在了段婶身上。为了替丈夫治病和维持生活，段婶就在林可慧家做了保姆。

"你儿子叫什么名字，出生日期是哪天？哪一天失踪的？"

老国没有客套的习惯，他喜欢直来直去，转头对周薇交代道："小周，你记录一下。"

"我们家那小子叫贾宝强，九二年农历六月初八生的，记得生他那会儿……"段婶絮絮叨叨地说了起来。

周薇问："您知道贾宝强身份证上登记的是农历生日还是公历生日吗？"

"公历的吧。啊不对，也可能是农历的，我记不清了，身份证就在另一个屋子里，我这就去拿。"段婶站起身就去了西边的屋子，几分钟后拿着一张身份证出来了。

老国接过身份证看了一会儿，心里便有了猜想，说："我看，贾宝强很可能已经不在人世了。"

老两口听了这话，一下就愣住了，脸色变得无比难看。

周薇急忙解释道："段婶、贾叔，我师傅这是把不好的猜测说在前头了，就怕万一真的出了事，你们一下子接受不了。"

"国警官，你不带这么吓唬我们老两口的。"段婶捂着心口，喘着粗气说，"宝强是我们家的独生子，我们就这一个孩子啊！宝强他从来没有让我们家失望过。他十九岁那年考上了咱们省的师范大学，那年高考他还是我们镇子上的状元呢。后来毕了业，他就回镇上的中学教书了……"

"孩他娘，别说了……人家警察有经验，咱家宝强没准真不在人世了！"老贾坐在椅子上，抹起了眼泪。

"你这人什么毛病！"段婶狠狠瞪了老贾一眼，"我们家宝强怎么就不在人世了！他没准是在外面打拼呢！等他发了财升了官，就来接咱们了。"

"你别做梦了，你要真这么想，还能找国警官来咱们家吗！其实我早就想通了，宝强要是遇到个好歹，早一天知道了总比一直记挂着好。"老贾靠在椅背上，轻轻抽泣起来。

"你别胡说！"段婶瞪着老贾，"死老头子，儿子又没死，你哭啥？"

"你俩别争了，今天把国警官找来，不就是想知道宝强的失踪到底是怎么回事吗？"林可慧打断段婶夫妻的争执，"国警官的意思是，宝强很有可能是不在人世了，也没肯定说不在了。"

正在记录的周薇心想，要是贾宝强真的离家出走了，还能把身份证放家里吗？师傅说的虽然是猜测，但很可能就是事实。

"段婶，如果我猜得没错，三年前你儿子失踪时，家里的衣物都没带走，旅行箱也还在，是不是？"老国没有理会他们的争执，再次问道。

老贾抹了把眼泪，满脸哀伤地说："国警官，你猜得没错，宝强的衣物和旅行箱都在他房间里呢。"

"我想去他房间看看。"老国说。

"好好，我带你去。"说着，老贾便想撑着拐杖站起来。

周薇见状，赶紧放好笔记本，伸手搀扶起老贾。

老贾一边道谢一边带着老国等人来到了贾宝强的房间。正如老国的猜测，他们一进到房间，就看见一只半新的旅行箱塞在床肚里，落满了灰尘；衣橱里放着整整齐齐的衣服，不仅有冬季穿的棉衣，还有春秋季的单衣。

"你儿子的衣服少了几套？"老国指着衣橱里的衣服问。

"就少了他失踪当天穿的那件衬衫，别的都在。"段婶赶紧走到老国身边解释，"你们瞧，鞋子一双没少。"说着，她打开鞋柜，鞋柜里整齐地摆着六双鞋。

老国看着鞋沉思了一会儿，又观察了衣橱里挂着的西服，随即从一件衣服口袋里掏出一只钱包。他将钱包打开，里面有五张百元大钞和几张零钱。这下，老国更加相信自己的判断了。

段婶和老贾看到儿子的钱包，脸色顿时白了。老贾还好，已经有了心理准备，但是段婶一直不相信，心中还怀着微弱的希望，如今她终于意识到，这个警察先前的说辞可能是真的。

"不可能，不可能，怎么会呢？宝强不是还……"段婶喃喃自语着。

老国没有说什么，继续在房间内四处打量着。写字桌玻璃台板下压着的二三十张照片抓住了老国的视线，周薇也凑了过来。

玻璃台板下压着的大都是老照片，记录着贾宝强从婴儿到成年的成长过程，定格了一家人曾有过的幸福时光。

老国指着一张戴着眼镜、文质彬彬的小伙子的照片，问："这就是贾宝强吗？"

此时，段婶还没回过神，老贾走过去，看了一眼照片："是啊，这就是我们家宝强。"

老国叹了口气，又指着一张有两位老人和一个四五岁男孩的照片，问："这两位是他的爷爷奶奶？"

"是啊，这是宝强刚上幼儿园那会儿，他爷爷奶奶带他在镇上的照相馆拍的。这一晃都过去二十多年了，唉——"老贾看着照片，叹了口气，"人这一辈子苦啊，一眨眼的工夫，宝强的爷爷奶奶不在了，弄不好宝强也不在了，就留下我们老两口了。"

老国仔细端详了一会儿照片，问："贾宝强的爷爷是木匠？"

段婶已经在林可慧的安抚下慢慢平复了心情，听到老国的话后凑了过来，看着照片说："宝强爷爷不是木匠，他什么手艺都没有，就是个吃不了苦、游手好闲的农民。"

老贾不满地瞪了段婶一眼："你瞎说什么呢！"

一行人神色各异地走回了刚才的屋子，段婶和老贾白着一张脸坐在椅子上，老国还在沉思中。

周薇压低了声音，生怕惊到段婶，问："段婶，如果——我是说如果，宝强真的不在了，那么可能有两种情况，一种是出了意外，比如车祸、落水什么的，还有一种是被人害了。如果他是被人害了，会有以下几种原因，第一种是仇人害了他，第二种是因为感情纠纷被人害了，第三种是经济纠纷，有人图财害命什么的。要是有相关的线索，您可得提供给我们啊。"

儿子失踪这三年，老贾无数次设想过种种最坏的结果。现在两位警察面对面告诉他，儿子很可能遇害了，他不想有任何隐瞒，于是对段婶说："孩他娘，咱们就实话实说了吧！"

"你们隐瞒了什么？"周薇看了看还在沉思的老国，语气带上了不快。

"段婶，如果想把宝强失踪的事弄明白，你们可不能有一点隐瞒啊。"林可慧在一旁提醒道。

段婶尴尬地看着周薇和老国，缓了一会儿，才说："不是我不想告诉你们，是这件事……我也不知道该咋说。宝强啥都好，孝敬父母、工作踏实，但就有一样让我们老两口不省心……"

原来跟贾宝强一起失踪的，还有村会计家的儿媳英子。贾宝强和英子高中时在一个班，正值情窦初开的年纪，两人互相都属意。但那时贾宝强家里条件不好，就将更多的精力放到了学习上，两人并没有挑明关系。

高中毕业后的第二年，村会计家的木材厂缺人，没有学上的英子就去村会计家打工了。村会计家的儿子魏太帅见英子长得水灵便开始追求她，没多久两人就在一起了。等贾宝强大二放假回家的时候，英子和魏太帅已经结婚了。可两人结婚后，魏太帅开始家暴她，尤其是在她生了一个女儿后，魏太帅不仅变本加厉地打骂她，还经常夜不归宿，去城里找女人。这让英子无比后悔跟魏太帅在一起了。

贾宝强大学毕业后，就去镇上的中学当老师了。有一次贾宝强回家探望父母，与英子再度重逢，生活的苦难让英子发生了很大变化，可贾宝强发现自己依然喜欢着英子，于是两人旧情复燃了。

"英子跟宝强又好上了的事，我多少知道一点，当时觉得这样不好，还跟宝强说过，我还以为他们断了呢。没想到，三年前两人一起失踪了，我当时就觉得两人可能是私奔了。后来魏太帅和他娘到我们家闹过几次，硬说是宝强把英子拐跑了。我在宝强失踪的第二天就报警了，他们就是来闹，也没办法……但是已经三年了，这三年来，见不着宝强，我这做娘的心里急啊！就怕真出了什么事，所以想请国警官帮忙找找。"说到此时，段婶停止了哽咽，带着希冀看向老国，"万一宝强是怕魏太帅找碴儿不敢回家呢？他毕竟拐跑了人家媳妇，这欠着理呢，他怎么敢回家？你说是不是？"

老国一行人没有出声，这样的情况是他们意料之外的。

看着一脸憧憬的段婶，老国起了怜悯之心，没有把话说的太绝，而是留下了几分余地："这两天我帮你问问贾宝强的案子，你放心吧，有结果一定告诉你。"

"国警官，你真能帮我们找到宝强？"段婶没听明白老国的意思，只觉得有了盼头，脸上露出欣喜的表情，"那我，我还有件事儿跟你说。宝强是那年暑假后刚开学没几天失踪的，过了两三天吧，宝强他们学校的校长悄悄找过我，给我看了一条短信，说是宝强发给他的。"

"还有条短信？"老国一脸疑惑地看着段婶。

段婶继续说："宝强在短信上说了什么，我记不太清了。大概的意思是什么，为了英子，我老师不当了又算得了什么！他还让校长转告我和老贾，让我们不要惦记他，等今后他在外地混出头了再回来，说要接我们去城里过好日子。

"宝强他们学校的校长还让我们千万别跟别人说。今天要不是把话说到这份儿上了，这事我肯定憋在心里。要是被魏太帅知道了，还不得把我们家这房子扒了。"

"那短信您真看到了？"周薇不解地问。

"那能假得了？你别看我这老婆子没念过几天书，但宝强的手机号码我还是记得的，那短信就是宝强发给校长的。要不你可以去问问镇中学的校长。"

周薇又问："后来贾宝强还给你们打过电话、发过短信，或者给你们写过信吗？"

老贾失望地摇了摇头："宝强一直没和我们联系，我们偷偷给他打电话，一直都是关机，再后来宝强的手机就停机了。从那以后，就再也没有宝强的消息了。"

"他那是不敢打，怕被魏太帅发现找咱们老两口的麻烦。"段婶对着老贾说完，又看向老国，面上带着几分笑容，"国警官，那就拜托你了。"

老国沉默地点了点头。周薇和林可慧对视了一眼，她们都知道老国没说的真相是什么。林可慧出门前，从包内取出一沓现金，悄悄塞在段婶家的坐垫底下。

➤➤　➤➤　➤➤

一行人离开了段婶家，在附近的镇子上吃了饭才返程离开。老国坐在车上时还想回村子查找贾宝强的失踪线索，可周薇知道老国还在被调查期间，这样做会给别人留下把柄，就和林可慧一道将他拉上了车。

老国说不过两人，只好与她们一道回去。

"林姨林姨，你有没有觉得魏太帅的名字起得蛮有悬念的，让人产生无穷的想象。"路上，周薇忍不住和林可慧吐槽魏太帅的名字，"我太想知道他究竟帅成了啥样？"

林可慧还没回答，老国的声音先响了起来："少说些有的没的。"

周薇对着林可慧眨眨眼，嘴里还不忘应和道："是，师傅，我错了。"

老国瞪了周薇一眼，道："小周，你跟着我也有些日子了，你先分析一下贾宝强为什么失踪。"

周薇想了一下，没有回答老国的问题，而是带着几分踌躇问道："师傅，我们真的要查吗？一查出来，这个风雨飘摇的家就彻底塌了。"

"你还是不是警察？不给家属一个交代，他们就能好受？"老国不满地看着周薇。

周薇解释道："师傅，我这不也是不想让段婶、贾叔绝了希望嘛！"

"警察遇到案子能袖手旁观、不闻不问吗？"老国仍然有些不快。

林可慧连忙从中调停，之后问老国："国警官，这起失踪案要不要问问当地派出所？不是一个辖区，可以直接调查吗？"

被林可慧的话一提醒，老国对王主任和律师的不满更多了，他被调查期间不能查案，跨区询问案件怕是也问不到结果。

"我会去问问的。"周薇知道这件事老国不能插手，所以在林可慧的话音落下后，连忙接上了话茬儿。

老国说："行，小周，到时候你去问问，有什么消息记得第一时间给我说。现在，你来说说自己对这个案子的看法。"

周薇看了看林可慧，面露迟疑。

林可慧察觉到了这一点，笑着问道："是不是我不方便听？"

周薇还没说话，老国的声音先响了起来："没事儿，咱们今天不是局里指派下来查案的，说说自己的看法而已，不影响。"

周薇对着林可慧露出一个带着歉意的笑容，想了想说："我是这样想的。如果贾宝强带着英子私奔了，那他们一定会提前做好准备，最起码带上身份证、带上现金，再带几件必要的衣物，所以这一点可以排除。如果是两人一起发生了意外，比如落水、坠崖之类的，已经三年了，这村子虽然偏僻，但地方并不大，尸体怎么一直没被人发现呢，我认为意外的可能性也很小，甚至根本不可能是意外事件。最大可能是，两人的感情被英子的丈夫，也就是魏太帅发现了，然后一气之下杀了他们……"

老国盯着周薇，眉头蹙了蹙："前面分析的基本都对，但小周，你漏掉了很重要的一点。"

周薇急不可耐地问："漏了什么？"

"凶手杀人之后呢，尸体怎么处理？"

"分尸？"周薇突然想到了"8·8碎尸案"。

"不会是分尸，应该是藏尸。"老国说，"你别以为分尸像剁个包子馅一样容易，个把小时就能搞定。两个成年人的躯体可不小，想要将他们分尸肯定是件麻烦事。人体关节、骨骼结构非常复杂，肌腱、韧带也不容易分割，这不仅是个力气活，还是个技术活。另外，分尸还得有合适的工具，贾宝强和英子失踪时是夏末初秋，尸体腐败的速度快，一天之内处理不完，就必须有制冷设备进行保存，因此要想在短时间内分解两具尸体是非常困难的。况且，切割骨骼会发出很大的声音，骨渣和血水也很难清理，没有私密的场所如何进行？我刚才观察了一下这个村子，人口虽然不多，但居住密集，很难有适合分尸条件的房子。"

"还是师傅厉害啊。"周薇拍了两下手，眼神也亮了起来，"师傅，您要是凶手的话，会在杀死他们后，把他们埋了，是吗？"

"你要是凶手，你会怎么做？"老国反问道，同时想看看周薇能不能想到关键点。

周薇抿着嘴想了片刻："师傅，如果我是凶手，杀了他们以后，我一定会很惊慌，但尸体摆在我面前，也不能不管。如果我把尸体扔到山上，过两天肯定被人发现；扔到水里也不行，过两天会浮上来。到时候警察一查，肯定会查到我——英子的丈夫头上。所以我干脆把他们埋了，让他们神不知鬼不觉地从人间消失。在恐惧中度过两三天后，我怕段婶、贾叔报案，就模仿贾宝强的口吻，编了一条短信给校长，让老两口以为儿子拐跑了人家媳妇不敢报案，拖延案发时间。"

周薇说完笑眯眯地等着老国的夸奖，没想到老国严肃地看着她："小周，我听你这两次的分析，似乎认定魏太帅就是凶手了。"

"师傅，您难道觉得不是他吗？"周薇疑惑地反问。

"魏太帅是凶手的可能性很大，但我们不能排除其他人作案的可能。"老国转过头，严肃地对周薇说，"而且，凶手怎么保证贾宝强父母不会在第一时间报案呢？"

周薇陷入沉默，她不知道怎么回答这个问题，因为之前段婶说过，她在贾宝强失踪的第二天就报案了。

"师傅，真有可能是其他人吗？"周薇问得有些犹豫。

"如果贾宝强跟英子夜晚见面的事被魏太帅的父亲发现，或其他近亲属发现了，认为这是有辱门风的事，很可能会在激愤之下杀死两人，或者是失手打死他们。这些情况都有可能发生，因此我们不能先入为主，认定凶手就是魏太帅。"显然，老国对周薇的分析不甚满意。

"还有，我注意到了贾宝强的鞋柜里有皮鞋、运动鞋、棉鞋，就是没有拖鞋。我在其他房间也看了，客厅有三双拖鞋，其中两双和段婶的足型吻合，一双和老贾的足型相符，唯独没有贾宝强的，你说这是为什么？"

"说明贾宝强失踪时穿的是拖鞋？"周薇不知自己回答得是否正确，接着问老国，"这又能说明什么问题呢？"

听到两人对话的林可慧明白了，她对周薇说："这说明贾宝强失踪时并未走远，而且很可能就是在村子里失踪的。要是他当时准备出远门，怎么会穿着拖鞋？"

"林姨，您真是太厉害了！"周薇惊讶地看着林可慧。

老国看着林可慧，认真地点了点头。

➤　➤　➤

回到家后不久，周薇打来电话，说是什么消息都没打听到。老国眉头紧锁，挂断周薇的电话后，转头就给江口分局中熟识的警察打了电话，结果依旧让人大失所望。因为老国被督查处调查，周前担心老国这案子不查到底不行的性格坏事，被人捏住把柄，在市局开会的时候提点过各分局，说老国现在需要休养，任何案子非必要都不能麻烦他；如果老国的徒弟周薇询问其他案子，也是一个字都不能说。

什么都没问出来的老国第二天就急着要去段婶家，但收到消息的周前再次联系了他。

电话中，周前的语气又气愤又担忧："老国，我之前怎么跟你说的？你还跑到江口分局去了，失踪案用得着你插手吗！你老实在家待着，督查处没有结果，什么案子你都别参与。"

想要争辩的老国一反常态地没有吱声，想起周前之前的话，他相信周前不会放任案子不管的。他很快回了一句"知道了"，便匆匆挂了电话。

老国吃过晚饭，刚把屋子收拾好，门就被敲响了。他打开门一看，是郭斌。郭斌身后还站着曹勇、小田等几个"8·8碎尸案"专案组的核心成员，周薇也在其中。

"你们来得不巧，我刚吃完饭。"老国看着一行人说。

"师傅，您误会了，我们不是来吃饭的，我们是来办案的。"周薇嘴快，抢着说。

一行人进了屋，郭斌就跟老国道："师傅，要是别的案子，我们就自己办了。可这是碎尸案，影响太大了，查了这么长时间，我们这心里实在没谱。"

"我不是被调查着吗？现在不能参与调查。"老国不解地问。

"师傅，是这样的——"郭斌压低了声音，生怕隔墙有耳一般，"周局让您离开专案组，是他实在没办法了。督查处要调查您，王主任和律师还盯着您，周局也很为难。我听周局说，您还惦记着案子的事，虽然没明说，但也是默许我们私下找您请教。毕竟把案子查清楚最重要，您说是不！"

老国点了点头，明白了周前的良苦用心。他问郭斌："那你们之后到我家来讨论？"

郭斌笑着说："要是您不反对，以后您家客厅就是专案组会议室，怎么样？我们不仅今天过来，以后只要一有重要情况，就在您家里碰头。"

"好，那咱不玩虚的，客套也免了，想喝茶你们就自己泡。先跟我说说这些天来'8·8碎尸案'的进展情况。"老国开门见山。

郭斌见老国答应了，开心得不行，马上汇报起最近的调查结果："我们通过尸体的切割创口分析，凶手分尸时用的刀具为两种，一是锋利的短刀，也可能是质地坚硬的窄刃菜刀、匕首等，主要用于切割肌肉和内脏；二是厚背的斩骨刀，就是肉店里常用的那种，用来砍切骨骼。第一种刀具售卖的地方很多，我们排查起来难度太大，目前没查到一点有用的线索；第二种斩骨刀有了点眉目。"

"哦，什么眉目？"老国顿时兴奋起来。

"我们对所有销售这种刀具的商店进行了地毯式排查走访，主要询问店铺的销售人员在七月下旬到八月初，是否有一个体貌特征和康剑伟相似的人购买过斩骨刀。"郭斌没把自己当客人，一边说一边拿起一个苹果吃，还分给一起来的专案组成员。

"别说一半留一半。"老国握住郭斌正要将苹果送到嘴里的手，盯着他问，"结果呢？"

"城北一家刀具店的店主反映说，那些天确实卖出过一把厚背的斩骨刀。购买者是一名四十多岁的男人，戴着棒球帽和口罩。店主当时还和对方开玩笑，说大热的天，也不怕捂出痱子啊。那个男人说他感冒了，怕风。"

"带店主认过人了吗？"老国迫不及待地问。

"认过了。店主说看着有点像，但时间过去很久了，他不敢确定。我们又找了刀具店沿途的监控录像，没找到一段有用的，因为时间太久，硬盘储存量有限，被覆盖了。"

看着郭斌失望的表情，老国突然想到吴丽莹曾经说，一般人家里只有冰箱没有冰柜，而分尸过程持续了至少四五日，冰箱可能无法容纳那么多尸块，冰柜或企业用的冷库才能更好地冰冻保存……

老国问："销售冰柜的商店家查了吗？"

曹勇接过话茬儿："查了，我们拿着康剑伟的照片，走访了每一家售卖冰柜的店铺商场，也调查了每一台冰柜的去处，但始终没有发现康剑伟购买冰柜的记录。"

正在客厅里踱步的老国停下了脚步，他看见周薇打开了冰箱，突然灵光一现，"慢！"他冲周薇喊了一声。

"师傅，我就想拿瓶冰水……"周薇的手正搭在冰箱上，以为老国要训她。

老国指了指沙发，示意周薇先坐下。他拿起手机拨通了吴姗的电话："家里的冰箱是什么时候换的？"

"换了快半个月了，怎么了？"吴姗在电话中说。

"那旧的呢？"老国追问道。

"当然是卖了。"

"卖给谁了？"

"卖给收废旧电器的小贩了，怎么了？"

"知道了。"老国得到了自己想要的答案，立即挂了电话。

听了老国和吴姗的对话，郭斌已经知道老国为什么这么问了，他转头问曹勇："销售二手冰柜的店，你们查了没有？"

曹勇面露尴尬："郭支队，销售二手冰柜的那些店确实还没查到。您知道，之前调查售卖冰柜的店铺、商场的工作量很大，还没来得及查。"

"接下来重点调查销售二手冰柜的店铺和修理店。小贩把这些废旧冰箱冰柜低价回收后，将它们维修和翻新，再高价卖出去。我想，如果在别的地方没有查到记录，康剑伟很可能是在这些店购买的二手冰柜。"老国迅速给出调查方向，交代给郭斌等人。

"好的，师傅。"郭斌说完，便将消息发给专案组的十几名侦查员。

"还有一点也必须调查清楚，就是分尸场地。康剑伟不可能在自己家里给受害者分尸，受害者的租住房经过调查也被排除了，那么分尸场地究竟在哪儿？查到确定的分尸场地，康剑伟就难逃法网了。"老国再次强调分尸场地的重要性。

这时候，周薇举起手问："师傅，我们应该怎么找这个分尸场地呢？"

老国端起杯子，喝了一口水，缓缓说道："如果我是凶手，我肯定还有一套房子，这套房子平时没人住。因为我是银行的副行长，为避免纪委的人盯上我，我不会亲自购买房产，而是用我父母、兄妹的名义购买，或者用我妻子家人的名义购买……"

第八章 抓捕行动

一张无形的大网在林下村悄悄张开，

只等嫌疑人自投罗网。

秋雁高飞，碧水如镜，林下村的桂花树香气袭人。一辆奔驰车缓缓驶向村子，停在进村道路旁的一块空地上。车上下来三个人，正是老国、周薇和江口分局刑侦大队的大队长刘大群。为了不打草惊蛇，他们都穿着便服。

两天前，刘大群被老国的一个电话弄得一头雾水，连忙调出贾宝强失踪案的档案，又是核对档案，又是找负责警员问话。在核实了案子情况后，刘大群忍不住找到老国，他知道明面上老国什么案子都不能查，但作为知情人，是可以协助调查的。

在跟周前局长通气后，刘大群带着老国和周薇来到林下村走访，他们此行的目的主要是寻找埋尸地点。找到尸体，这个案子才能正式立案调查。

三人步行到村里，四处察看、指指点点，做足了考察人员的姿态。

一名三十来岁、戴着眼镜的男子见三人奇怪的举止，停下摩托车，问："你们这是？"

周薇忙走上前来，热情地回应道："您好，我们是来林下村考察的，这位是我们开发公司的刘董事长，这位是我们公司的总经理国总，我姓周，是公司的技术员。"女孩依次向眼前的男子介绍，之后问男子，"请问您是？"

"他是大学生村官。"老国盯着来人说。

见老国一下猜出自己的身份，男子很是诧异，态度变得恭敬不少，他乐呵呵地介绍说："我姓李，是林下村村支部书记。你们来我们这个偏僻小村考察什么，是到我们这投资项目吗？要不，我领你们去村委会坐坐？"

"这不是现在都在搞秀丽乡村嘛，国总有意找个合适的地方投资。这几天我们已经跑了好几个村了，今天才到的林下村。"周薇扭了扭脖子，做出疲惫的样子。

刘大群接着说道："今天我们就是到村子里考察一下，看看环境，此次来也没有和你们镇领导打招呼，若是将来没有投资意向，岂不是给你们添麻烦了。"

老国打量了李书记片刻，问："李书记，你在林下村已经工作五六年了吧？"

李书记笑着答道："您说得真准，从毕业起到现在，我一头扎进林下村已经六年了。"

老国一听这话，心里顿时有了计较："李书记，能否劳烦你带我们在村里转转，顺道给我们介绍一下村子的情况？"

"国总，这是我应该做的。再说，您将来若真能到我们林下村投资，可是我们林下村的福分呢！"李书记把摩托车停好，领着老国三人在村子四处看了起来。

李书记一边走一边给他们介绍："我们林下村虽然没有古迹遗

址，但风水还是不错的，北有山南有水，古人不是说嘛，山不在高有仙则灵。你们看，那座小山包虽然不高，要是花钱打造一下还是挺漂亮的；你们再看那里，南边那条大河没被污染，水清着哩！"

"你们村子多少人口？"周薇问。

"现在我们村子的总人口是 1525 人，再过两个月，就是 1528 人了。"

周薇想了想，明白过来，笑道："您是说，有三个孕妇快生了，是吗？"

"不是三个孕妇要生了，是四个孕妇要生产了。"李书记笑着答道。

"四个孕妇要生孩子，为什么村里只多了三口人呢？"周薇不解地发问。

"应该是有个老人家快不行了吧！"老国回答。

"是啊，村头的老施上个月查出了肝癌，已经是晚期了，听说活不过这月。他儿子儿媳怕老施在医院遭罪，也省得在医院糟蹋钱，已经把他从医院接回了家，寿衣也都置办好了，只等咽气了。"

边走边聊中，一行人沿着小道来到了一片林地边。李书记介绍说："以前这里都是粮田，后来年轻人都到外面打工去了，村里就剩下老人和孩子，这地就荒了。村委会见大片大片的地都荒着，就把田给归整起来，租给了几个外地的老板，搞起了苗木基地。你们看，这片桂花林，还有那边的银杏林、香樟林，长势都好着呢。现在城里楼盘的绿化，都是在我们这里买的苗木。老板赚钱了，村民包地、外加在老板手下打打工，也有了稳定的收入。"

老国望着大片的林木，沉思起来。

周薇知道师傅是在思考：凶手会不会把贾宝强和英子的尸体埋在林地里。

老国看了一会儿，走进桂花林里，拍了拍碗口粗的桂花树，问李书记："这些桂花树少说也有十几年了吧，一直没有卖掉吗？"

李书记连忙解释："是这样的，这些树不是树苗的时候种下的，否则像这些桂花树，少说也得长个十来年，哪个老板愿意做这样的生意？这些桂花树和银杏树，一般都是从别的地方买来七八年的成树，在地里先种着，等候买家。"

老国又问："这片桂花林和那片银杏林种下几年了？"

周薇知道师傅直来直去惯了，怕李书记怀疑，连忙解释道："国总是怕将来征收这片林子时，那些老板会漫天要价。"

李书记看着三人，急忙摆手道："不会不会，到时我们村委会和镇政府的工作人员会给他们做工作的。现在为了改善招商环境，我们镇里有专人负责协调，绝不会让客商被骗。"

"这两片林子种下几年了？"老国继续问。

"是前年春天种下的。"李书记抓着后脑勺，想了一会儿说，"原来这片地被一家开发商承包了，说是有一个大的绿化工程要在这里种树。树苗运过来前，开发商在当地找一个包工头，请他们来翻地，没承想那包工头狠狠地敲了他们一笔。开发商知道后就报警了，是镇上的派出所出的警，把那个姓魏的包工头好好训诫了一番。当时我也在场，是前年5月份的事。"

"姓魏的包工头，叫什么名字？"老国想到了什么。

"您认识？"李书记随口问了一句，便接着说，"那个包工头叫魏太帅，是村会计家的儿子，我们这一带的工程绝大部分都是他承包的。"

说完，李书记又解释道："你们放心，今后你们来投资，从区政府到村委会，还有公安、城管都会为企业保驾护航，不会让魏太帅这样的小混混儿冒头闹事的。"

➤➤　➤➤　➤➤

眼看到了中午，李书记热情地邀请三人去村里吃饭，老国推托了。他们约好下午两点在村东口碰头，由李书记带着他们继续在村里转一转。

老国一行人在镇上找了一家饭馆坐了下来，点好菜后，话题自然就聊到了贾宝强的失踪案上。

周薇问："师傅，您看上午的那片林地会是埋尸地点吗？"

老国摇了摇头："李书记不是说那片林地过一段时间就要翻上一遍吗？我刚才看见林子里的工人不是喷药就是除草，人来人往的，凶手不可能傻到把尸体埋在那里。"

"万一凶手不知道林子过一段时间就要翻上一遍呢？"周薇不解地问。

老国想了想说："首先我能确定凶手就是本村人。林下村地处偏僻，进出村子的基本都是熟人，陌生人来到村里，应该会给村民留下印象。"

"师傅，你这么说也太绝对了，我们不能排除万一啊！"周薇说。

老国反问道："如果你是凶手，到一个陌生的村子里杀了人，会找地方把尸体埋了再逃走吗？"

周薇低头想了片刻，才恍然大悟，急忙赔笑道："师傅，我懂了。要是我在一个陌生的村子里杀了人，肯定是赶紧逃走，生怕被别人发现，根本来不及处理尸体，最多把现场清理一下，防止落下足迹、指纹或头发等物证。"

刘大群夸赞了周薇两句，转而说道："刚才你们分析的这些线索，之前来调查的警员也提出了同样的猜想，可是没找到任何证据。这三年来，贾宝强就像凭空消失了一般，没有找到任何线索。"

老国和周薇听了刘大群的话，当即意识到，老国之前的猜测怕是成真了，贾宝强可能真的遇害了，不然怎么会三年毫无音信呢？

沉默了一瞬，周薇忽然问道："师傅，上午您刚见到李书记，怎么一下子就认出他是个大学生村官呢？"

"我来之前看过林下村的资料，知道来人是村书记。"说着，刘大群话锋一转，"可我同样好奇，国顾问是怎么知道李书记的身份的呢？"

"主要有四点。"老国看了看周薇，"第一是体貌特征，任何人的体貌特征都带有身份信息，需要你细心观察。比如李书记，他戴着眼镜，头发梳理得整整齐齐，还穿着西装和皮鞋，这跟下地干活的农民是不一样的。"

"可他穿的西装和皮鞋都和农民一样，是比较脏的啊？"周薇不解。

"他穿着乡下人很少穿的西装和皮鞋，就是想表明，他内心并不把自己当作农民，他要向他理想中的那类人看齐，就像你——"老国看向周薇。

"我怎么了？"周薇满脸不解。

"你最近总是板着脸、皱着眉。"老国说。

"我有吗？"周薇睁大了眼，满脸难以置信。

一旁的刘大群摸着下巴道："虽然我和你相处的时间不久，但是每次见你，你都板着脸、皱着眉，也就说话的时候脸上的表情才会丰富。"

老国解释道："我在你心目中是个刑侦专家，你是一个见习刑警，你想成为一个像我一样的专家，事实上，你还没达到这个高度，所以你开始无意识地模仿我的言行。对你而言，我的言行是你从'现实自我'通往'理想自我'的一座桥，一座无形的桥。就像一个经常受欺侮的人，他身单力薄又无力抗争，于是他的内心就会渴望变强，比如他会去文身，文成一个一眼看起来就很凶猛的人，再买条大金链子戴脖子上，没钱就买条假的，要不买条沙金的也成，手指那么粗的才几百块钱。"

周薇认真地听着、思索着："师傅，您的意思是说，经常被人欺侮是现实，而在身上文身、戴大金链子则是他梦想成为的人，靠着身上的文身和金链子，他认为自己可以不再受人欺侮，甚至可以吓唬欺侮他的人。"

"对。"老国看着周薇，眼里流露出几分赞扬，"小周，不错，一点就通。"

周薇不好意思地笑了笑，说道："还是师傅您更厉害。我没想到您对心理学都有研究啊！"周薇向老国竖起了大拇指。

老国摆摆手："这都是我这些年在办案中的心得体会，再加上看过些犯罪心理方面的书，略知点皮毛而已。现在的案子可与以前不一样了，我也得与时俱进。"

"师傅，您已经够厉害了！作为您的徒弟，我也不能止步不前，也要继续努力！"周薇在心里下定决心，一定要跟上师傅的步伐。

老国看着周薇，脸上浮现了欣慰的笑容："好，咱们师徒俩一起努力。"

刘大群看着师徒俩笑着说："国顾问，您继续说说，您是怎么一眼就知道小李是大学生村官的？"

老国想了想接着说："他的发型、衣着和鞋子虽然是他无意识中在模仿镇干部，但不论是头发，还是衣服和鞋子，上面都有很多灰尘，表明他生活的环境是在乡村，这是第一点。

"他戴着眼镜，说话很有礼貌，许多词汇是土生土长、没读过几天书的农村青年无法表达的。这是第二点。"

"那第三点呢？"

"第三点是他主人公的姿态。李书记见到我们几个陌生人，主动过来询问，而且丝毫不怯场，双腿微微分开，一副主人的姿态，不是村干部是什么？"

"为什么这个姿势就是主人公的姿态呢？"

"男人最脆弱的部位是裆部，敢于暴露最脆弱的部位，表示他在这个地盘上有充分的自信。这叫作领地效应。在自己的领地内，不管是动物还是人类，只有在自我感觉良好、有充分的掌控感时，才会做出这样的姿态。李书记是村干部，我们三个陌生人不会给他心理上增加压力，所以他才会下意识地敢于暴露自己最脆弱的部位，比如胸部、腹部、裆部等。"

"什么是领地效应啊？师傅。"

"这你都不知道？把这个案子查清楚以后，你就到档案室啃卷宗去！"老国看着周薇摇了摇头，还是解释道，"领地效应是一种潜意识的本能体现。比如一条狗，当它在自家门前或院子里时，见到陌生人它会狂吠、会攻击，但到了街道上，主人不在身边，它就会夹起尾巴，贴着墙边警惕地溜走。你不能说狗在自家的地盘上狂妄自大，在陌生的街道上就谨慎胆怯，领地效应只是动物的一种本能表现。"

听了老国的解释，刘大群感慨道："不愧是国顾问！真应该让我们队里的刑警都来跟您学学。"

周薇不好意思地喝了口水，连忙保证道："知道了，师傅，回去我就去泡档案室。"

按照先前的约定，下午两点，老国一行人在村东口与李书记碰头。李书记领着他们进了村子以后，刘大群和周薇一直在问李书记村里的情况，试图找出有关贾宝强失踪的线索，同时也是在分散他的注意力；这个时候，老国像一只警犬，四处寻找着他的"理想目标"。

中午吃饭时，周薇认为可以告诉李书记他们此行的目的，但被老国制止了。老国认为，在案件还没有眉目时，村里的任何人都有嫌疑，他们依然要扮作投资考察的商人。

村子最北端有一座名为贾家包的小山坡。三人分析后一致认为，这座小山坡是个埋尸的好地方。

等到了山脚下，李书记介绍道："这算是我们村的一座小山，不过现在没什么人来。山上有两处小山洞，以前有小孩爱去那里玩捉迷藏，结果有个小孩在玩的时候被小蛇咬了一口，还好是条没毒的蛇，但是村里人也怕的不行，再也不敢来这里了。"

老国观察后发现，这座小山坡是座石山，上面覆盖着仅一两尺厚的浮土，浮土上生长着一些低矮的灌木荒草，根本不具备挖坑埋尸的条件。

抱着一线希望，老国和周薇决定去李书记提到的两处山洞查看。刘大群知道老国坚持去山洞的目的，不好让李书记跟着，便主动留下，继续向李书记询问村里的情况。

"师傅，这里根本埋不住尸体呀。再说了，村里人都知道这个地方，谁还会把尸体往这里藏。"周薇跟在老国身后，语气很是沮丧，已经有些气馁了。

"如果尸体就在山洞里呢？"老国语气严厉，"在侦查过程中，我们不能低估罪犯的智商，要尽量想得细致周到。同时我们也不能想得过于复杂，不是所有罪犯都是高智商罪犯。许多案子看上去杂乱无章，找不到头绪，等抓住了罪犯才发现，其实这个案子最简单不过，只不过是我们把它复杂化了。"

又爬了几分钟，老国实在是累了，就停了下来，他一边抹着头上的汗一边问周薇："我来考考你，如果真的在山洞里发现了尸体，你该如何排查犯罪嫌疑人？"

周薇回头看了看下面的刘大群和李书记，虽然有些距离，她还是不放心地压低了声音："如果是我，我会先排查那些知道这里有山洞的人，这两处山洞肯定只有村里人知道。"

老国没有直接回答，而是从侧面启发周薇："如果你是凶手，你会把两具尸体藏在山洞里吗？"

"只要平时没人来这个山洞，我肯定会呀！"周薇回答道，"但有个前提，就是我知道这里有山洞。可知道这里有山洞的人应该是村里人，外人不可能知道这里有山洞，也不可能把尸体运到这里来掩埋。"

"你有体力把尸体背上来吗？"老国定定地看着周薇，这才是他问题的关键所在。

"如果那两个受害者体重适中，我就是拼命也得把他们背上来呀。"周薇如实回答，即使她没明白这个问题的关键在哪儿。

老国的脸上露出些许笑意："这就对了，能把两具尸体背上坡顶的人，肯定是身强力壮的人。如果真的在这里发现尸体，我们就可以排除年老体弱的村民。"

"原来如此。"小周恍然大悟。

又爬了十几分钟，老国和周薇终于上到坡顶，老国仔细地察看了李主任所说的两个山洞后，当即就排除了藏尸的可能。洞中虽然长着荒草，但洞内面积狭小，而且净是些石头，根本藏不住尸体。

老国爬出了一身汗，他站在包顶，解开钮扣，手叉腰向村内看去。

村子西头是上午他们去过的一大片苗木林，往南则是一个小村落，段婶家的房子就在其中。听李主任说，包工头魏太帅是这个村里的首富，村头那栋最气派的三层楼房和大院肯定就是他家了。

老国看了看周薇问道："如果我是贾宝强，你是英子，我们会选择在哪里幽会？"

周薇面色一红，看到师傅一脸严肃的脸，认真地往村子里看了一圈说："如果我是英子，我会选在苗木林里幽会。首先，晚上没有人会进林子，幽会不会被人发现。还有，我不能在自己家附近，就算不被老公撞到，毕竟在自家附近偷情，心里不踏实，这叫做贼心虚。"

"不会在苗木林里。"老国摇了摇头说，他继续打量着山下的村子。

"为什么不去苗木林？有桂花有银杏，多浪漫呀！"周薇说。

老国看了看周薇，满脸不悦道："你想被蚊子叮死啊？"

"师傅说得对。浪漫是要分地方的。"周薇这才明白过来，她接着说，"那他俩在小山坡下面幽会也行啊，如果怕蚊子，可以找一个没有杂草树木的地方，晚上这里肯定没有人过来。"

"也不可能。"老国摇了摇头，他静静地看着村子，不一会儿指着远处说，"咱脚下这小山坡离英子家大约一公里多点，虽然路不算远，但你发现没有，英子从家里出来，没有别的小路可走，只有从前面的大路过来。大路宽敞还有路灯，肯定会有很多人通行。英子是个有丈夫有孩子的女人，她晚上出来幽会，肯定害怕被人看见，因此她不会走人多的大路，也就不会到山坡这里来。"

老国又看了一会儿，忽然指着小山南面的一处小楼说："走，应该在那里，咱们马上过去看看。"

❯❯　❯❯　❯❯

小楼位于村子的东南角，离贾宝强家约两里多路，离英子家约一里出头，两家各有条两三米宽的村中小道连接到小楼处。远远看，这是栋普通的农家小楼，两上两下的结构，面积大约两百平方米，小楼的东侧还有一间四五十平米的平顶偏房。整栋小楼坐北朝南，楼东边不远处是一条大河，河边的芦苇已经开始枯黄。

下了山坡，老国跟李书记描述了小楼的位置，一行人马不停蹄地朝小楼走去。走到近处，老国和周薇才发现这栋小楼没人居住，院中长满了齐腰深的荒草，显得荒凉和一丝诡异。小楼红砖砌成的外墙裸露着，已经有些褪色。小楼的窗子虽然装上了铝合金窗框，但没有玻璃，显然是快要建好时就废弃了。

刘大群在老国的示意下，站在小楼前的小道上向李书记询问小楼荒废的原因。老国则带着周薇，拨开荒草来到了院子中。小楼的大门只有门框，没有门板，老国和周薇绕着小楼看了一圈后，走到楼中。

小楼内的地面只用粗砂水泥打了底，内墙因为没有装修，和外墙一样，也裸露着红砖。这一览无余的空间吸引了老国的视线，他盯着墙角一处烧黑的地方仔细察看起来。

"师傅，您这是在看什么？"周薇问。

"这里有点可疑。"

周薇赶紧凑上去观察，可她什么都没发现："师傅，这里可疑在哪儿？"

老国没有解释，转而带着周薇去了另一间房。在这里，他发现地上有几张未烧完的半截冥币。

周薇同样看到了那些冥币，不由得蹙起了眉头，抱怨道："有些人的素质就是差，想要祭奠先人，到哪里去不行，非得跑人家房子里来烧！"

"你怎么知道是无关的人烧的？"老国瞅了周薇一眼后，便自顾自地思考起来。

"您的意思是？"

老国没有回答，找来一块砖头，在地面上一处处地敲击着，待全部敲完没有听见异响后，他又领着周薇顺着预制好的楼梯上了二楼。

刚到二楼，一群绿头苍蝇就迎面扑来，把老国和周薇吓了一跳，连忙闪在一边。

周薇挥舞着手臂驱赶嗡嗡乱飞的苍蝇，嫌恶地皱着眉头。

"这里有问题。"老国观察了一下苍蝇聚集的地方，才回答周薇的问题。说完，他从地上捡起半截扫帚，将聚在一起的苍蝇驱赶走后，仔细察看起来。

见老国好一会儿没有动静，周薇问道："师傅，您认为贾宝强和英子是在这栋荒废的小楼里私会时，被魏太帅或其他人发现后杀害的吗？这里确实是个隐秘的地方，三面通路，一处背河，还能通过窗子看到外面是否有人过来，就算被人捉奸，也可以从其他路跑掉。"

"还可以点支蚊香。"老国莫名其妙地来了这么一句。

"师傅，您这幽默的可不是时候！"周薇笑道。

老国伸出手拍了拍裸露的砖墙，仔细观察了一下，接着，他走到楼下，伸手测量了一下一楼的墙体，陷入了沉思。

过了半个小时左右，老国带着周薇走出了小楼。这时，刘大群和李书记已经无话可聊，两人就这么面面相觑地站着，等老国和周薇出来。

老国似乎没看到李书记脸上的不耐烦，开门见山地问："这栋小楼是谁家的，怎么建起来没人住？"

"您这是？"李书记不明白老国的意图，更不明白他为什么对这栋荒废的小楼感兴趣。

周薇急忙解释道："我们就是看这栋小楼建得挺好的，居然没人住。要是将来我们公司决定在这里投资，可以把这里改造一下，当作办公用房。"

"房主还住在村子里吗？"老国问李书记。

"在，就住在前面的村子里。"李书记一听周薇的话，兴致就高涨了，只要他们愿意投资，他肯定知无不言，马上介绍起这房主的身份，"这栋小楼的房主名叫施加弟，今年得有54岁了。哦，对了，我上午跟您说过，村子里要走一个人，说的就是他。这施加弟得了肝癌，快不行了，估摸着熬不过这个月。"

"我想问一下，他这房子卖吗？"老国直截了当地发问。

"国总，您是准备在我们村里投资了？"李书记顿时露出了欣喜的笑容，他忽然觉得，今天的奔波太值了。

周薇被老国这心直口快的话镇住了，一时不知怎么接，刘大群迅速接过话题："李书记，我们先了解一下，如果这里的村民厚道，我们会考虑的。"

周薇突然问道："李书记，这房子好好地怎么荒在这儿了？"

"这个我就不知道了。不过听说好像是他们手里没钱了，工程就停了。"李书记想了想又说，"这小楼建起来得有三年了吧。我记得那年夏天雨水多，有时候下大雨，水都要漫过原来的屋基了。这房子建好后总不能淹水吧，老施就找人就把原来的屋基又抬高了半米多。没过几天，他们家挑了个好日子，放了挂鞭炮就开工了。"

"也就是说，这房子是三年前的夏天开始建的？"周薇急忙问。

"是呀，当时老施说要在中秋上梁。按村里的习惯，上梁可是头等大事，亲朋好友都要随份子、吃酒席的。可是到了中秋，老施家这房子才砌起来一半。后来又拖了两个月，房子才建起来。"

周薇问："怎么拖了这么久啊？"

"我听说是他家建房子的钱被他儿子打牌输掉了。后来好不容易借到了些钱，总算把这房子建好了，但是装修的钱再也拿不出来了，所以只好让这房子荒着。"

"李书记，辛苦你一件事，你给老施打电话，问问他这房子卖不卖。"老国递了支烟给李书记，他自己也叼上一根，点着火抽了起来。

趁李书记到一旁打电话给老施的空当，周薇对老国说："师傅，贾宝强和英子失踪的时间是9月6日或7号，我刚才查了一下，2014年的中秋节是9月8日。也就是说，他们失踪时，这房子才砌起来一半，难道他们会到这个脏兮兮的工地上私会吗？"

两人正说着话，就见李书记打完电话走了过来，他一脸无奈地摊了摊手："刘总、国总，老施这老犟头，怎么说他都不卖房子。"

"这就对了。"老国冷笑一声。

"国总，您看这？"李书记不由得在心里嘀咕，这老施都病成什么样了，还惦记这破房子干什么？

老国吸了几口烟，说："李书记，麻烦你给他儿子打个电话，问问他的意思，跟他说我们公司很大，不差他这点买房子钱，他多要一点也可以。"

李书记赶紧拨通了老施儿子施天龙的电话，将一家开发企业想买他家烂尾房的想法说了一遍。没想到，施天龙同样一口回绝了。

老国扔了烟蒂，向刘大群递了个眼神，让李书记再次拨通了施天龙的电话。

刘大群接过李书记的手机，打开了免提："施先生，我们看好了您家的宅子，想买下来改造一下，当作办公用房。价钱都好商量，绝不会让您吃亏的——"

"有钱了不起啊，我说了不卖就是不卖。"电话那头的声音很蛮横，话音刚落就掐了电话。

"这家人怎么回事，平时踩了他几颗青苗，都得跟你搅个没完，现在遇到这天大的好事，居然连商量的余地都不给。"李书记拿回手机，既尴尬又气愤，他摇了摇头，"这样吧，刘总，如果您真的有意在我们村投资，买房子这事包在我身上。"

"你有什么办法？"刘大群很是诧异地问。

李书记打量了一会儿小楼，转身跟三人说："这房子建之前就没有到镇里批过手续，严格说属于违章建筑。其实村里人想建个房子改善一下居住环境，我们平时都是睁一只眼闭一只眼的。但要较真起来，这种没有任何手续的房子我们可以强拆，只是希望你们到时候把成本补给他们家就行，毕竟他们攒钱建房也不容易。"

"不用了。"老国突然掏出警察证亮到李书记的面前，"我们不是来考察的，这房子里发生过凶案，警方要调查。"

李书记被这突如其来的转变震惊了，一脸的惊讶无措。他看了看老国手里的警察证，又看到老国一脸严肃的表情，知道对方不是在开玩笑，脸上流露出紧张的神色："您是说，这房子有问题？"

"李书记，你是个好干部，但这件事你还得好好配合我们一下。

过会儿你亲自找老施和他儿子商量，就说开发商看上了他们家房子的风水，已经去镇里找领导沟通了。而且他们家这房子没有审批手续，只要镇领导同意，这房子就得被强拆，到时候可能连成本费都不补。你记得注意观察老施一家的反应。"老国一脸严肃地交代李书记。

刘大群看着耐不住性子的老国很是无奈，但他相信老国作为老刑警的专业判断，既然老国这么做了，肯定有十足的把握。

如果真的涉及凶案，李书记只有好好配合警察的行动。他瞥见老国那铁一般冰冷的面孔，不再多问什么。

老国叫住准备离开的李书记，问道："这房子的包工头是魏太帅吗？"

"是呀。"

"晚饭前，你再给魏太帅打个电话。"

李主任有点迷惑："跟魏太帅说什么呢？"

"就说有家开发商准备来村里投资，马上工程队就有大钱赚了，然后不经意间说出办公地点都选好了，准备这一两天就把小楼拆了，改建成豪华的办公楼。"老国说。

李书记重重地点了下头："国警官，我一定照您说的办。"说完，马不停蹄地跑去老施家。

晚上八点半，江口分局刑侦大队的一众刑警已经做好部署，他们临时征用了一处民宅，作为抓捕现场的临时指挥部。在周前的默许下，老国被刘大群请来协助此次行动。民宅距离施家小楼七八十米远，两栋小楼之间是一片空地，视野开阔，通过窗户可以看到施家小楼外发生的一切。

"国顾问，一组埋伏到位，请指示！"

"二组埋伏到位，请指示！"

"三组埋伏到位，请指示！"

…………

老国的对讲机中不停传来侦查员的汇报声。

"一组耐心等候，目标出现后先别惊扰，等候命令。二组、三组、四组原地守候，一旦嫌疑人逃跑，立即包抄拦截。"老国一边向各小组下达指令，一边牢牢盯着小楼的动静。他对此次抓捕行动很有把握。

"师傅，您肯定那小楼里埋着尸体吗？"周薇不无担心地问。

"嗯。"

四个小时前，李书记急匆匆地赶去了老施家，周薇跟刘大群说了他们的发现。

原来老国在小山坡上看到这栋小楼后，就认定这栋小楼与贾宝强失踪案相关。待他们进了小楼，老国看到二楼聚集了不少绿头苍蝇，立刻意识到，这里不管是不是凶杀现场，但肯定是埋尸现场，尸体就在楼内。

知道了事情的前因后果，刘大群立即给副大队长李军打了电话，交代了贾宝强失踪案正式转为刑事案件，并要求刑侦大队的刑警赶往林下村，准备晚上的抓捕行动。接到电话后，李军不敢怠慢，他迅速调集警力赶往林下村。

一张无形的大网在林下村悄悄张开，只等嫌疑人自投罗网。

第九章 陈尸匹具

四周的草丛里忽然跃起十几条人影，迅速向小楼聚拢，

十几只强光手电将小楼门前照得一片惨白……

对讲机发出的电流声在寂静中格外明显，老国站在二楼的窗前静静地观察着施家小楼的情况，窗外的风夹杂着淡淡的桂花香，徐徐袭来。

第一次参与抓捕行动，周薇有些忐忑，她紧张地问老国："师傅，您真的有把握尸体就在二楼吗？万一不是藏尸地点……"

"你看到我测量一楼、二楼的墙体了吗？"老国没有回头，语气从容。

周薇站在老国身边，也看向远处黑魆魆的小楼，她问："您当时量什么呢？"

"像这种小楼，做的墙体一般都是二四墙，想保暖做得好一些就用三七墙。我注意到，一楼的墙体厚度差不多是 37 厘米，是三七墙，但二楼的墙体比一楼更厚一些。正常建房，不管楼上楼下，外墙的墙体厚度都是一样的，二楼比一楼墙体更厚，这不常见。"老国仍死死盯着窗外。

"哦，原来如此。"周薇不得不钦佩老国敏锐的洞察力。

"指挥部，第一小组报告，嫌疑人魏太帅喝完酒，和两个酒友一起去了会所，还叫了三个按摩小姐，我们是否以涉嫌嫖娼的名义抓捕？"对讲机中传来侦查员的声音。

刘大群拿起对讲机："第一小组请注意，继续监视，如有其他异动，立即报告指挥部。"

"指挥部，第一组收到。"

对讲机里再次安静下来，黑漆漆的临时指挥部内一片沉寂。

过了一会儿，周薇打破了寂静，她问老国："师傅，我还有一点没有弄明白，你觉得魏太帅和施家父子可能是同谋吗？"

老国想了想："暂时还不好说，但他们都有嫌疑。"

"国顾问，我是这么想的。按当时李书记对他们的评价，我们谎称要高价买房子，施家父子应该立即贴上来，狠狠敲一笔才是，但他们断然拒绝，说明他们心中有鬼、有所顾忌。假定他们父子是杀死贾宝强和英子的真凶，那么魏太帅很可能不是凶手，因为英子是他的妻子，他要是知道施家父子杀死了英子，应该早就报案了。"刘大群提出了自己的观点。

"刘队分析得有道理。"周薇点了点头，对刘大群的分析深表赞同，"如果魏太帅是杀人凶手，他把尸体浇筑进墙体里是说得过去的，但他肯定不会把真相告诉施家父子。施家父子在不知实情的前提下，不会任由房子荒废，也会痛痛快快地把房子卖给我们。因此，在他们几人中，只可能是施家父子杀人藏尸。"

"你们说的这些我也想到了，但我有个疑点。"老国说，"施家父子没有能力，也没有工具将尸体浇筑进墙体里，所以墙体里的尸体应该和魏太帅密切相关。魏太帅把尸体藏在别人的房子里，肯定会隐瞒真相，但施家父子今天的态度十分反常。正如刚才刘队所说，施家父子如果不知道房子里藏着尸体，为何会将新建的小楼荒废？又为何拒绝我们高价买楼的要求？"

时间在一分一秒地流逝，转眼间已是深夜，对讲机里终于传来侦查员的声音："报告指挥部，会所后门外开来一辆皮卡车，车斗内放着汽油切割机和大锤等工具，魏太帅已经上了皮卡车。是否抓捕，请指示。"

"我是指挥部，现在车上有几人？"刘大群拿着对讲机问。

"指挥部，加上魏太帅，车上共有三人。"

"远远跟在后面，别让他们发现。"

指挥部内再次被寂静笼罩，一股紧迫又紧张的氛围蔓延开来。

"报告指挥部，施天龙驾驶着一辆电动三轮车，和一名男子正往荒楼方向开过去，车上放着镐头、铁锹。是否抓捕，请指示。"

"我是指挥部，继续跟踪，别惊动他们。"

侦查员的话让周薇激动不已，没想到魏太帅和施家都有所行动，看来这次行动的收获不会小。

天上升起一弯残月，远处传来的一两声犬吠似乎在告诉人们，这个夜晚并不平静。

几分钟后，一辆皮卡车快速驶向小楼，车灯发出的两束光柱撕开了黑沉沉的夜幕。很快，车停在离小楼四五十米的村道边。

红外夜视仪的屏幕上显示，三名男子陆续下了车。一名高大肥胖的男子拎着大锤在指挥，另外两名男子从车厢内抬出了切割机，之后他们拿着工具一起向小楼走去，不一会儿，三人的身影就消失在小楼内。

对讲机再次传来侦查员的声音："报告指挥部，嫌疑人已经开始砸墙，是否抓捕，请指示。"

"我是指挥部，等候命令。"老国沉声道。

周薇急道："师傅，肯定就是他们了，赶紧抓人吧。"

老国看着黑漆漆的窗外，低声道："还不到时候，施天龙和他的同伙还在赶来的路上。"

又过了十分钟，夜视仪的屏幕中出现了一辆驶向小楼的电动三轮车，小楼内的手电光也熄灭了。显然，魏太帅等人看到了匆匆驶来的车子。

"各小组请注意，迅速包围小楼，绝对不能放走一人。行动！"刘大群打开对讲机，下达了命令。

"走，我们也去现场。"说完，老国同刘大群和周薇一起悄悄往荒楼走去。

由于临时指挥部与小楼之间没有遮挡物，三人只能小心翼翼地贴着小道、矮着身子悄悄接近小楼。此时，施天龙和他的同伙已经拿出镐头和铁锹向小楼内走去。

不一会儿，小楼的一楼闪出微弱的手电光，随后传出镐头掘地的声响。

"师傅，情况不对，施天龙怎么在一楼啊？尸体不是在二楼的墙体里吗？"周薇低声问道。

老国没有出声，双眼紧紧盯着小楼，心里暗暗思忖着。

"有没有可能，他们分别杀了人，各自把尸体埋在不同的地方，而且他们互不知情。"周薇大胆想象了一番。

周薇的话一下击中了老国，之前所有的线索都合上了，他赞许地看了一眼周薇："小周，你分析得不错，有长进。"

一楼的凿地声仍在继续，二楼依然悄无声息。这样的行径无疑佐证了周薇的分析，这两拨人并非同伙。

见时机已经成熟，老国和刘大群对视一眼："行动！"

四周的草丛里忽然跃起十几条人影，迅速向小楼聚拢，十几只强光手电将小楼门前照得一片惨白……

十分钟后，两辆刑事勘查车和几辆警车开到了现场，数十盏车载勘查灯从东、南两个方向，将现场照得亮如白昼。施天龙和他的同伙、魏太帅和他的同伙都戴着手铐，被带往江口分局。

此时，四五名侦查员正用工具挖一楼的地面，二楼也有几名侦查员抡着大锤，敲砸聚集着苍蝇的墙体。随警车一并来的，还有江口分局的两名法医，正叮嘱他们不要破坏尸体。

凌晨五点，东方已泛出鱼肚白。刘大群走进临时指挥部，对老国和周薇说："二楼墙体里的尸体已经顺利取出，是一具男性尸体，从牙齿磨损程度判断，死者四十多岁。"

"你说什么，四十多岁的男尸？"老国一脸凝重地看着刘大群，这个结果是他万万没有想到的。

刘大群说："是的，法医已经对这具尸体做了初检，确实是一具四十多岁的男性尸体，死因需要进一步检验，身份也要核查。过会儿我们就把尸体运回解剖室，鉴定死者的身份和死因。"

"楼下的尸体挖出来了吗？"坐在椅子上打盹的周薇也来了精神。

"快了，已经挖出一部分了。"刘大群一边回应一边找了把椅子坐下，这一晚上又是抓捕又是挖尸的，他急需休息一下。

　　屁股还没坐热，刘大群就被一名跑过来的侦查员的叫声惊醒。那名侦查员嚷道："刘队，一楼的尸体挖出来了，一共三具尸体。"

　　"什么，三具尸体？"周薇不可思议地瞪大了眼睛。

　　屋内所有人都惊呆了，老国的手指轻轻颤了一下，刚吸了几口的香烟掉到了地上。

　　清晨的太阳被乌云遮住，很快就下起了淅淅沥沥的小雨，薄薄的雾霭在深黄色的稻田间飘散游走，犹如一幅湿漉漉的油画。

　　施家小楼周边五十米的范围内，围了三层警戒线，村道上停着十几辆警车。村民们不知怎么得到了消息，一大早就赶到了现场，乌泱泱地围拢在警戒线外，交头接耳地议论着。

　　不一会儿，十几名穿着制服的警察抬着四只白色尸袋鱼贯而出，踩着泥泞湿滑的小道向停在路边的运尸车走去，尸臭飘散在清新湿冷、沾满枯叶的小道上。

　　尸袋刚装上车，一阵凄厉的哭声从人群中传了出来。周薇定睛看去，老贾和段婶挤出了人群，颤颤巍巍地往警车的方向走来。显然，刚刚有村民通知了他们。

　　两名辅警刚想上前制止，老贾便一个趔趄跌倒在地，段婶试图扶起倒在泥泞中的丈夫，又因腿软使不上力气。她一边抹着眼泪，一边在人群中寻找着，当她看见正欲上车的老国，眼神中燃起了一丝希望："国警官，那楼里挖出的尸体是我们家宝强吗？"

　　老国回头看着段婶，抿了抿嘴，想说什么却又没有出声。他径直走到老贾身边，将瘫软在地的老贾扶了起来。

　　周薇也在这时上前握住段婶的手，宽慰道："段婶，您先别着急，现在的情况还不能确定，您跟贾叔先回家歇着。等我们警方确定了受害者身份，一定会通知您的。"

段婶没说什么，只是继续抹着眼泪，搀扶起老贾，默默站在警戒线外。

临近中午，施家小楼的勘验工作终于结束，负责扫尾的警察整理好物证，准备离开。尖锐的警笛声在村道上响起，蒙蒙细雨中，红蓝交替的警灯很快消失在村民的视野中。

➤➤　➤➤　➤➤

贾宝强失踪案正式转为刑事案件后，刘大群便将相关档案全部调走，由江口分局刑侦大队成立专案组展开调查。分局大楼二层的会议室成了专案组办公室，此时会议室里各色人员往来穿梭，一片繁忙。

老国浏览了魏太帅和施天龙等人的资料，问刘大群："刘队，他们交代了吗？"

"交代了一些，但跟咱们之前想得不一样。"说完，刘大群提议道，"现在还在讯问中，您要不要去看一下。"

讯问室内，魏太帅一脸的不服，叫嚷着："你们干吗拘留我？我要投诉！"

自从魏太帅被抓以后，一直吵吵嚷嚷的，就没消停的时候。关于他为什么出现在施家小楼、去那里做什么，不管预审员怎么问，都没得到回应。

刘大群领着老国和周薇来到讯问室旁边的屋子，三人站在单向玻璃前看着讯问室内的情况。本来周薇对魏太帅抱有一丝好奇，毕竟"太帅"这个名字总让她下意识地认为对方是个帅哥，当她透过玻璃，看见一个剃着光头、满脸横肉的胖子时，着实倒尽了胃口。

单向玻璃后，预审员问魏太帅："你想投诉我们？好啊，那你先说说，你昨晚去那栋小楼做什么？"

"我去看看房子的质量不行吗？李书记昨天跟我说，让我过两天去拆楼，我总得评估一下工程量吧。"魏太帅晃动着脑袋，脸上的横肉随着说话的幅度有节奏地抖动着。

"评估工程量，你拿着大锤去做什么？"预审员逼视着魏太帅的双眼，冷笑道，"我看，你真正关心的是楼里的尸体吧？"

"什么尸体？我听不懂你的话！"魏太帅睁大了眼睛，紧盯着预审员。

刘大群听到这里冷笑了两声，大步走进预审室，站到魏太帅面前："你想说谎，也要有点智商好不好！"

魏太帅一脸的凶狠和不服，挣扎着想从审讯椅上站起来："有本事你放了我，咱俩出去单挑。"

看着怒火中烧的魏太帅，刘大群被气笑了，他瞥了一眼魏太帅胸前的文身："就凭你这一身肥肉？还是你文的狼头？对了，还有你这光头和脖子上的大金链子。你这副模样，吓唬吓唬老百姓还行，想和我动手？我告诉你，在这公安局，是龙你得给我盘着，是虎你得给我卧着！"

见魏太帅没把自己的话听进去，刘大群的脸更黑了，高声喝道："我问你，你的妻子英子在哪儿？"

魏太帅的眼中充满了愤怒："还能去哪儿？跟那姓贾的小白脸跑

了！这王八羔子，偷人都偷到我头上了，下次我遇到他，非打断他的腿，太他妈让我丢脸了。"

与魏太帅相比，施天龙面对讯问倒是老实了许多。

"警察同志，贾宝强和英子真不是我杀的。"施天龙的额头上冒着虚汗。

预审员问："既然人不是你杀的，你为什么要把他们埋在你家小楼的地坪下面？"

"我真没杀人啊，警察同志，那就是场意外……"施天龙低下头，把脸凑到衣领上擦了擦汗，"我跟您说，我别的不行，但有开卡车的手艺啊。我家建楼那会儿，我就想省俩钱，所以工地上的石子、黄沙、水泥这些材料，都是我自己买了运到工地上的。我记得出意外那天是 9 月 6 日，头天晚上我爹跟我提过，说是工地上的黄沙不多了，我那天就跟老板借了自卸车，买了一车黄沙运到工地上。等到工地时已经晚上九点多了，见工地上没人，我就将车子开到沙堆旁，直接把黄沙卸了下来。

"这意外就是那时候发生的。卸到一半的时候，我隐约听到了一声喊叫，但当时发动机声音很大，我也没在意。等黄沙都卸完了，我越想越觉得不对劲，就上前看了看那堆沙子，结果发现沙子底下有动静，我赶紧将沙堆挖开。

"警察同志，您要知道，那堆沙子有五吨多重呢，我挖了好久才挖开，发现沙子下面埋着两个人……"

老国和周薇站在单向玻璃后，静静地听着。

"挖出来以后，我仔细一看，这两个人我都认识，男的是在镇中学当老师的贾宝强，女的是魏太帅的老婆英子。我试了试他们的鼻息，但两人都已经没气了。可给我吓坏了，也顾不得想他们为什么会躲在沙堆后面。"

"你觉得他们已经死了，就直接把他们埋了？"预审员质问道。

施天龙被问得一愣，立即说："警察同志啊，他们真的都没气了，我怎么敢骗您哪！这话说回来了，贾宝强和英子都是我们村的人，我们从小一起长大，小学、初中都是同学，不信你们可以调查啊，我们一直就没有矛盾。而且您想啊，英子她又不是我老婆，即使她偷人，跟我半毛钱关系也没有，我怎么会杀了他们，或者见死不救呢？"

"那你当时为什么不报警？"

"这事太大了，一下死了两个人，我就是倾家荡产也赔不起啊。再说了，贾宝强是他们家里的独子，三代单传，英子又是魏太帅的老婆，这两家人要是知道了还不得把我给撕了？"施天龙再次低下头，揪着衣领擦了擦脑门上的汗，"我想着，既然两人都搞在一起了，我不如干脆把人埋了，让两家人以为他俩私奔了……"

"那你怎么想到埋在自己家里的？"

"我也不想啊……要是把他们扔到河里去，过几天肯定会漂上来的，到时肯定能查到我……本来想把他们埋前边稻田里，可村里要把地租出去，到时候一翻田，尸体不就被挖出来了吗。当时我实在想不出其他法子了，赶巧儿那会儿一楼的地坪还没铺，我就挖了个坑，把他们埋里面了。过了些天，等我冷静了，又很后悔，本来那房子是为了给我爹养老的，这也不能住人了……"

"你觉得对不起这两个老同学，所以经常会给他们烧纸，对吧？"预审员从耳机中收到老国的指示，如是问道。

"这您也知道？"施天龙满脸的惊讶。

周薇这才想起，她第一次和老国进入小楼时，老国曾对角落里一块焦黑的地面仔细察看，还在另一个房间捡到几张烧了半截的冥币。她心里暗暗感叹，师傅果然心细如发，不仅凭着苍蝇断定小楼里藏着尸体，还通过多个细节相互印证，太了不起了。

周薇的思想正开着小差，忽然听到老国冷哼一声，让预审员问施天龙埋人的时候都谁参与了。

"两人——不是，就是，就是我一个人。"听了预审员的问话，施天龙结结巴巴地回答道。

离开讯问室时，已经下午五点多了，下了大半天的雨终于停了。

趁着专案组调查的空当，老国和周薇准备去食堂吃晚饭。下楼梯时，周薇问老国说："师傅，您说这第四具尸体跟魏太帅和施天龙有关系吗？为什么挖到尸体了，还要继续往下挖啊？"

老国严厉地看着周薇："这种常识问题我就说一次。尸体长时间埋在土里，身体组织会腐烂，腐液会渗到土里。如果死者是被毒死的，毒素会保留在土层中。所以在这类案子中，我们都会提取尸体下方的土壤，用于毒物检测和分析。"

原来，在一楼地坪下挖出贾宝强和英子的尸体后，侦查员按照程序，又往下挖了几十厘米，没想到这一挖，居然又发现了一堆白骨。

"知道了师傅，我回去就泡档案室，您放心吧。"周薇心虚地点点头，又问，"那您再给我说说，这具尸体该怎么查呀，是不是这种只剩白骨的案子最难查了？"

"一般来说，年代越是久远的案子，越是难查。这具骸骨法医还没有鉴定出结果，我们要先弄清这具骸骨的主人是谁，是正常死亡还是非正常死亡？之后才能确定是否立案调查。"想起那具尸体，老国不由得皱起了眉头，无论是魏太帅还是施天龙，似乎都不知道那具尸体的存在。

➤➤　➤➤　➤➤

晚上七点，江口区人民医院的特护病房内宁静而压抑。施天龙的父亲施加弟正躺在病床上，鼻子里插着氧气管，生命体征微弱。病房外的长椅上坐着两名佩枪的刑警，除了医护人员，其他人一概不得进入。

老国带着周薇来给施加弟录口供，在施天龙说漏的证词中，另一个参与埋尸的人，很可能就是施加弟。等两人赶到医院时，老国从医生口中了解到，施加弟在得知小楼事发和儿子被警察抓获后，因为急火攻心当场昏厥在家中，送到医院时，人已经快不行了。

一名年轻的医生领着老国和周薇来到特护病房外，同看守的警察打了声招呼，三人便一起进了病房。

周薇轻声问："师傅，您看这人的脸色都灰白了，咱们还问吗？"

老国手捏着下巴，静静地盯着施加弟看了一会儿，说："问，怎么不问？我们是警察，要牢记自己的职责。鉴于他目前的身体状态，等他清醒过来，我们再在病房里问他吧。"

医生推了推眼镜，紧张地搓着手指："警官，您可能不知道，患者目前的生命体征非常弱，这次昏迷后可能再也醒不过来了。就算他还能清醒过来，您一问话，也可能刺激到他。如果患者情绪激动，出了什么意外，那您和我们的麻烦可就大了。"

刚被提点过的周薇对医生的话很是不满，语气也带上了严厉："我们这是依法录口供，能有什么麻烦？"

"您可能对医院不太了解。"医生苦着脸对周薇说，"现在的世道不同于以往了，我们医生工作随时都得注意。有些病人家属把病人送进医院时，对我们又是赔笑脸又是说好话的，只要人没了，恨不得所有亲戚都来医院闹，想方设法地向医院讹钱，我们好几位同事都被病人家属闹过。眼下这名患者的家属已经来了不少人，要是患者在你们问话时死了，那麻烦可就大了。"

虽然手机上经常曝出"医闹"的新闻，周薇也看过不少，但医生的话还是让她倒吸一口凉气，她一脸忧虑地看向老国："师傅，施天龙已经被抓了，我们真的有必要盯着这个将死之人不放吗？您现在还在被调查中……"

老国脸色一黑，不满地对周薇说："小小年纪就畏首畏尾，将来怎么能做一个有责任心的好警察？你既然跟着我，就要摆正工作态度，绝不能放过任何一个疑点，否则差之毫厘谬之千里。如果导致了冤假错案，你怎么跟受害者交代？"

周薇羞愧不已，当初是她坚持要做刑警的，可现在这种行为与曾经的设想背道而驰，幸好老国及时点醒了她。

老国没理会反思中的周薇，继续观察着施加弟："施天龙说事发当晚，他一个人开着自卸车到他家的工地上卸沙，因观察不到位，导致受害人被黄沙掩埋。根据我的分析，当时工地上绝非只有施天龙一人，他肯定也在场。"老国指了指还在昏迷中的施加弟。

周薇叹了口气："可是师傅，就算他在现场又怎样？贾宝强和英子是被他儿子卸下的沙子给埋的……"

老国摆摆手，没说话，依旧观察着病床上的施加弟，片刻后，他上前掀开施加弟的被子，翻看施加弟的手脚。在看到施加弟右手有一道旧伤疤后，老国指着伤疤问医生："患者右手屈褶纹里的这道伤疤，是多久前形成的？"

医生接过施加弟的右手仔细观察了一会儿，语气有些犹豫："看得出之前缝合过三针，应该是两三年的旧伤了。警官，这个判断只能做参考，毕竟我不是法医，不作数的。"

老国继续若有所思地端详着这道伤疤，不一会儿便拿起手机走出病房，拨通了江口分局孙法医的电话："孙法医，今天送过去的尸体检验得如何了？"

"国顾问啊，我们已经检验了两具尸体了。"听语气，孙法医正忙碌着。

"在一楼地坪下挖出的两具尸体，检验了吗？"

"已经初检过了，还没做尸检。您有什么指示？"

"这两具尸体上有没有特殊的伤痕？"老国追问道。

"经过初检结果，两名死者的口腔和鼻腔内都有一定量的黄沙。"孙法医在电话中说，"综合嫌疑人的口供，初步分析死者是因为机械性窒息而死亡。"

老国急道："孙法医，你再找找，这两具尸体身体上肯定有创口，更准确地说，是锐器刺入伤。"

"没问题，国顾问，您等等啊，我找到了打您电话。"

老国坐在病房外的椅子上，一会儿想到施加弟手掌上的伤疤，一会儿又低头沉思。

十多分钟后，孙法医的电话打了过来："国队，男性死者身上无创口，但女性死者的胸腔下侧和右侧各有一处刀伤。虽然尸体腐败严重，经过测量这两处刀伤都不深，不足以致命，结合之前的判断，死亡原因仍为机械性窒息。"

"好，等着我，我马上去解剖室找你。"老国挂了电话，把还在病房的周薇叫了出来。

还没走几步，老国忽然又想起了什么，对愣在一边的医生说："麻烦你一定看好他，要是有什么危险状况，一定要全力抢救，二十四小时内绝不能让他死了。"说完，递给年轻医生一张警民联系卡。

赶到江口分局，老国和周薇换上解剖穿的衣服，戴好口罩和手套，匆匆进了解剖室。

解剖台上躺着一具严重腐败的女尸，尸体的呼吸道已经被划开。孙法医用镊子撑开尸体颈部的刀口，展示给老国："这里的沙子是死者主动吸入的，说明死者被埋入沙堆时还有呼吸。"

老国只是听着，没有出声。

孙法医又用镊子撑开尸体胸腔下侧的创口："胸腔下侧的创口长1.1厘米，深0.7厘米，两端一宽一窄；胸腔右侧的创口长2.1厘米，深4.4厘米，创口也是一宽一窄，创缘光滑，初步分析凶器为单刃锐器。经过进一步解剖，胸腔下侧的创口之所以这么浅，是因为凶器刺中了肋骨，形成了较大的阻力，刀没刺进去，凶手又刺了第二刀，就是胸腔右侧的创口。"

"第二刀是致命伤吗？"老国问。

"不是，此处创口从死者右侧第三和第四肋骨之间刺入，综合死者皮下脂肪的厚度，应该刺入右肺不到三厘米，虽然不致命，但会形成开放型血气胸。因为此处没有伤及动脉，加上对呼吸功能的影响是一个渐进的过程，五六个小时内肯定不会危及生命。所以综合分析，死者的死因确定是机械性窒息。"

老国点了点头，周薇则一脸懵懂，她不知老国又发现了什么线索。

孙法医又打开死者的口腔，给老国观察："死者的口腔内和咽部不仅有沙子，还有少量泥土，表明她被埋入土坑时还活着。"

孙法医的说辞验证了老国的猜想，也让他的眉头紧紧地皱到一起。解剖台的旁边，放着从死者身上脱下的衣服。他拿起来仔细地察看了一会儿，对孙法医说："你赶紧让技术人员对这衣服上的血迹做个 DNA 鉴定。"

孙法医道："国顾问，您放心，尸体刚送到解剖室，我就让技术员在血衣上提取了十一处样本，现在正在做鉴定。"

老国点了点头。

周薇实在憋不住心里的疑惑了，出声问道："师傅，我听您的意思是，英子被埋入土里时还活着？"

老国没回答周薇的问题，只是回到尸体旁，对着周薇招招手。等周薇过来后，他才指着撑开的两处创口说："如果死者先挨了凶手两刀，然后在被埋入沙中，那么沙子必然会进入创口。可是你看，死者的创口中没有沙子，是干净的，说明死者是先被埋入沙中，等被人从沙子中挖出来后又被凶手刺了两刀。"

周薇大惊，她咽了咽口水，说："师傅，您是说死者被他们从沙子里挖出来后并没有死亡？可也不一定啊，比如死者在沙子中就已经窒息死亡了，尸体被挖出来后，凶手误以为她没死，也可能会刺她两刀啊。"

孙法医解释道："小周警官，你别忘了，尸体上衣的破口处也浸染了血迹。而且为什么只有女死者尸体上有创口，男死者没有？"

"我明白了。可是我还有个疑问。"

"你说。"

"贾宝强的体型看起来比英子强健很多，为什么英子被黄沙掩埋后没死，而贾宝强死了？"

老国没想到周薇会问出这个问题，如实说道："这个问题我也不清楚。"

"可能是因为爱情吧。"孙法医开口说，"在尸检时，我们发现男性死者后脑处沙子比较多。根据我的推测，造成这种情况的原因可能是，两名受害人在面对忽然倾倒下来的沙子时，男死者的第一反应是立即趴在女死者身上，给女死者留下了一点点狭小的生存空间，为女死者赢得了生还的时间，因此女死者在被挖出来时还没有身亡。"

出了解剖室，老国的手机响了起来。他接通电话，是刚才那个年轻医生的声音："国警官，我是特护病房的巡房医生，您刚才要我留意的患者已经醒了，不过状态很不好，怕是支撑不了多久了。"

"好的，我马上赶过去。"老国挂掉了电话，带着周薇上了警车，匆匆向人民医院赶去。

车还没到医院，老国的手机又响了起来，这次是刘大群的来电。

"国顾问，不好了！"

老国听着刘大群焦躁的声音，皱眉问道："出什么事了？"

"施加弟的亲属们在医院闹起来了。"刘大群快速解释着，"说是他们父亲快不行了，但咱们警方非说他们父亲是嫌疑人，还让人在病房门口守着，不让他们进去见他们父亲最后一面。国顾问，咱们怎么办？还要不要审？"

"审，必须审。"老国斩钉截铁地说，"刘队，你听我说，我现在正在往医院赶，手里已经有了能证明施加弟就是杀害英子真凶的证据。在我赶到之前，咱们的人一定要拦住施加弟的家属！"

"国顾问，你有把握吗？施加弟如今快不行了，如果咱们把人审死了，后果可就严重了。"刘大群还是有些踌躇。

"有。"老国沉声道。

"好，国顾问，我老刘就陪你疯一次！你放心，我一定将人拦下。"刘大群也是拼了。

两个人的音量都不小，周薇一字不落地听了个全，在老国挂断电话后，她才担忧地说："师傅，血迹鉴定结果还没出来……"

老国沉着脸："施加弟的时间不多了，如果我们等报告出来再逮捕他，根本来不及。"

周薇咬咬唇，轻声问道："师傅，既然他人随时都可能死，我们为什么还要这么着急审他？这风险有必要冒吗？"

老国注视着车前方，目光坚定："有必要，因为我要让他知道，既然他犯了法，就别想轻轻松松一死了之。在他闭眼前，我必须让他明白一个道理——法律没有放过他，更不会饶恕他。"

担心。"

三人绕过门诊大厅，通过侧门前往特护病房。特护病房外，一位戴着眼镜的医生早早等候在此，见老国他们来了，简短地打了个招呼后，便推开了房门，示意老国等人进去："几位警官，一旦患者出现意外情况，你们立即叫我们，我们准备好了应急抢救方案。"

老国对他感激地点点头，走进了病房。病房内，施加弟斜躺在摇起一截的病床上，面色苍白、双眼空洞地看着老国一行三人，病床边摆着呼吸机、心肺复苏仪等急救设备。

老国走到施加弟的身旁坐下，直奔主题："我们三人是警察，你应该知道我们在这时候找你干什么吧。"

刘大群打开手机的录像功能，对准了施加弟。

"我知道，我儿子昨晚被，被你们抓了，你们，你们想问什么就问吧！"施加弟有气无力地说。

老国紧盯着施加弟的眼睛："我想知道 2014 年 9 月 6 日那天晚上究竟发生了什么？"

施加弟痛苦地闭上眼，好一会儿才睁开，看着眼前注视着他的人说："当晚发生的一切都是意外。我家那小子刚运了一车沙子到工地上，虽然工地上还存着一堆沙子，但也不多了，谁也没想到老贾家那小子和村会计家那媳妇就躲在那堆沙子后面。这外面黑灯瞎火的，天龙开着车哪儿能看见，车屁股一撅，一车五六吨的沙子就卸下来了。这不，就把他俩埋里面了……后来天龙觉得不对劲就下车去看，发现沙堆里好像有动静，费了好大劲儿才挖开沙子，结果发现老贾家那小子和村会计家那媳妇都死了。天龙就跑回家告诉我，我一听也吓坏了，我们一商量，觉得这事太大了，比天还大啊——

黑成锅底了，周薇害怕老国控制不住情绪，便一直留意着老国。

心电监护仪发出的嘀嘀声仍在持续，病房门突然被悄悄推开了。周薇扭头看去，是刚才那位戴眼镜的医生。他招了招手，将周薇叫到门外。

"警官，口供录下来了吗？"医生紧张地用纸擦着头上的汗。

周薇摇了摇头。

"这，这——"医生急得冒出更多的汗，"刚才下面又闹起来了，幸好警察都在，还压得住，有两个闹得凶的亲属已经被带走了。"

"医生，您也理解一下我们，我们这也很着急啊！这老头太倔了，现在一句话也不说，我都快急疯了！"周薇指了指病床上的施加弟。

"唉——"医生无奈地摇了摇头。

"嗯，有了！"周薇灵机一动，快速抹了一把汗，推开病房门，叫道，"师傅，您过来一下。"

"什么事？"老国回过头。

周薇提高了嗓门："刚才刑侦大队的人喊我出去，让我们回去，说不用审施加弟了。"

老国听了这话愣了一下，没来得及说什么，就看见周薇示意他不要出声。

"你们稍等一下，我和师傅说过了，这就过去！"周薇朝着病房外喊完，又转回头对着病房里的老国说，"师傅，我们走吧，他是无辜的！"

"无辜？"老国冷漠地看着周薇，没明白周薇这么做的目的。

刘大群干了十几年刑侦工作，头脑非常人能比，他立即明白了周薇的意思，也跟着附和："国顾问，既然施天龙已经认了杀人埋尸的罪，看来真的跟施加弟没关系，我们这就回去吧！"

周薇拉着老国往外走，边走边喊："医生，你让家属进来吧，口供我们刚才录了，人不是他杀的。"

"别，别走 ——"施加弟睁开眼，一只手无力地拍打着病床边的护栏。

"师傅，别跟他废话了，咱们快点回去吧！"周薇边说边把老国往病房外拽。

刘大群再次打开手机，将镜头对准了施加弟："小周，就两分钟，让施加弟给他儿子带个话吧。"

"村会计家那媳妇是我杀的，不是天龙，不是他啊！"施加弟激动得涕泗横流。

"我说施老先生，你不会是想替你儿子顶罪吧？"周薇装出一副不满的样子。

"姑娘，你听我说，人真是我杀的，你们别走！"施加弟哭着哀求道。

周薇这时才停下脚步，回头上下打量了一下施加弟，说："好吧，那你说来听听，如果合情合理，我们回去会向领导如实汇报的。"

因为情绪过于激动，施加弟一口气没顺过来，哽住良久，胸膛起伏了好一会儿，才平静了一些，终于开口："那天晚上我跟天龙将老贾家那小子和村会计家那媳妇从沙子里扒出来的时候，英子确实还有气，她还求我们救救她。可我一看，已经死了一个人，实实在在死人了啊，人命关天哪，我当时就吓傻了，天龙也急得团团转。过了几分钟，我看英子已经缓过气，挣扎着要站起来，我鬼使神差地掏出水果刀，就在她胸口刺了两刀……等我回过神儿，英子已经倒地不动了……还好当时深更半夜的，我就跟天龙商量着，在房子里挖了个坑，把老贾家那小子和英子一起埋了……"

"你手上的刀伤是怎么回事？"老国问。

"就是拿刀刺英子的时候划伤的！"施加弟声泪俱下地号哭着，"我真该死啊，是我杀了人啊！是我啊，不关天龙的事……"

老国气得满脸涨红，怒喝道："你知道吗，英子被你刺了两刀后还没死，是你把她给活埋了，活埋！你懂不懂？"

正在此时，老国的手机铃声响了起来。老国掏出手机一看，屏幕上显示的正是"孙法医"几个字。老国微微平复了一下呼吸，接通了电话。

"国顾问，DNA 鉴定结果出来了，我已经把报告发到你手机上了。死者衣裳上的血迹确实是施加弟的。"

"好，我知道了。"老国挂断电话后，居高临下地看着施加弟，冷声道，"我们在死者英子的衣裳上检测出了你的血迹，施加弟，你逃不了了！刘队，把手铐给我。"

刘大群紧张地问："国顾问，您这是想干吗？"

"把他铐起来。"

看见老国这副不容拒绝的模样，刘大群没说什么，直接解下挂在腰间的手铐递给老国。老国走到病床前，"咔"的一声，将施加弟的双手紧紧铐在了一起。

刘大群和周薇惊愕地看着眼前这一幕，让他们意外的是，施加弟笑了，一边笑一边说："谢谢你，警官。你们不知道啊，这三年的时间里，我每天夜里都能梦见被我刺死的英子，这下，我可以，可以闭上眼了……"

老国他们口供还没录完，施加弟的女儿带着几名亲属就急匆匆地跑进了病房。戴眼镜的医生和派出所所长一脸为难地站在病房外，他们已经尽力阻拦了，可还是没拦住。

"闺女，你爹我有罪啊，是我杀了英子那姑娘，我这就到地下去给她道歉，给她做牛做马了！"或许是说出了心里的秘密，施加弟的气色反而比之前好了一些，他对女儿说，"临死前把真相说出来，真好啊，我这一死，眼睛终于可以闭上了……"

"嘀——"心电监护仪在发出一声刺耳的长鸣后戛然而止，施加弟戴着锃亮手铐的手无力地垂在了床边。

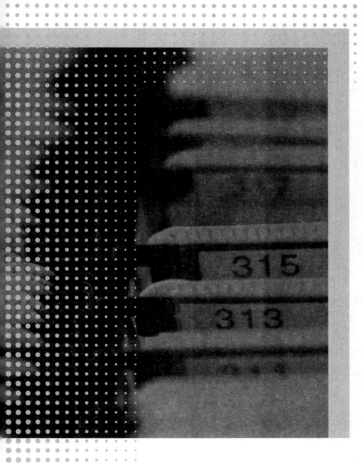

第十章 陈年旧案

静悄悄的停尸房内寒气逼人，

一具白骨化的骸骨躺在解剖台上。

第二天一大早，老国和周薇又赶到了江口分局。老国知道，施加弟的亲属在医院闹事的事肯定瞒不住。分局针对这次事件对老国和周薇进行了严厉的批评教育，好在没有造成严重后果，也在案件侦破中有功，于是让两人各交一份检讨书，深刻检讨自己的行为，这事就尘埃落定了。

周薇坐在办公室里一边写检讨，一边颇为得意地对老国说："师傅，这回能拿到施加弟的口供，我可是立了大功。要不是当时我灵机一动，说施天龙把罪责都担下来了，他至死也不会说出实情的。"

这话让老国瞬间黑了脸："小周，你这样的行为涉嫌诱供，是非常严重的违规行为！这次要不是事出突然，施加弟又是这样一个身体情况，这个证据根本就不会被采纳！如果家属事后翻案，你就得离开警察队伍！写了半天检讨都没进脑子吗？今后再也别给我耍这种小聪明了。"说完，老国还嫌不足，狠狠剜了周薇两眼。

周薇惊出了一身冷汗，急急忙忙地保证道："师傅，我不会了，真的，我绝对不会再犯这样的错误了！"

办公室被沉默湮没，过了一会儿，老国平复了情绪，对周薇说道："这次也算是你急中生智，要不就错过了。但你记好了，让我知道你再犯，就别当我的徒弟了，我国强教不了你。"

周薇讷讷不语，脸涨得通红，拼命点着头。

待翻过了这一篇，周薇忽然想到了施加弟右手掌上的那道伤疤，老国为什么一看到施加弟的手，就断定他脱不了干系呢？

"师傅，您当时特地问了医生施加弟右手小指上的伤疤，还问了施加弟这道伤疤，是和案子有什么关系吗？"

老国虽然经常训周薇，有时候甚至骂得很重，但在业务知识上，他总是不厌其烦地指点。他从办公室桌上找到一把水果刀，用右手握住刀柄，让刀刃指向小指外侧："施加弟发现英子没死，就是这样刺向了她。用这个姿势刺中坚硬的物体，手掌就会往下滑，刀刃会顺势割破小手指下面的屈褶纹。施加弟的伤口就在这个位置。"

老国将刀递给周薇，让她自己比画、感受。周薇试了不同的握刀姿势后，恍然大悟："师傅，英子被扎的时候是躺在地上的，施加弟这样出刀能更有力量，因而刚巧在他的小手指上留下了伤疤？"

老国满意地点点头："英子和贾宝强被施家父子从沙堆里刨出来后，肯定是躺在地上的。施加弟的伤疤既然在屈褶纹上，表明他往下用刀时划伤了自己的手，而且伤疤刚好在三年左右。于是我开始怀疑他，让孙法医仔细检查死者的体表，看有无伤口，果然被我猜中了……"

"师傅，您能想到查看手指伤口这点值得我学习。警察办案真的是不能错过一丝一毫的细节。"周薇对老国越来越佩服。

谈话间，刘大群推开了办公室的门，对老国说："国顾问，施家小楼二楼的尸体有眉目了。"

老国急忙问："地坪下的那具骸骨呢？"

"还在调查中，先跟您说说二楼那具尸体的情况吧。"刘大群翻了翻手里的案卷，"死者名叫夏二虎，安合省庆东市人，1968年生。他曾因盗窃和强奸两次入狱，2013年11月刑满释放。2014年5月，夏二虎因再次涉嫌强奸被通缉，但当地警方一直没有抓到人。好在他之前入狱时，在系统里留存了DNA档案。经过DNA比对，可以证明施家小楼二楼墙体里尸体的身份，就是夏二虎。"

"已经证实了？很好。嫌疑人是谁？是魏太帅吗？"

刘大群摇了摇头："国顾问，这不是一起凶杀案，只是一场意外。"

"意外？"老国和周薇都有些惊讶。

"夏二虎出狱后恶习不改，又犯下了强奸案，被通缉后，他流窜到林下村，给魏太帅的外包工程打零工，统共干了三个月出头吧。直到2014年9月2日的下午，也就是贾宝强和英子被埋的前几天，他失足从二楼坠下，被立在地基上的螺纹钢穿透了整个身体，当场死亡……"

"这个案子没有其他疑点吗？比如说，贯穿伤是不是一次形成的，体内是否含有毒物？"

"国顾问您放心吧，这案子是铁案，已经找另外三名工人核实过了。夏二虎失足死亡后，那三名工人就慌了神，急忙给魏太帅打电话。魏太帅赶到工地后，想到夏某不是本地人，没有苦主索赔，于是和工人一合计，就来了个藏尸灭迹。刚巧他们在建房子，就直接把夏二虎的尸体浇在了外墙里。"说完，刘大群合上了案卷。

"原来如此。"老国点着头，像是自言自语。

刘大群将案卷递给老国："前天晚上，魏太帅带去小楼的那两个工人，都是夏二虎死亡现场的目击者，第三名目击者我们也找到了，三人的供词和魏太帅的供词完全一致。目前，我们已通知了夏二虎户籍所在地的警方和其家属，明天就会赶到分局认尸和销案。"

"既然这个案子已经了结，继续调查那具骸骨吧。"在老国心里，已经将骸骨案定性为一起刑事案件了。

➤➤　➤➤　➤➤

从郭斌口中得知，"8·8碎尸案"的线索还在排查中。老国和周薇便留在江口分局，继续协助调查骸骨案。

经过一天的走访摸排，警方终于将林下村的失踪人口核查了一遍，同时将历时久远的失踪人口全部登记在案，并采集了亲属的生物信息。通过对比核查，那具骸骨的身份浮出水面，下午刘大群就带着卷宗来找老国了。

"国顾问，骸骨的身份查到了！"刘大群的声音里透着喜悦，这几天查案子都比较顺利，虽然取证有些波折，但已经非常不容易了。

"哦，查到了？"老国顿时兴奋起来，"快说说那具骸骨的身份，还有你们是怎么查到的。"

刘大群在临时借给老国使用的办公室坐定，翻开卷宗："国顾问，那具骸骨就是李家镇林下村的人，名叫施大富，生于1929年，如果现在还活着的话，得有88岁了。"

"刘队厉害呀，这么快就确认了。"周薇对着刘大群竖起了大拇指，"你们是怎么查到受害者身份的？"

"还好昨天王局联系了当地派出所，让派出所的同志帮忙核查失踪人口信息，技术科也非常配合。这不，刚出的比对结果。"刘大群指了指卷宗，又说，"而且这事说来也巧，派出所的同志去核查的时候，我们发现骸骨的事已经在村里传开了。一个名叫施中伟的老人主动找来，说他父亲施大富是在 1969 年的夏天失踪的。

"施中伟还说，他们一家人都觉得父亲被人害了，但又找不到尸体。1969 年的时候他们报过案，可那时候不是特殊时期吗，这事就不了了之了。派出所的同志按程序采集了施中伟的生物信息，经过 DNA 一比对，就确认那具骸骨正是失踪的施大富。"

"是他杀吗？"周薇好奇地问。

刘大群点了点头："是他杀，这一点孙法医已经证实了。"

老国脸上露出复杂的神情，问周薇："如果不是他杀，施大富能挖个坑把自己埋了？"

"对啊，我竟然犯了这么低级的错误！"周薇尴尬地挠着头。

"凶手有线索了吗？"老国转头问。

"我们已经组织人手在村里调查了，但目前还没有查到有效的线索。"刘大群有些犯难，"虽然那时候人口流动性很低，像林下村这样偏僻的村子几乎没有外来人口，但已经过去 48 年了，说不好凶手已经死了……跟您说实话，我这心里有些没底，要不您给我们支支着儿吧。"

老国翻了会儿案卷，站起身说："刘队，你带我去看看那具骸骨。"

刘大群领着老国和周薇来到技术部门，推开了停尸间的大门。孙法医找出登记表，查阅后抽开一个柜子，一具冒着寒气、焦黄的骷髅骨架出现在老国和周薇面前。

静悄悄的停尸间内寒气逼人，老国观察了一会儿骸骨，孙法医便说："国顾问，我跟您说一下先期检验情况吧。"

老国点了点头，和周薇一起去了孙法医办公室。孙法医拿出一份检验报告，将照片一张张摊开，向老国介绍起来："通过受害者身上尚未完全腐烂的背心和单裤推断，死亡时间是在夏天，这与受害者家属描述的失踪时间一致。我们判断，施大富失踪的时间，就是他被害的时间。"

"死亡原因鉴定出来了吗？"老国问。

"死者一共断了三根肋骨，其中左侧第三、第四根肋骨断端沾有大量黄泥，经鉴定为死者生前折断，右侧第五根肋骨是起尸时弄断的。另外，死者左前臂桡骨折断，为生前伤。除此之外，骨骼上没有其他可疑的伤痕。"

周薇听得一头雾水，急不可耐地问："孙法医，那受害者的死亡原因到底是什么呀？"

"死因嘛，可能有很多种，现在很难确定。"孙法医介绍说，"如果说受害者是被勒死的，那么他的机体和骨骼上会留下机械性窒息死亡的特征。可惜受害者的全身软组织和脏器早已腐烂殆尽，已经无从查找。我们做了颞骨的骨磨片，依然无法认定是否有出血点，所以我们无法判断受害者是否死于机械性窒息。"

"其他可能的死因呢，"周薇问，"比如说中毒？"

孙法医笑道："中毒的可能性很小。我们对受害者身下的泥土做了毒物检验，没有查到任何毒性物质。就目前看来，受害者头骨上没有任何外伤，可以排除头部遭受暴力击打而身亡。其他的死因，比如失血性休克、心搏骤停等，暂时还无法确定。"

孙法医的话让周薇头疼不已，这样一具连死亡原因都搞不清楚的骸骨，要如何调查下去呢？如果调查不出结果，师傅要如何收场呢？她知道师傅是一条路走到底的人，他从来没有考虑过案子的难度是否大，或许在他的字典里，根本就没有"放弃"这个词。

此时，老国戴着老花镜，看着手上的照片，陷入了沉思。他翻了一遍骸骨的照片，又仔细对比了起尸现场的照片，忽然问道："受害者被捆绑过？"

孙法医看了一眼老国手里的照片："是的，受害者是被反剪着双腕捆绑的。"

周薇疑惑地看着这张照片，问："孙法医，你是怎么看出来受害者被捆绑的姿势的？"

孙法医指着照片说："你瞧，尸体上的泥土被清理完后，受害者双前臂的尺骨、桡骨以及掌骨和部分指骨都被压在了椎骨下方，说明被埋尸时，他的两条胳膊是压在身后的。你再看这里，受害者掌骨下方还残留着一截环状电线，接头处是缠在一起的。我们仔细检查了环状电线的长度，为 33.5 厘米，刚好符合一个成年男性双腕紧贴在一起的围度。这说明死者被埋时，手腕是被电线捆绑在身后的。"

周薇仔细观察了照片，发现确实和孙法医说的一样。

"从骨架看，受害者应该有一米八到一米八五，他的具体身高是多少？"老国又问道。

"我们根据骨骼长度，以及施大富子女的描述，确定受害者身高为一米八二至一米八四。"

老国点了点头，继续翻看着照片。在翻看到一张受害者胸腹部的特写照片时，指着照片上两个玉米粒一般大小的黑色块状物，问：

"这两个黑点是什么？"

孙法医仔细回想了一下，摇了摇头："还真不好说，会不会是小石子？"

"我看不像，我们去停尸间找找。"说完，老国站起身向停尸间走去。

老国在停尸柜中找了许久，终于找到了照片上那两个玉米粒大小的黑色块状物。孙法医拿在手中仔细端详了半晌，还是摇了摇头。

"国顾问，我实在看不出来这是什么东西，但肯定不是小石子。"

老国没有出声，仔细数着受害者的指骨，数完后问道："孙法医，受害者的指骨怎么只有二十块，加上这两块才二十二块？"

"师傅，您觉得这两块黑色块状物是指骨？"

"我也不太确定，只是怀疑。"老国说。

"受害者的指骨都在这里了，但不排除有个别分解殆尽的指骨。这两块黑色块状物和其他指骨不在同一个区域，应该不会是指骨。"想了想，孙法医便提议道，"国顾问，我们江口分局的技术条件有限，要么您带上它，到市局法医处鉴定一下。"

➤➤   ➤➤   ➤➤

市局法医处，老国和周薇带着两块黑色块状物，找到了副处长吴丽莹。

"老国，你不是正被督查处调查吗，怎么这么晚到我这里来了？"吴丽莹看着老国的眼神里透出疑惑，很快就释然了，"你又不听周局的话了吧，周局不让你调查案子，你偏要查，到时候出事，看你怎么办！"

吴丽莹话中有话，周薇捂着嘴笑道："吴处，师傅这就是给刘队帮忙，不算查案的。"

吴丽莹轻轻点了下头，领着师徒俩在办公室坐下，直接问老国："说吧，这回找我是想查什么？"

老国也不客气，掏出装着两块黑色块状物的证物袋递给吴丽莹："帮忙检查一下，看看这两块东西到底是什么。"

吴丽莹对老国翻了一个白眼，无语地冲周薇摇了摇头，让他们在办公室等着，拿着两块黑色块状物去了物证鉴定室。

半个小时后，吴丽莹拿着证物袋回到了办公室："这有什么大惊小怪的，不就是两节指骨吗？"

"这就对了！"老国激动得一拍桌子，吓了吴丽莹和周薇一跳。

"师傅，您对什么了？"

"我有六成把握知道凶手是谁了。"老国激动得面色红润，"老吴，你跟我去一趟江口分局。"

"你叫我去我就去？"吴丽莹没有被老国的兴奋感染，"想要我去，你就去找周局。你不守规定是你的事，别带上我。还有，我可提醒你，你现在正在被调查，别搞得太出格。"

老国没有理会身边吴丽莹的告诫，而是说："你放心，我给老周打电话。只要老周同意，你就得跟我去调查。"

"吴处，师傅知道您是为了他好，他就是一心查案，这个案子情况特殊，真的需要尽快查出嫌疑人。而且，那具骸骨没有您这个大法医出马，师傅也没把握呀。"周薇见两人有点僵持，赶紧出来缓和气氛。

"知道了，只要周局发话就行。"吴丽莹摆了摆手，回了物证鉴定室。

在征得周前同意后，老国带着吴丽莹和周薇赶到江口分局的停尸间，孙法医早早地等候几人的到来。

在孙法医的带领下，吴丽莹见到了那具骸骨："嚯，这个死者生前是个大个子。看这骨骼，不仅个子够高，还是个大块头，属于膀大腰圆、肌肉结实的那种。"

"吴处，这具骨架已经在地下埋了几十年了，肉早没了，您是怎么看出来的呀？"周薇好奇地发问。

吴丽莹指着骸骨的锁骨说："小周，你观察一下受害者的四肢骨，还有你看这锁骨的长度，比一般人长得多；髋骨不仅厚重，也很宽。这些都是人体的重要参数，说简单点，四肢骨粗长、肩膀宽、骨盆部位也宽，说明这个人个子高、身板宽大。你再看这肱骨上的三角肌粗隆……"

周薇摸了摸自己肩膀上的三角肌，又顺着三角肌摸到了肱骨上段三分之一处，用力按了按后，问吴丽莹："吴处，就是这里吧？"

吴丽莹点了点头："由于肌肉的力量大小不同，骨骼上连接肌腱的粗隆也会不同。经常进行肌肉运动和锻炼的人，由于肌肉发达，牵拉力大，粗隆就会变得更加结实和粗糙，否则无法让肌腱更牢固地附着在骨骼上。你们看，死者其他长骨上的粗隆，同样也是粗大和粗糙，表明死者生前是个肌肉结实的人。"

"孙法医，挖掘这具骸骨时，你在场吗？"

"我在。怎么了，国顾问？"

"起出这具骸骨时，是按正常程序操作的吗？"见孙法医不解，老国补充道，"起出时，有没有破坏骸骨在坑中的原有姿态？"

"这点您尽管放心，除了在提取贾宝强身下土壤中的沉降物时，不知道下面有具骸骨，不小心把右侧第五根肋骨弄断了以外，我们都非常小心，每一根骨头都拍照记录了。您刚才看到的照片，就是死者在坑中原有的状态。"

"嗯。"老国点了点头，沉思了片刻，突然问吴丽莹，"老吴，你说说看，那两节指骨为什么会在尸体的这个部位？"说完，他伸手指了指骸骨胸骨下方偏左的位置。

"如果受害者被埋尸时，双手被反绑在身后，那这两节指骨应该在死者腰椎骨附近才对。"吴丽莹指了指骸骨的腰椎部位。

"师傅，您认为是什么原因呢？"

老国犹疑不定："我觉得这两节指骨不是死者的。老吴，这两节指骨能做 DNA 鉴定吗？我想证实我的猜测。"

吴丽莹拿起指骨，看了一会儿才说："很难，至少市局和省厅很难做出来，毕竟这指骨都被埋了近五十年了。"

"那刑侦总局的技术部门呢？"老国执着地问。

"不确定，我了解一下吧。"吴丽莹皱着眉头回答。

周薇对老国刚才的话很好奇："师傅，您为什么说这两节指骨不是受害者的？难道说，死者死亡时，身上还带着别人的半截手指？或者凶手埋尸时，不小心切掉了自己的手指，刚好掉在这个部位？"说完，她摇了摇头，凶手怎么可能切掉自己的手？

吴丽莹是首屈一指的法医专家，经手的尸体不计其数，很快就明白了老国的意思，对周薇说："你师傅认为，这断指是被受害者生前咬下，吞到肚子里的。"

"什么？"孙法医和周薇都很惊讶。

吴丽莹指着骸骨胸骨下方偏左的位置说："这个地方是食道连接贲门的位置，如果我没猜错，你师傅的意思是，受害者生前咬断了凶手的手指，并吞了下去，可能因为手指较大，卡在了贲门处。"

"师傅，您真是这么认为的吗？"周薇仍觉得不可思议。

老国点了点头。

周薇又赶忙问："师傅，您昨天说，已经有六成把握知道谁是凶手了。他是谁啊？"

"一个案发时断了两个手指指节的人。"

➤➤　➤➤　➤➤

一辆黑色的奔驰车在李家镇深秋的村道上匆匆驶过，枯叶在车尾追逐飞舞。林可慧开着车，带着老国和周薇再一次来到了林下村。

看着前方色彩斑斓的秘景，她有些伤感，小声念道：

红叶黄花秋意晚，千里念行客。飞云过尽，归鸿无信，何处寄书得？

泪弹不尽临窗滴，就砚旋研墨。渐写到别来，此情深处，红笺为无色。

周薇说："林姨，这是谁的词啊，好伤感！"

林可慧道："这是宋代词人晏几道《思远人》中的一首，看到这秋天苍凉的景色，再想到段婶一家的遭遇，我这心里还是说不出的难过。"

老国看着窗外，没有出声。

周薇又说："师傅，有时我发现您的记忆力特差，经常手机、杯子都忘了拿，但我又发现有时您的记忆力特别好，比如一个星期前在贾宝强书桌上看到的那张照片，您一下就想起来了。"

原来，在林可慧第一次带着老国和周薇到段婶家调查贾宝强失踪案时，曾在贾宝强的书桌上发现一张他刚上幼儿园时的照片。照片上，贾宝强的爷爷双手抱着孙子，旁边站着贾宝强的奶奶。第一眼看到这张照片时，老国曾问贾宝强的爷爷是不是木匠，段婶回答说不是。周薇当时想：师傅也有马失前蹄的时候……

周薇想到这个疑问，便问老国："师傅，当时您看了那张照片，为什么问宝强的爷爷是不是木匠呢？"

老国说："我发现照片上，贾宝强的爷爷右手食指少了半截，当时刚有电动带锯，许多土木匠不会使用这新玩意儿。以前我接触过一个受害人，就是木匠，手指一不小心被带锯锯掉了一截。所以，我也就是随便问问。"

"师傅，仅凭少掉的一截手指，您就觉得贾宝强的爷爷是凶手吗？"周薇说，"在林下村，少了一截手指的人可能不止他一个人啊！"

林可慧接话道："是呀，也有可能不是他。咱们这次去段婶家，说话可得小心点。人家刚知道儿子的死讯，咱们又去问人家父亲是不是凶手，未免残忍了一些。"

老国点了点头，对林可慧说："我理解你的心情，也理解当事人的心情，现在还不能说肯定的话，过会儿我会注意的。"

周薇的心里依然不踏实，她问："师傅，就算贾宝强的爷爷少了截手指，您就能断定那截手指是被受害人咬到肚子里去的吗？"

林可慧突然想到了什么，说道："对了，你们是不是能做 DNA 鉴定呀？要是能鉴定出来，确认那截手指是贾宝强爷爷的，不就有证据了吗。"

"除了断指这一点，"老国没有接林可慧的话茬儿，转而说，"我还注意到贾宝强的爷爷面容憔悴，身形枯瘦，还有很深的黑眼圈，这说明他长期处于恐惧和焦虑中，睡眠不好。"

"也可能人家本来就身材瘦削呢！"周薇说。

"老贾是他的亲生儿子，可老贾并不瘦，老贾的母亲也不瘦，为何单单他瘦？"老国反问。

林可慧说："或许他的生活条件不好，长期吃不好也是有可能的。"

"如果只是他家条件不好，那贾宝强的奶奶为什么体态偏胖？"

"师傅，您说的有道理。那天段婶说，她公公好像是个游手好闲、不务正业的人，这也是您怀疑他的理由吗？"

老国点了点头道："这也是一条，还有贾宝强爷爷的年龄，我推算了一下，骸骨的主人施大富被杀那会儿，贾宝强爷爷应该是二十来岁，不是十几岁的孩子，有杀人的可能。最重要的是照片上他那眼神，我没法用一个贴切的词来描述。我见过的坏人太多，那个眼神让我有种感觉，这背后肯定有文章，他极有可能犯过案。"

周薇和林可慧都知道，许多老刑警、特别是办案经验丰富的老警察，是能从别人的眼睛中读出许多内涵的。

秋分这天，暖阳高照，一只土狗懒洋洋地趴在墙角，眯着眼，盯着推开院门进来的老国一行人。

段婶听到院外传来林可慧的声音，急忙迎了出来。这才几天的时间，段婶苍老了很多，瘦了整整一大圈，头发也白了不少，尽管脸上挂着礼貌性的笑容，但疲惫怎么都掩饰不了。

还没进屋，段婶便忍不住问："国警官，您说那什么 DNA 会不会出错，难道天底下没有人的 DNA 是一样的吗？"

目前公安部门已经将贾宝强失踪案的相关材料提交到检察机关，进入公诉前的审核程序，但段婶仍不愿相信。在她心里，儿子的音容笑貌依旧。

见老国正要开口，林可慧先出声回应："段婶，你要相信公安机关，宝强这事，肯定会给你个交代的。老贾现在还在医院呢，你要为了老贾坚持下去，有困难，随时来找我。"说完，她拍了拍段婶的肩膀，试图给她一些力量，帮她撑过这次劫难。

段婶的希望像一只气球，刚刚被血淋淋的现实一针戳破，一下子瘪了下来。她手足无措地站在那里，一副摇摇欲坠的样子。

"现在事实已经这样了，往后的日子还长着，路总要慢慢走下去！"林可慧抓着段婶的手，温声安抚她。

"林总，谢谢您的关心。"段婶勉强笑了笑，将老国一行人领进了屋。她擦了擦凳子上的浮灰，引着几人坐到了八仙桌边。

寒暄了片刻，周薇小心翼翼地说道："段婶，这案子虽然已经快结了，但国警官还有点不明白的地方，想再跟您了解一下。"

"唉，你们还有啥不清楚的就问吧。"

周薇赶紧说："我们想去您儿子的房间看看，方便吗？"

"没啥不方便的，我带你们过去。"

进了贾宝强的房间，老国径直走到桌子前，小心地从台板下取出贾宝强和爷爷奶奶的那张合影，戴上老花镜仔细地打量。周薇走到师傅身边，取出手机，调整好角度，拍了几张照片。

林可慧见段婶摸着儿子的遗物，眼中透出无尽的哀伤，她想起自己曾经的家人，也伤感起来。

老国在台板下又找到两张贾宝强爷爷的照片，其中一张就是他上次看到的一家人吃饭的照片，他指着照片问："段婶，我想问一下，老贾今年多大年纪了？"

"他呀，今年 47 岁了。"说完，段婶自嘲地笑了一下，"是不是看着不像啊？老贾中风以后在家里躺了两年多，这精神头不比从前了，看着都像是 60 岁的人了。"

老国点了点头，在心里默默地算了一会儿后，又问："那贾宝强的爷爷是哪年去世的？如果他还在，今年应该多大了？"

"你说宝强爷爷呀，我记得他 21 岁就生下宝强他爸了。如果没死的话，今年应该是 68 岁。"

"我上次看到贾宝强和宝强爷爷拍的一张照片，宝强爷爷右手的两根手指都少了一截，是怎么弄断的？"老国终于问到了正题。

周薇见段婶疑惑地看着老国，就解释道："段婶，国警官的意思是，如果宝强爷爷是劳动时把手指弄断的，没准能领到赔偿金，现在不是有工伤赔偿这一说嘛。"

老国面无表情地看了一眼周薇，但他没有出声。

"哦，这样啊。不过这工伤赔偿怕是拿不到了，记得当初我嫁过来的时候，宝强爷爷的手指就已经这样了。我问过我婆婆，我婆婆说他是上山砍柴时不小心砍掉的。"

"宝强爷爷吃饭时是用左手拿筷子，对吗？"老国又问道。

"嗯，是的。不过这没什么稀奇的吧？"

"但他干活是用右手，是吗？"老国继续问。

段婶仔细想了想："国警官，您真神了！经您这么一提醒，我想起来了，宝强爷爷除了吃饭，其他的时候都用右手呢。我当时还纳闷过，以为宝强爷爷是左右手都能使唤的人呢。"

说完，段婶有些不解地看着老国，反问道："国警官，您为什么要打听宝强爷爷的事？他都走了四五年了。"

老国看了看段婶，不准备瞒她："你知道我们在施家小楼挖出了一具白骨吧？"

"听说了，听说是施中伟他爹，失踪好几十年了。您打听这事，意思是——"段婶惊惧地看着老国，失声叫了出来，"宝强爷爷和这案子有关系？！"

自从知道贾宝强已经回不来了，段婶变得有些草木皆兵，听风就是雨。老国刚才的问题，一下子让她有了不好的联想。

"可，可我婆婆说，那是砍柴时砍断的啊，这都好几十年前的事了，现在怎么会？"

"那具白骨的肚子里有两节手指，我们怀疑是宝强爷爷的。"老国看着段婶脸上的血色褪了个干净，没有再说话。

"你们走吧，我要去医院看老贾了。"段婶抹了下脸，麻木地站了起来，让老国一行人离开自己家。

门外躺着的土狗惊了起来，站在院子里冲老国一行汪汪吠叫着。

➤　➤　➤

此次调查更确定了贾宝强的爷爷贾德才是骸骨案的重要嫌疑人。林可慧开始并不知道老国和周薇此行的目的，最后听出他们这次来的目的与案子相关，她识趣地没有多问，开着车将两人带到江口分局后，便自行离开了。

"师傅，您为什么怀疑贾德才啊？他的手指很有可能是砍柴的时候不小心砍掉的呀，不一定跟施大富有关吧。"

"那我问你，你还记得段婶怎么说的吗。贾宝强的爷爷除了吃饭，其他都是用右手。那么他用右手砍柴肯定是右手握柴刀，左手抓柴火，就算不小心砍到手指，也应该是砍掉左手的手指，可贾德才断掉的是右手的手指。"

"原来是这样啊。"周薇恍然大悟。

"小周，你虽然聪明，但是对事情观察的还是不够细致，以后一定要多观察多思考。"老国严肃地指出了周薇的不足。

"我知道了，师傅。"

两人正说着，迎面撞上忙完手头工作的刘大群，正好到了中午，三人便一起到食堂吃饭。

吃饭时，周薇对刘大群说："刘队，师傅已经基本确定了，骸骨案的嫌疑人就是贾宝强的爷爷——贾德才。不过他已经死了好几年了，等那两节指骨的 DNA 鉴定结果出来，就可以确定是不是了。可惜，没法给贾德才定罪……"

说完，她便将上午调查贾德才的经过，以及贾德才的相关信息告诉了刘大群。

刘大群想了想："小周，贾德才一个人应该做不了案，他还有同伙。按照时间推算，他的同伙可能还活着，我们要是能抓到他的同伙，这案子就能完美结案了。"

老国闻言看向他，说："刘队，我和你的想法一样。"

周薇有些讶异："刘队、师傅，你们为什么会觉得贾德才有同伙？你们是怎么判断的？"

"施大富的身高最少一米八二，死亡时 40 岁，正值壮年，而且他当过兵、上过战场，吴处也判断他是一个肌肉发达的人。你刚才介绍的贾德才，身高不足一米六五，作案时只有 20 岁。按当时的营养条件，贾德才还没有完全发育成熟，他怎么可能一个人杀死施大富？"

"那，贾德才会不会突然冲上前，一刀割断施大富的颈动脉呢？"周薇提出一种假设。

"割断颈动脉确实是一种有效的杀人方式，而且不会在受害者的骨骼上留下痕迹。但我问你，既然一刀割断了受害者的颈动脉，凶手为什么还要把他的双手捆绑起来？那两节断指又是怎么回事呢？"老国盯着周薇的眼睛问道。

刘大群拍了拍周薇的肩膀："小周啊，我们还原案发现场，首先要在尸体上找证据，通过证据判断受害者生前做过什么；其次，要仔细勘查现场，寻找受害者或凶手留下的物品和足迹等痕迹证据，帮助我们推断案发经过；然后，结合所有的线索，做出合理的研判。就比如这个案子，凶手的胆子再大，面对健壮高大的施大富，他也不敢轻易下手吧？所以我认为，贾德才一定有同伙，而且很可能有两三个人！"

周薇张了张口，却说不出一句反驳的话。

"根据死者的伤口推断，嫌疑人很可能和死者有仇怨。"老国对刘大群说，"刘队，我们下午再去林下村走一趟，查查施大富当年是否有仇家。"

"没问题。"刘大群说。

第十一章　Y染色体

警方只要鉴定 Y 染色体，就可以确定它源于哪个家族，

之后在这个家族中查找嫌疑人。

车子开上了一条风景如画的乡间小路，不一会儿就来到了林下村村委会。刘大群跟老国、周薇下车时，李书记已经将施大富的儿子施中伟和女儿施北丽请到了村委会。几人在会议室里坐定，老国说出了来意。

"你父亲当年有仇人吗？不是一般的小仇，是那种想杀了他的仇恨。"老国问。

施中伟想了会儿，犹豫着说："我爹失踪那年，我刚二十出头。那会儿他是生产队的队长，要说得罪人，那肯定是有的，但我爹公正无私肯帮人，你说的深仇大恨，非要置他于死地的肯定没有。"

"贾德才你熟悉吧？"老国直接问。

"就是我们村前几年去世的那个？"见老国点了点头，施中伟又说，"你提他做什么，这人一辈子没做过什么好事，早点死了也罢。"

"怎么说？"老国听施中伟的言语间对贾德才颇为不屑。

"他品性不好，经常偷奸耍滑，偷鸡摸狗的事也没少干，村里人都挺看不起他的。"

施北丽接着说："是这样，没错，而且贾德才是个出了名的胆小鬼，年轻那会儿就这德行。当年他练胆，还闹了不少笑话呢！"

周薇好奇地问："这胆怎么练哪？"

施北丽嗤笑一声："当时有个叫王功成的民兵营营长，是贾德才的表哥，那人胆大，身体也结实，他把一本书放在山坡下的坟地里，让贾德才晚上一个人去取回来。那时候当兵的就得服从纪律，贾德才不得不去。后来我听说，贾德才刚到坟地边上就吓尿了，连滚带爬地回到家，在床上整整躺了半个月，晚上连油灯都不敢熄，说怕黑。"

"点着油灯？"老国念叨着。

"是呀，那时候村子里各家各户都还没通电，只有村委会才有电。我记得那时候，天天都能听到大喇叭喊。"

老国递了根烟给施中伟，自己也点上一根，细细地品味着刚才的对话。过了一会儿，老国问："那个叫王功成的民兵营营长现在还健在吗？"

"你们刚才过来的时候，看到村口的那家老王超市没？那就是王功成开的。他今年应该有七十三了，比我大四五岁。"

刘大群看老国陷入沉思，便问施中伟："您接着说说您父亲失踪时的情况。"

施中伟陷入回忆，缓缓道出施大富失踪当日发生的事："记得是 1969 年 7 月的时候，那年夏天特别热。我爹是生产队长，每天晚上都要召集社员到牛房开会，八点左右差不多就结束了，然后他再回家吃晚饭。可我爹失踪的那天晚上，其他社员都回家了，他到半夜都没回来，我娘还让我出去找人。我想着我爹那身板，鬼见了都得绕着他走，谁还能把他吃了不成，于是我就偷了回懒没去找。可是到了第二天早上，上工铃响了他还没回来，我们这才开始着急，分头在村里找，但没有一个人说见过他。再后来，我爹就再也没回过家……"

说完，施中伟重重地叹了口气，神情沮丧："都怪我当时偷懒，要是去找他了，说不定就不会出事了！"

施北丽抹了一把眼泪，长叹一声："唉，没想到过了这么多年，爹他老人家才重见了天日。要是他在天有灵，就赶紧让警察逮着凶手，替他申冤吧！"

老国沉默了一会儿，问："王功成和贾德才的关系好吗？"

"王功成跟贾德才是表兄弟，虽然王功成看不上贾德才胆小的样子，但还是顾念着亲情，让贾德才做了他的小跟班。这贾德才自从做了王功成的小跟班，就屁颠屁颠跟在王功成后面，整天耀武扬威的。"说到这里，施中伟的表情流露出些许轻蔑。

老国接着问："你爹和王功成、贾德才有矛盾吗？"

"能有什么矛盾，都是一个村里的人，我们几家虽然不常来往，但没有什么矛盾。"施中伟答道。

施北丽插话："要说有矛盾，无非就是生产队上那点事。我记得那时候王功成经常召集社员训练，但有一次被我爹抓住他们偷懒，扣了他们工分，为此吵了几句。"

施中伟见老国一直在跟他们打听贾德才和王功成，于是问："国警官，您是觉得他们俩是凶手吗？"

刘大群生怕这两人做出不理智的行为，赶紧说："我们正在调查呢，这案子过去这么长时间了，大部分证据都灭失了，当年和您父亲有过交往的人，我们都要仔细排查。今天我们过来，主要就是想了解一下情况，我们也没有证据说他们是凶手，你们千万别冲动啊。"

"我明白我明白。"施中伟搓了搓手，说，"三位警官，说句实在话，我觉得王功成有可能杀了我爹，但是贾德才应该不会。贾德才那人特别胆小怕事。倒是王功成长得人高马大的，要是真因为生产队上的事记恨我爹，说不准——"

施中伟话还没说完就被施北丽打断了："没有证据的话可别瞎说，都是一个村子的，低头不见抬头见的。"

"是是是。"施中伟连连点头，转而看向老国道，"国警官，请你一定要查出害死我爹的凶手啊！"

"唉，这都过去快五十年了，我看哪，这事是查不出个子丑寅卯了。"施北丽叹了口气，对此没抱太大希望。

从村委会出来，一行人驾车经过村口时，老国一眼就瞧见了施中伟口中的老王超市。

"我们进去瞧瞧。"老国对周薇说。

这家店的店主是个七十来岁的老人，中等胖瘦，面皮黝黑，还有些许的黑眼圈，不过人挺和善，笑起来就会露出口中的一颗金牙。周薇买了几袋零食，老国买了包烟，拆开后递了一支给老人，替他点了火，这支烟拉近了两人的关系。

老国问店主："我看这超市叫老王超市，您是姓王吗？"

老人点了点头，憨笑道："嘿嘿，对着哩，我是姓王。你是……警察？"他前阵子不在家，前天下午才回村，结果一回来就听说村子里出事了，警察们在施家的荒楼里挖出来了好几具尸体，这几天天天有穿着便服的警察来村子里调查。面前这两人虽然不太像警察，但还是问问比较好。

老国笑了一下："我们是开发公司的，看林下村位置不错，想搞一个乡村旅游的景点，没想到我们相中的小楼里挖出了尸体……你说说，这事闹的。"

老王叹了口气："你们选了施家那小楼吧？我听说啦，那俩孩子死得冤哟！我是看着老贾家那儿子和村会计家那媳妇长大的，都是挺好的孩子，谁能想到是这么个下场啊！对了，村子里出了这么个事，你们还来投资吗？"

在老王说话的空当，老国观察了老王超市里的摆设。这超市一共三间平房，靠西两间摆满了货架，东边一间是生活区。铺着一张简易的行军床，摆满了零乱的生活用品，一只矮柜上放着一只香炉，炉里堆满了香灰，香炉后面的墙上贴了张黄纸，纸上画着谁也看不懂的红色符号……

看到那张黄纸，老国心里顿时有了计较，回道："虽然出了这么个事，但我看林下村的环境还是很不错的，是真的有心投资。不过一下挖出这么多具尸体，我们做投资的肯定忌讳，到时候请个风水大师过来看看，再做决定吧。"

两人就着这个话题又聊了一会儿，老国便和周薇离开了。等他们回到车上，刘大群便开着车往分局赶去。

"师傅，您觉得这个王功成像凶手吗？"周薇坐在后座上问。

"人倒是挺和善的，不过看他眼圈发黑，估计是最近没有睡好。"老国说。

"您说他是不是做贼心虚啊？听说我们挖到骸骨以后，他就睡不好觉了。"周薇想了想又问，"师傅，您看他那身板，和贾德才两人能制伏受害者吗？"

"国顾问，这个问题我也想知道。"刘大群附和了一句。

老国琢磨一会儿："根据受害者子女的描述，贾德才仅仅是王功成的小跟班。我想，如果贾德才可以确定是凶手之一的话，他的同伙是王功成，那么在这起案件中，他应该只是个从犯，王功成才是主犯。如果王功成是主犯，他当时是个民兵营营长，叫一帮人去堵受害者，不是轻而易举的事吗？"

"师傅，您分析得很有道理。"周薇刚才想不通的关节一下被老国打通了。

"国顾问，我还有个问题，如果王功成和受害者之间只有点工分上的小争执，不至于到杀人泄愤的程度吧！"刘大群提出了自己的疑问。

"刚才在超市里，我和王功成聊了一会儿，感觉他不是那种心胸狭窄、小肚鸡肠的人，但他肯定因为什么心虚了。小周，你注意到超市里的那只香炉了吗？"

"我看到那只香炉了，师傅。"周薇很快想到矮柜上的那只香炉，"不过那只香炉里已经积满了香灰，他肯定不是替受害者烧的。您想啊，骸骨案才案发这么点时间，他就是不停地烧香，也积不了那么多香灰呀。"

刘大群若有所悟："国顾问，您的意思是，王功成是个迷信的人？"

"是的，我们就通过这点撕开一个突破口。"老国信心满满地说，

"其实烧香的人并不一定都迷信，但我看到，那只香炉的后面贴着一张画了符的黄纸。看成色，那张黄纸应该是新贴上去的，很可能与骸骨案发有关系。"

➤➤　➤➤　➤➤

三天后，刘大群兴冲冲地敲响了老国临时办公室的门。

一见面，刘大群便说："国顾问，今天上午，我接到李书记的反馈，鱼已经咬钩了！"

原来，上一次去林下村调查之后，老国让刘大群找到李书记和几位村民，让他们在村里放出消息，说开发公司找了一个风水大师，在施家小楼前做了场法事。之后每天晚上，村民都看到鬼火在小楼附近飘来飘去，还隐约听到哭声……

刘大群脸上难掩喜悦："王功成满村打听风水大师的消息。虽然这不能算是确凿的证据，但我派人调查过了，村里有两位老人说，当年王功成跟手底下一帮人借着训练之名偷懒，被施大富处罚过。还有一次分猪肉的时候，王功成他们去求施大富多分给他们些肉，施大富因为他们劳动少拒绝了，他们便怀恨在心，一直计划着教训施大富。这两位老人机缘巧合下听见了他们的计划，当时他们没把这件事当真，没想到第二天施大富真的'失踪'了，他们就不敢指证王功成了。"

周薇听后惊诧不已："刘队，您是说，王功成和贾德才就因为这点事杀死了施大富？"

"放在那个年代，又被扣工分又少分了肉，没准真能让他们痛下杀手。就目前看来，这也是最合理的动机了。"老国点了点头，"还有其他人找风水大师吗？"

"有有有。村南头原来有个老电工，叫施天彪，听说好多年前就搬到镇里去了，这两天突然回了林下村，不仅打听过风水大师，还跟王功成有过接触呢。"刘大群说激动了，还比画起来，"国顾问，您还记得受害者手上绑着的电线吧，没准就是施天彪的。"

"他以前是王功成手底下的人吗？"老国问。

"那倒不是。施天彪以前是村委会的电工，但他是怎么掺和到王功成的事里的，还不清楚。"刘大群迫不及待地跟老国说，"国顾问，现在我们有了人证，等刑侦总局给出 DNA 鉴定结果，就有了物证，肯定能坐实他们的犯罪嫌疑。"

很快，王功成和施天彪就被传唤进了江口分局。没多久，王功成和施天彪就招供了，事实与刘大群调查的结果一致。

1969 年的春节，生产队准备杀两头猪给村民改善伙食。王功成仗着自己是民兵营的营长，私下里找施大富，想让对方多分些肥肉给他家。施大富听到这个要求很生气，他说生产队里有一百多户人家，谁家不想要肥肉？被施大富断然拒绝后，王功成一直怀恨在心，一直在找机会教训施大富。然而施大富人缘极好，王功成一直未能得逞。

王功成的表弟贾德才因为好吃懒做，一个月上不了几天工，工分少得可怜。同年 8 月，贾德才借口训练多，想让施大富把他的工分补上。施大富拒绝了，还当着生产队所有人的面把他骂了一顿。

事发前几天，电工施天彪因为偷了生产队的六根苞米，不仅被施大富狠狠骂了一通，他全家还被扣了五斤口粮，因此对施大富怀恨在心。

王功成知道贾德才的事，贾德才像只跟屁虫，天天跟在他身后狐假虎威，他说什么，贾德才都会听。于是，两人联合了同样对施大富不满的施天彪，计划好好教训一下施大富。

案发当晚，生产队开完会，他们三人在途中截住了独自回家的施大富。王功成和贾德才拿着两支枪指着施大富，施天彪用准备好一截电线将施大富的双手反绑，三人推推搡搡，将其带往大队部痛揍一番。性情刚烈的施大富虽然被捆住了双手，但丝毫没把三人放在眼里。在前往大队部的途中，施大富扬言第二天就会揭发王功成、施天彪和贾德才好吃懒做、占集体便宜的事。

恼羞成怒中，王功成对着施大富的肋骨就是一枪托，施大富惨叫一声倒地，但王功成并不解气，又对着施大富被绑着的胳膊狠狠踩了一脚。见施大富仍未妥协，王功成一边踢打一边大骂对方。

一向胆小怕事的贾德才仗着表哥的气势，一手揪住施大富的头发，另一只手抠住施大富的嘴，想阻止他叫嚷，没想到被暴怒的施大富一口咬下了两节手指。王功成一看贾德才淌着血的手指，惊惧不已，情急之下，王功成一刺刀扎进了施大富的脖颈……

等他们都冷静下来后，又悔又怕。他们弄死了人不说，弄死的还是生产队的队长，这事是真没法交代了。于是三人一商量，从家里拿来农具，趁着天黑把施大富的尸体抬到没人的田里，挖个坑埋了……

知道了骸骨案的前因后果，老国很是感慨，这样的历史遗留案件能调查清楚，是非常不容易的。而且他怎么也没想到一起普普

通的失踪案，居然牵连出另外两起案子，还好这三起案子都很顺利
地调查清楚了。

周薇对此很是唏嘘，不理解他们为什么要这么做。她问老国原
因，老国只回了一句——这就是人性！

骸骨案的进展十分顺利，刘大群很是高兴，他知道老国要继续
跟进"8·8碎尸案"，为了让老国放心，他准备提前结案。毕竟骸
骨案的嫌疑人已经招供了，还有人证，虽然缺失了指骨的 DNA 鉴
定，但对案子的结果基本不会产生影响。

在返回宁安区的路上，老国心里始终不得安稳，骸骨案缺乏实
质性的证据，想要翻案就有一线机会，他不能放任这样的事情发生，
于是便给吴丽莹打了一个电话。

吴丽莹在电话中告诉老国："刑侦总局刚给我发消息了，那两节
指骨被埋的时间太久了，DNA 鉴定已经做不出来了……"

老国有些失望，这两节指骨是本案唯一的，也是最重要的证据。
现在的司法程序，不管是前期的侦查，还是后期的庭审，都是"重
证据轻口供"，单凭王功成、施天彪和那两个人证的口供，这个案子
还不能定成死案。

"还有其他办法鉴定吗？"老国知道，刑侦总局都无法鉴定的物
证，其他省市级的机构更不用说了。

吴丽莹听着电话中有些失望的声音，继续平静地说："虽然没
法做 DNA 鉴定，但 Y 染色体鉴定出来了，不知对这个案子是否有
帮助？"

"好，太好了，你过会儿就把报告传给江口分局刑侦大队的刘

队，也传一份给我。"老国先是一愣，然后十分惊喜，他想，这个案子不会有翻案的机会了。

老国没有在警察学校学习过，他高中毕业后在一家工厂的保卫科工作。就在那年，因为他超强的刑侦天分，被吴丽莹的父亲——当时在江滨市公安局做刑侦副局长的吴中勇看中，将他招进了公安系统。老国凭着自己爱学习、爱钻研的劲头儿，很快在人才济济的刑侦队伍里脱颖而出。

当年的刑侦技术很落后，仅有指纹鉴定和血型鉴定等屈指可数的技术手段。直到二十世纪八十年代末，DNA 鉴定技术才被应用到刑事侦查工作中，到二十世纪九十年代中后期，这项技术才得到了广泛应用。而吴丽莹所说的 Y 染色体鉴定，即父系亲缘鉴定技术，是一项几年前刚刚被用于刑事侦查工作的黑科技。

老国虽然听说过这项技术，但并不明白其中的原理，曾经虚心地向周薇求教过。

周薇看见老国向她求教，很是得意，迫不及待地给老国举了一个实例："师傅，去年侦破的黑金市连环杀人案，您知道吧？"

"当然知道，凶手高××在十四年里连续奸杀了十一名女性。看报道，警方就是通过 Y 染色体鉴定技术抓住了他。"

"是的。"周薇想着在学校里学过的相关知识，用通俗易懂的方式给老国解释了一番。

"你的意思是，Y 染色体只有男性才有，而且 Y 染色体肯定源于他的父亲，不管过了多少代，这些子孙的 Y 染色体都是一样的。"老国听了周薇的解释，终于明白这项鉴定技术的作用，"就是说，我们警方只要鉴定 Y 染色体，就可以确定它源于哪个家族，之后在这个家族中查找嫌疑人。就比如骸骨案中，我们发现的那两节指骨，就可以通过这项技术确定它源于哪个家族，然后再排查这个家族，是吗？"

"就是这个意思！师傅，您真是一点就透。"周薇对老国竖起了大拇指，赞美了一番，也更加认定了向老国学习的念头。

车子刚经过了黄江隧道，老国忽然接到了郭斌的电话。

"师傅，您在哪儿？"

"郭支队，听你这口气，一定是碎尸案有眉目了吧？"

"师傅就是厉害，"郭斌的语气中难掩兴奋，"碎尸案的作案现场被我们找到了，您赶紧过来一下，我这就把定位发给您。"

根据郭斌发来的定位，老国从导航地图上看到，"8·8碎尸案"的凶案现场就在紧邻秦海河的燕归来小区。这个小区离弃尸的商业广场仅有三四公里。

心急如焚的老国驾车向燕归来小区一路狂飙，不到半个小时，两人就赶到了燕归来小区的大门口。就在这时，他们车前的一辆奥迪车因为路旁冒出一个老太太，踩了急刹车。老国避让不及，一下撞到了奥迪车的车尾上。

追尾是全责，老国和周薇急忙下车查看，好在碰撞力度不大，只是保险杠变形了。老国松了一口气，想和对方沟通解决办法。然而他还没走到奥迪车的驾驶位，车上的男司机已经升起了车窗玻璃，之后猛打方向盘，驶上大路后绝尘而去。

"追尾是我们全责，这个人跑什么？"老国不解地说。

周薇笑道："师傅，您这一脸凶巴巴的样子，人家还以为您要动手揍他，不跑才怪呢！"

老国摇摇头回到自己车上，重新启动车子后，却没有驶进小区。刚刚那辆奥迪车上的男司机让他觉得很面熟，他仔细回想了一下："不好，刚才那个司机很像碎尸案的嫌疑人康剑伟！"

说完，老国急忙掉转车头，朝奥迪车消失的方向狠踩油门，车子发出一阵轰鸣："小周，你赶紧给郭支队打电话，让他联系交管部门，截住刚才的奥迪车……"

周薇听到老国的吩咐，立即拿出手机拨通了郭斌的电话，向他通报了康剑伟逃逸的消息。

虽然已有三十多年驾龄，车开得十分熟练，但老国的车速太快，连着闯了几个红灯，周薇紧紧地抓着安全带："师傅，您开车慢点，太危险了！"

"康剑伟刚才想进小区，没想到碰上了我，现在他肯定知道我们发现作案现场了。他这一跑要是逃出江滨，再想抓他就难了。"老国冷声说道。

下车检查情况和回想耽误了一些时间，康剑伟又专挑复杂路段行驶，一连遇上几个十字路口后，老国再也分辨不出康剑伟的逃逸路线，于是放慢了车速……

再次来到燕归来小区，老国带着周薇步行至2号楼1单元楼门外。此时1单元门口拉着黄黑相间的警戒线，201室内灯火通明。透过窗户，几名身着白色隔离服的技术人员正在忙碌着，不时有闪光灯在室内闪动。几十名小区居民站在警戒线外，交头接耳地议论着。六七名特勤倒背双手，腰杆笔直地站在警戒线内，维持着秩序。

见老国和周薇赶了回来，正在指挥技术人员的郭斌走了过来。

老国很是懊悔，将刚才遇到康剑伟的经过跟郭斌说了一遍："康剑伟应该是不知道我们已经发现了作案现场，想过来取些东西，都怪我不小心撞了他的车，否则我们就可以抓他个现行了。"

"师傅，就是您没撞他的车，他只要一看到这阵势，也会悄悄溜掉的。"郭斌实事求是地说，"您放心，我已经安排下去了。曹队已经在跟交通队交涉了，全城搜捕康剑伟，相信他插翅也难逃了！"

听了郭斌的安排，老国放心不少："郭支队，你们是怎么发现作案现场的？"

郭斌笑着说："还得仰仗师傅您呀！之前您不是说让我调查二手冰柜的线索吗，我们考虑到买二手冰柜不可能跑到太远的地方，就派出十来个侦查员，对商业街周边五公里范围内的二手电器市场、个体经营户以及制冷设备维修点逐个走访摸排。要不是这里属于人口密集区，也不至于这么长时间才找到线索。我们调查到，7月下旬至8月初，这些场所销售的二手冰柜有三百多台，然后我们又对比了商家登记的送货地址。

"我们研究认为，嫌疑人买二手冰柜，只是为了临时盛放尸块，抛尸后，他害怕留下证据，肯定会把这台冰柜卖掉。根据这层逻辑，我们排查到一家好冷制冷设备维修点。据维修点的老板反映，他于7月29日曾卖出过一台二手冰柜，送货地址就是燕归来小区2号楼1单元201室。后来，我们又在南边的一家制冷维修店了解到，8月11日，一名中年男子将一台二手冰柜卖给他。维修店的老板是亲自上门取货的，他记不清具体的地址了。我们带他到燕归来小区里辨认，确定取货地址就在这里。我们根据买进和卖出的登记信息，便将这里锁定为作案现场。"

"那台冰柜起获了吗？"老国问。

"今天下午就起获了，这台冰柜后来被收购的那家制冷维修店卖给了一家刚刚开业的小餐馆。经初步检验，冰柜中有残留的人体血液成分，现在正在进行 DNA 检测。"

"这处房子是什么情况？查了吗？"

"我们已经联系了房东。"郭斌说，"根据房东所说，这里是董莉珠出事前一个月租的，租了三个月。"

➤➤　➤➤　➤➤

燕归来小区是个入住已经二十多年的老小区，2 号楼 1 单元 201 室是个两居室，面积不大，约 70 平方米。因为长期没人居住，地砖上落了一层薄薄的灰尘。三名技术人员小心地在地面上铺了一层黑色塑料膜，随后打开放在一边的静电吸附仪，不一会儿，地面上的灰尘和足迹便清晰地吸附在黑色塑料膜的表面。

在调查罗家头的案子时，齐法医曾告诉周薇静电吸附仪提取足迹的原理，但实际操作，她是第一次见到。等几名痕检员忙完，老国跟郭斌、周薇在门口穿好隔离服，踩着通行踏板来到了客厅中。

一名侦查员走了过来，说："国顾问、郭支队，经过现场勘查，我们初步判断卫生间内的浴缸就是碎尸场所。"

"走，带我们过去看看。"老国率先出声。

卫生间有三四平方米，紧靠门口的是一个简易的洗脸池，旁边是一个坐便器，再往里的窗口处放着一个不大的老式浴缸。一眼看去，卫生间内很干净，没有四处飞溅的血迹。

周薇听老国说过，被打扫得最干净的地方往往就是案发现场。她知道在侦查工作中，鲁米诺试剂被用来检测犯罪现场的血迹，不管凶手用什么方法擦洗掉血迹，抑或过了许多年的犯罪现场，只要喷洒了鲁米诺试剂，曾经沾血的地方都会出现荧光反应。她问跟在她身旁的警员："这里做过鲁米诺检验了吗？"

"已经做过了。"

郭斌并未和他们一起过来，而是先去主卧看了看，在没发现有价值的线索后，他又走进了次卧。他先是翻动了桌子上的物品，又打开了衣柜。衣柜里放着一只高约六十厘米、长宽各约四十厘米的保险柜，保险柜还未被开启。

郭斌叫住正准备从侧卧出去的痕检员，问："这个保险柜做记录了吗？为什么没打开？"

"郭支队，这个保险柜是数字密码锁，得找专业人士开，所以我只做了记录，没有打开。"

"行，我知道了。"郭斌摆摆手，双眼紧紧盯着保险柜。他有预感，这个保险柜或许会给他们一个"大惊喜"。

郭斌让人把保险柜从衣柜里搬了出来，他走进卫生间，来到老国身边低声说道："师傅，我在次卧发现一只保险柜。我觉得，这个保险柜或许跟碎尸案有关。"

老国神色一动："带我去看看。"一旁的周薇赶紧跟上，一行人重新回到次卧。

老国走到保险柜面前，蹲下身子，仔细查看了一番："如果我没猜错的话，受害者董莉珠的头颅就在保险柜里。"

郭斌心里已经有了猜测，所以并未惊讶，其他人皆露出一脸不可思议的表情，周薇更是惊呼出声："师傅，您的意思是说，董莉珠的头颅被嫌疑人放在这里了？"

老国指着保险柜："你看，这保险柜上面既有钥匙锁，又有数字密码锁，显然是新产品。这么新的保险柜，肯定不会是房东的东西。再说，这间屋子的装修非常简陋，说明房东并没有很上心。这种情况下，如果新买了保险柜，把房子租出去以后，他肯定会把保险柜带回自己的住处，怎么可能留给房客？那么，它只可能是康剑伟买的。"

"师傅，为什么不能是董莉珠买的啊？"

老国反问道："如果你是董莉珠，你买这个保险柜的目的是什么？"

"当然是放首饰，还有放现金了。"周薇不假思索地回答道。

"你有多少首饰和现金，要买这么大的保险柜？康剑伟给了你一百万，你不是都打到父母的银行卡上了吗？就算你还有不少现金和首饰，你为什么不让送货的人把保险柜送到你现在的住处 —— 花溪源小区，而是放在一个只租了三个月的房子里？"老国显然对周薇的回答有些不满。

"师傅，您说的有道理。不过，她今年 5 月份已经租住在花溪源小区，再在这个小区租套房子，不是多此一举嘛！"周薇有些不理解。

老国站起身，扭了扭蹲累的腰："你别忘了，花溪源小区的房子是她 5 月份租的，按我们先前的推算，那时她刚做了康剑伟的情人不久，每个月五千元的租金可能是康剑伟付的，目的是方便两人私会。上次董莉珠的父母说过，董莉珠在出事前的一两个月，曾说要带他们到江滨住一段时间，老两口也答应了。我想，这套房子离花溪源小区只有七八百米的距离，应该是董莉珠给父母租的。"

一直没有出声的郭斌对一旁的侦查员说："你们赶快找个开锁匠过来，必须打开看看这里面究竟装了什么东西。"

老国看着保险柜，笑了："这种保险柜很复杂，不过我正好认识一个人，可以让他来试试。"

第十一章

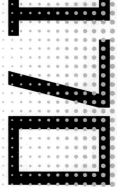

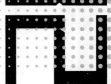

董莉珠永远也不会想到，今年的 3 月 27 日，

会变成一串密码，将她的头颅锁在这只暗无天日的保险柜里。

过了二十多分钟，一名辅警领着一个四十多岁的男人上了楼。这个男人瘦小精悍，背着工具包，见到老国，立即哈腰问好。一番客气后，来人问："国队，您说的保险柜在哪儿？"

郭斌盯着男人，疑惑地问："你是开熟食店的吧，会开锁吗？"

男人看了看郭斌，一脸佩服道："这位警官和国队一样，真是太厉害了，一眼就看出我是干什么的。"

"看你的眼神和身形，我还知道你以前是干那活儿的。"郭斌做了个撬锁的动作。

这个瘦小的中年男人顿时尴尬起来："警官，我早就不干那活儿了。国队是我的恩人，他让我踏踏实实过日子，我肯定得听啊！"

老国指着男人，向郭斌和周薇介绍："他叫史有文，以前确实是干那活儿的。后来被我抓了，判了八年吧，前两年放出来的。"

"国队，我得感谢您！要不是您把我从悬崖边拉回来，我现在没准还在牢里呢！"史有文一脸谦卑，"而且我出来后，要不是有您的帮助，我哪儿有今天！我——"

"别说这些了，快进去看看那只保险柜吧。"老国打断了史有文的话。

史有文戴上手套进了次卧，蹲在衣柜前，仔仔细细地打量着保险柜，观察了七八分钟，他站起身来，有些尴尬："国队，这保险柜有双重保险，打开它必须先输入六位数密码，然后插入钥匙才能打开。"

"你搞不定吗？"老国有些焦急。

史有文讪笑道："以前那些保险柜都是机械转盘的，转动转盘时，齿轮会发出极小极小的声音，我能从声音的差别判断密码对不对，也能多次试。但这种键盘式的密码锁，只有三到五次机会，没法反复试，这几次都输错了保险柜就会直接锁定，我就没办法了。当然，如果密码正确，剩下的我两分钟就能搞定。"

郭斌说："师傅，如果实在打不开，我找消防过来，直接把保险柜锯开得了。就是暴力打开，可能会灭失部分证据……"

老国没有出声，他蹲下身子，从侦查员手中拿过手电，在保险柜的数字键盘处来回照着。屋子里安静下来，他们不知老国是不是能找到密码，静静地等了一会儿。

"你查一下，康剑伟、董莉珠的生日是哪天。"老国关了手电，费力地站起身子对郭斌说。

"师傅，您认为密码可能是他们中某个人的生日吗？"周薇问。

"对，有这可能。"说完，老国让周薇找来一张白纸和一支圆珠笔，在纸上记下了五个数字：0、1、2、3、7。

郭斌没问什么，直接调出手机上的案卷，找到了两个人的生日，又从老国手上拿过笔，在纸上写下了两串数字：董莉珠 19890426，康剑伟 19750316。

写完，郭斌抬头看着老国："师傅，您写的这组数字和这两人的生日应该没关系。"

老国接过纸条，站在衣柜旁仔细琢磨起来。

周薇将郭斌拉到一边，悄悄问："师兄，师傅写的那几个数是从哪儿来的？"

郭斌怕影响老国思考，就把周薇拉出了次卧："应该是数字键盘上的。我们平时手指上有油脂和汗液，在触摸过按键后，会在按键上留下痕迹。之前痕检员在上面提取过指纹，师傅应该把被按过的按键数字记下来了。"

想起刚才看到过的保险柜，周薇心虚地擦了一把不存在的汗："师傅真是观察入微啊，我差点忘了还有这个细节。"

郭斌无奈地看了一眼这个小师妹。

老国静静地站在衣柜旁，眼睛一直盯着白纸上的两组号码，额头上已经冒出细细的汗珠。嫌疑人康剑伟负案在逃，何时能将人抓获还是个未知数，保险柜中是否放着受害者的头颅，他也不能百分之百确定。如果刚才提取到的那几枚指纹不是康剑伟的怎么办？当务之急，是在不破坏保险柜的情况下将其打开，就算里面没有受害者的头颅，他们也会有别的发现……

焦虑让老国变得静不下心，他转身蹽到楼道，掏出一支烟点燃，狠狠地吸了一口，烟草给他带来了片刻的放松。很快三支烟都燃烧殆尽了，沉浸在思考中的老国突然被灵感击中，他扔下烟蒂，飞快地在纸上写下五组号码。

老国神情激动地跑回屋内，对屋内的侦查员说："密码就在其中，赶紧试试！"他的话让所有人都为之一振。

史有文接过那张纸，蹲在保险柜前，一组一组地尝试起来。

史有文输入第一组数字——1-7-0-3-2-0，保险柜提示密码错误。

输入第二组数字——1-7-0-3-2-1，保险柜依然提示密码错误。

"能行吗？"周薇和郭斌的心里都打着鼓，他们想知道这组密码究竟是如何分析出来的，但看老国神情严肃，两人都不敢出声。

输入第三组数字——1-7-0-3-2-2，密码错误。

输入第四组数字——1-7-0-3-2-3，密码错误。

郭斌和周薇摇了摇头，已经不抱希望了。史有文回头看了看老国，老国沉着脸，一言不发。

"国队，还有最少一次机会。"史有文说。

郭斌和周薇看向老国，老国咬了咬牙："试。"

史有文输入第五组数字——1-7-0-3-2-7，一直没有反应的保险柜发出"哔哔"两声。

"对、对，就是这个密码——"史有文激动得结巴起来，他从包内取出一根探针和一截金属片，捣鼓了两分钟，"咔嗒"一声，保险柜的门被弹开了，史有文激动地拉开柜门……

"啊!!"一声惨叫，史有文仰面摔倒在地。

周薇伸手想扶起他，却被史有文挥开了。她发现史有文脸色惨白，嘴唇不停哆嗦着，说不出话。

就在她的注意力放在史有文身上时，其他人都看见了保险柜中，那颗白骨森森的头骨。

那空无一物的眼窝仿佛正盯着保险柜外的众人，他们不约而同地打了个冷战。

　　法医和痕检员又忙碌了起来。老国坐在沙发上大口喘气，缓解着刚才因为紧张而颤抖的身躯，过了好一会儿，他才平复心情，无力地靠在沙发上。

　　见老国恢复了平静，周薇才开口问老国那组密码的来源，郭斌也是一脸好奇地看着老国。

　　老国抽出了一支烟，刚想点燃，又想起不能破坏现场环境，一边把玩一边问他的徒弟们："你们要是凶手，会设置什么样的密码？"

　　周薇答道："如果是我，可能会图方便把生日设置成密码，这样不会忘掉。现在需要密码的地方太多了，银行卡、微信、邮箱、各种软件，还有家里的门锁、保险箱密码等等，要是不设置一个好记的，会很麻烦的。"

　　郭斌问老国："师傅，可保险柜的密码不是他们的生日啊？"

　　"你再想想。"老国的声音里透着疲惫。

　　"这也不是康剑伟女儿的生日啊？"周薇抓着脑袋，"他女儿已经上初中了，那个密码是170327，康剑伟的女儿肯定不是今年3月才出生的。那会是什么？"

　　"康剑伟怎么会把他女儿的生日设置在这个装着头骨的保险柜上呢？"老国摇了摇头。

　　"1-7-0-3-2-7——"郭斌反复念叨着，突然想到了什么，"师傅，我知道了，这是康剑伟和董莉珠的纪念日！"

　　老国拍了拍郭斌的肩膀，对周薇说："看来啊，你得跟你师兄好好学学。"

"师傅，我这不是没想到嘛！"周薇有些不好意思地看着老国和郭斌。

郭斌叹了口气："真是太讽刺，董莉珠永远也不会想到，今年的3月27日，会变成一串密码，将她的头颅锁在这只暗无天日的保险柜里。"

郭斌开着车，带着老国和周薇一起赶回宁安分局。

周薇坐在车上问："师傅，刚才我一直在想，但一直没想明白，您是怎么知道保险柜里装着董莉珠的头颅的呢？您是不知道，刚才我这心里七上八下的，就怕万一您判断失误。"

"没什么可担心的，我相信我的判断没错。"老国一脸淡定，"我在现场的时候就说过，保险柜是康剑伟的，可是他为什么会在一个短租的房子里放置这样大的一个保险柜呢？我反复思量这其中的关联，又用排除法排除了所有的可能。当我把这处房子里所有的线索结合起来看时，我几乎可以确定，这个保险柜里藏着的就是董莉珠的头颅。"

"可是师傅，如果保险柜是康剑伟用来转移赃款的呢？"

老国说："我一直说，单凭一条线索，我的分析推理是没有任何把握的。'8·8碎尸案'发生后，我们在商业街和垃圾填埋场找到了大量尸块，根据其腐烂程度，我发现了一个规律，康剑伟首先丢掉的是受害人颈部、胸部及上肢的肢体碎块，因为这部分碎块腐烂最严重。接着是内脏、腹部组织碎块，再接下来是臀部和下肢碎块，从中你看出了什么？"

周薇说："他是从头到脚分批扔掉的。"

"你只看到了树，没看到种树的人。"老国不满地说，"按照从头到脚的抛尸规律，他应该先丢掉头颅，可是我们翻遍了垃圾场都没有找到，这是为什么？说明受害者的头颅他始终没有扔掉。"

周薇想了想说："要是我，我肯定先把头扔掉，人头多恐怖啊！"

"对你来说恐怖，但对深爱过董莉珠的康剑伟来说，那是他的最爱。"老国说，"要不是环卫工人刚好捡到尸块，导致案发，我们还有可能找到受害者的腿骨部分，可惜……"

➤➤　➤➤　➤➤

燕归来小区"热闹"了一天，在警方人员撤离后，依然没有恢复平静，居民都在讨论 2 号楼 1 单元 201 室发生了什么。

在郭斌等人回到公安局后，"8·8 碎尸案"专案组再次组织了案情分析会。市局的刑侦副局长宋阳落座其中，老国光明正大地参加了这次会议。

就在两天前，老国还在江口区调查骸骨案的时候，督查处结束了对老国的调查，并对外公示了此次调查结果。康剑伟诬陷老国刑讯逼供，妨碍警方正常执法，给老国造成名誉损失，同时延误案情调查。按规定，对康剑伟的违法行为给予治安拘留的处罚。周前也在第一时间通知了老国，让他放心查手里的案子，没有人敢再质疑老国了。

待众人纷纷落座后，案情分析会开始了。宋阳第一个发言，他充分肯定了专案组成员的努力："'8·8碎尸案'不同于其他的凶杀案，凶手的手段之残忍，令人不忍耳闻！碎尸、抛尸，造成了非常恶劣的社会影响！同时，它也毁掉了我们一万多名干警日积月累、辛苦换来的'平安江滨'的形象！在案发后的五十天里，专案组的同志夜以继日的调查走访，终于取得了突破性进展。下面就请郭支队说说案件的最新进展。"

一阵掌声过后，郭斌示意大家看手中的案卷资料："根据国顾问提出的建议，我们调查了二手冷柜市场，终于在两家维修店里发现了重要线索。于是我们顺藤摸瓜，找到了凶手的作案现场，即宁安区燕归来小区2号楼1单元201室。经过勘查，我们在房屋内提取到了多枚嫌疑人的足印和指纹，目前正在比对中。同时，我们一直苦苦寻找不到的受害者头颅，终于找到了。"

郭斌停顿了一下，继续说道："受害者的头颅已经被凶手制成了骷髅标本，存放在一只保险柜中。"

受害者的头颅昨天晚上才被发现，大部分专案组成员还不知道。郭斌的话像一枚炸弹，让现场炸开了锅。

郭斌示意大家安静，之后将手中的照片递给身边的人，众人依次往下传递。

宋阳看着照片中的头骨皱起了眉，一旁宁安区分局局长赵海山的面色也很不好看。

郭斌见大家手中都拿到照片后，才接着刚才的话题继续说："如果没有意外的话，照片中的这颗头骨就是受害者董莉珠的头骨。刚才技术人员已经提取了头骨中的DNA信息，正在和受害者的DNA做比对，明天早上就会有结果。在现场发现的指纹正在进行对比，结果稍后就会出来。

"另外，我要告诉大家一个不好的消息，想必大家都知道嫌疑人康剑伟诬陷国强同志的事。两天前督查处已经调查清楚，证明国强同志是无辜的，同时给予康剑伟治安拘留的处罚。派出所的同志去抓人时，康剑伟已经逃走了，昨晚八点，他曾出现在燕归来小区门口，目前在逃。"

虽然康剑伟已被定为"8·8碎尸案"的重大嫌疑人，而且是唯一的嫌疑人，但由于找不到他杀人分尸的证据，只能任其暂逃法网，这让所有的专案组成员都暗暗憋着一口气。督查处的处理结果，在场的人都知道，本以为能根据《治安管理处罚法》先将人管制起来，没想到对方先跑了，打了他们一个措手不及。

了解了案件的进展，宋阳有些担忧，要是没有百分之百的把握，他不敢过于乐观。他敲了敲桌子，示意大家暂停。

"郭支队，目前我们对康剑伟的嫌疑仍是猜测，本案的关键点不在嫌疑人是谁，而在于是否有能够坐实康剑伟杀人的证据。大伙儿想过没有，万一这些指纹不是康剑伟的，我们下一步该怎么办？"

"宋副局，关于康剑伟的嫌疑，已经有了人证。"曹勇站起来回答了宋阳的问题，"之前走访的时候，我们拿着康剑伟的照片给维修店的老板指认，那个老板一下就认出了照片中的康剑伟。燕归来小区2号楼1单元301室，也就是作案现场的楼上，房主陈某也指认了康剑伟。陈某还跟我们反映，7月中旬到8月初那段时间时，几乎天天能闻到二楼飘出肉香。8月5日，陈某的女儿生病在家休息，他们听到楼下不时传来类似砍砸东西的响声，陈某怕影响女儿休息，还曾下楼提醒对方。当时给陈某开门的，就是康剑伟。"

曹勇的话让在座的专案组成员放了心，宋阳也点了点头。

"这颗头骨是不是董莉珠的，在 DNA 鉴定报告出来之前，我们都不能放松警惕。技术人员已经对这颗头骨做了三维扫描，颅面复原应该已经出来了，大家稍等一会儿，咱们看一看复原出来的受害者画像。"郭斌说。

颅面复原并不是新技术，早在 18 世纪的欧洲就已经有人在尝试，它是根据人类面颅骨上存在的多个不同特征，以及面部软组织的厚度相对恒定的特性，复原出头骨所有者的面貌。随着计算机技术的发展，头骨经过三维扫描取得相关数据后，匹配相应人种的面部特征数据，很快就可以获得头骨所有者的面部复原图。

很快，技术员小王气喘吁吁地拿来一只 U 盘跑进会议室。在所有人的注视下，小王将 U 盘中的颅面复原图投映在大屏幕上，图片中是一个高鼻梁、大眼睛，五官精致的年轻女人。

"这是受害者董莉珠吗？"有人小声问。

小王连忙调出受害者董莉珠生前的照片，与颅面复原图做对比。两张照片一对比，大家心中便有了答案，因为这两张图片中的人，相似度非常高。

老国没有出声，他静静看着面前照片中那颗白骨森森的头骨，又看了看屏幕上董莉珠的照片，心中生出许多感慨和愤怒。

正在此时，技术员小刘走进了会议室，他将手中的鉴定报告分别放在宋阳、赵海山、郭斌和老国等人面前。

在众人翻阅期间，小刘激动说道："现场发现的指纹对比结果已经出来了，保险柜上的指纹与嫌疑人康剑伟的指纹完全一致！"

老国狠狠拍了下桌子道："好！宋局、赵局，我建议接下来我们要将所有的警力投入到抓捕行动中，一定要在最短的时间内将嫌疑人抓捕归案！"

"没问题。"有了确凿的证据，宋阳面上也带上了几分笑容。

接下来，宋阳和郭斌等在座的专案组成员开始商定下一步的抓捕行动。

在会议结束前，那颗头骨的 DNA 鉴定报告也出来了，鉴定报告证实了保险柜里发现的头骨就是受害者董莉珠的头骨。

➡➡　➡➡　➡➡

江滨市交管局的监控大厅内气氛肃穆，宋阳领着老国及专案组的核心成员鱼贯而入，此时的监控大厅已被征用为"8·8碎尸案"专案组的临时抓捕指挥部。

在江滨市上千条道路和交通枢纽中，有三万多个交通探头和治安探头，它们所记录的监控画面都汇集在这里，数百面屏幕上显示着全市各重要路段的交通实况。工作台前，坐着从各分局抽调来的两百多名图侦干警，他们的眼睛紧紧盯着不停切换的电脑屏幕。

在周前的协调下，专案组各区调集了三百名刑警、四百名交警和两百名特警，安排在市区的主要路口和商业广场等重要卡点。一旦发现嫌疑人康剑伟的踪迹和车辆，或接收到康剑伟的手机信号，周边布控的公安人员就会在三分钟内将其抓获。

老国看着监控大厅内的数百面屏幕，不禁摇了摇头，这大海捞针一样的寻找，如果再找不到康剑伟就难办了。

"师傅，您说这么多监控，每个监控画面中这么多张人脸，真的能发现康剑伟吗？"周薇担心地问。

"你别忘了现在的人脸识别技术，只要康剑伟还在本市，一定能抓到他。"说完，老国又有些犹豫。

坐在一旁的交管局局长程涛走过来："国顾问，您可以放心，康剑伟肯定还在江滨市。昨晚我们接到抓捕康剑伟的消息后，立即调动了所有正在执行任务的交警，封锁了全部的出城通道，并通过指挥中心的监控一路追踪康剑伟驾驶的奥迪车。"

说完，程涛带老国来到监控大厅边上的一间办公室，吩咐监控室主任调取昨天康剑伟逃走时的监控画面：

燕归来小区门口，一辆大众撞上了奥迪车的车尾，接着两辆车都停了下来。大众驾驶位下来一名男子，走到车前查看车辆损毁情况，之后走向奥迪车。这时奥迪车突然往右急打方向，加速驶离了小区门口，消失在富强路上……

老国没有出声，继续盯着已经切换过来的画面。

黑色奥迪车驶离富强路后，立即加速沿秦海东路向东急驰。约两分钟后，那辆大众也拐上了秦海东路，沿奥迪车驶过的方向一路狂奔，途中加塞变道、急刹车再急加速，差点与其他车相撞……

在闯了两个路口的红灯后，大众终于慢了下来，接着在路口转头，沿着秦海东路往回行驶。

监控画面停止了，程涛开玩笑道："国顾问，你的驾驶证已经扣了 12 分，过两天欢迎你到交管局回炉再造啊。"

程涛和老国是老交情了。老国任市局刑侦支队支队长的时候，程涛是交管局的办公室主任，在以往的工作中接触颇多，私交也不错。

程涛让技术员切换到另一个监控画面。

原来，在秦海东路与胜利路的交叉路口，奥迪车右转弯拐到了胜利南路，之后又在胜利南路和大桥新路路口，拐上了一条小道，之后一路往西开去。

"接到你们的电话后，我们立刻调取了监控，最后在胜利桥下的河边找到了停在荒草中的奥迪车，可惜康剑伟早已逃之天天。"程涛不无遗憾地说。

看完监控，老国找出江滨市的交通图，坐在椅子上仔细观察起来，之后就陷入了沉思。他想：昨天之所以能够在燕归来小区偶遇康剑伟，说明康剑伟根本不知道警方发现了作案现场；也说明9月26日，康剑伟是匆忙出逃的，应该没有带太多东西，包括董莉珠的头骨……这样一个高智商、心思缜密的犯罪嫌疑人，他会空着手逃亡吗？

"师傅，您要是康剑伟，会躲到哪里呢？"周薇问。

听到问话，老国抬起头，直截了当地说："我要是康剑伟，弃车后要做的第一件事，就是赶紧去银行取钱。"

"有道理，他都当逃犯了，身上没现金怎么行！"周薇说。

很快，老国否定了自己的猜测："可银行有监控探头，康剑伟是银行副行长，他肯定知道像他这种情况，警方会锁定他所有的银行卡，只要他的银行卡被使用了，警方就会接到报警信号。所以他肯定是不敢去银行的。"

老国开始代入康剑伟的身份，设想康剑伟的行为模式，他喃喃自语地推导着康剑伟的下一步行动："我要是有大量的现金，而且这些钱是受贿来的，肯定不会存进银行。当然，我也不会放在家里。

"……对，我肯定还有另一套，甚至几套房子，但房子不会挂在我的名下……"

　　说到这儿，老国神情一凛，让周薇立即把郭斌叫到办公室。不一会儿，郭斌匆匆跑了进来。

　　"郭支队，之前调查过康剑伟的房产信息吗？"

　　"查过了，师傅，康剑伟没有其他房产，只有现在他和他妻子住的那一套。"

　　"确定吗？"老国观察着郭斌的反应，期待着什么。

　　郭斌忽然想起了什么："我想起来了，师傅。之前调查康剑伟亲属的房产时，发现他表妹名下有一套房子，是一套联排别墅，位于高新开发区核心地段，傍山依水，环境非常优美，市场价应该在七八百万元左右。"

　　"康剑伟的表妹买得起吗？"老国问。

　　"不好说，我们走访过开发商，据开发商说，那套房子是全款购买的。康剑伟的表妹的信息，我们也调查了一番。她曾经是江滨大学的老师，老师的工资应该不足以买一套别墅，不过四年前她跟一个有钱的美籍华人结婚了，也说不定是她老公买的。要说是她老公买的，好像也不对劲儿，她婚后不久就移居美国了。您说，她都准备出国了还买别墅干吗？而且那房子一直空着没人住。"

　　"你们进去搜查过吗？"老国捏着下巴，紧盯着郭斌问。

　　郭斌有点尴尬："本来我们打算进去搜查的，申请报告我都交了，但最终被局党委否决了。局党委认为，康剑伟的表妹已经入了美国籍，如果我们要搜查这套别墅，容易闹出国际事件。"

　　"那你们就不查了？再说了，能闹出什么国际事件？我们只要有充分的理由，就应该搜了再说。"老国有些生气，责备地看了一眼郭斌，随后拿出手机准备给周前打一个电话。

郭斌见状连忙拦住老国，压低了声音说："师傅，我跟您说实话吧，虽然当时局党委打回了申请报告，不能进别墅搜查，但是我们一直派人盯着那套别墅呢，只要有人进出，咱们立马抓人。可一直到现在，都没人去过那别墅。"

"师兄，您这人说话怎么大喘气儿呀！这么重要的事，你刚才怎么不说？"周薇的语气里带着埋怨。

"这不是怕师傅说我不听局党委意见，私自指挥行动吗？毕竟这不是什么小事，被发现了肯定要挨批的。"郭斌尴尬地笑了笑。

这回，老国没有说什么，看向郭斌的眼神也没有了责备，他知道这么做要担多大的风险。

此时监控大厅内，专案组队员的对讲机中，不时传来外围布控人员的呼叫声。两个多小时的时间里，已经有十几名和康剑伟相貌相似的男子被带到派出所核实身份。无一例外，都不是嫌疑人康剑伟。

之后，两百多名图侦干警经过一天的查找，仍然没有在监控中发现康剑伟的身影。

凌晨三点，正在熟睡的老国突然被手机铃声叫醒。他知道，这时候给他打电话，肯定是发生了重要警情，要么是有新案子，要么是"8·8碎尸案"出现了转机。于是，他连忙接通了电话。

"师傅，我刚刚接到侦查员的汇报，发现康剑伟的手机在五分钟前开机，开机位置显示在城北物流中心……"电话是郭斌打来的。

"好，我马上出发。"老国没有一句废话，他迅速穿好衣服下楼，开上自己的车，直奔城北服务区。

一路上，郭斌不断打来电话，向老国汇报着最新情况。

"康剑伟的手机信号显示，他已经离开了物流中心，驶上了京江高速，正一路向北逃窜，现在的位置是城北高速服务区附近。

"师傅，康剑伟目前在绕城公路二桥附近，仍在向北逃窜。

"师傅，我们和交警正在追赶康剑伟，现在离目标已越来越近，相距约七公里。"

老国虽然怀疑其中有诈，但还是加快车速，赶到了城北服务区。侦查员小王将他带进了一间办公室，这间办公室被专案组临时征用，老国看到郭斌正拿着对讲机，指挥追捕人员的行动。

等郭斌布置完任务，老国忽然问："你觉得康剑伟会一直开着手机，任你们追捕吗？"

郭斌自信地回道："我知道他不会，但我们也不能对此不闻不问啊！现在沿途所有的出口我都已经布控好了，保管他插翅难飞。师傅，我知道你担心这是个圈套，就算康剑伟想调虎离山，或者耍什么阴谋诡计，我们也得主动出击，看看他这么做有什么目的，再进行下一步的研判分析！"

距离老国所在的城北服务区约五十公里处，四辆警车终于追上了前方的嫌疑车辆——一辆加长的大货车。

一辆警车鸣了几声警笛后超车到大货车前方，之后放慢了车速，试图将大货车逼停。另两辆警车紧随其后，挡住高速上紧跟其后的车流，第四辆警车并行在大货车左侧，副驾驶座的交警摇下车窗玻璃，拿起车载麦克风，对大货车喊道："现在立即靠边停车接受检查，立即靠边停车……"

　　然而让所有警察意外的是，正在开车的光头司机向警车的方向看了一眼，不仅没有停车的意思，反而加快了速度。前方的警车早已放慢车速，开车的交警见大货车疯了一般冲上来，吓得冒出一身冷汗，立即狠踩油门，但还是慢了一步，车尾被大货车狠狠地撞了一下，车身失去控制，撞在高速路的护栏上。

　　满载货物的大货车一路狂奔，在京江高速上上演着现实版的"生死时速"。三辆警车没有再靠近，但仍远远地跟着。车上的交警赶紧拿起对讲机，向守候在前方收费站的交警通报警情：

　　"百合收费站请注意，百合收费站请注意，大货车JA3×××5正高速接近，预计将会强行闯关。"

　　"我是百合收费站，大货车JA3×××5还有多远到站？"

　　"大货车JA3×××5已驶入孙庄立交，还有十一公里，预计五分钟后到站。"

　　"立即开放所有道闸，让所有停车缴费的车辆通关，所有收费人员立即撤离。"对讲机中传来郭斌焦急的声音。

　　十一公里的路程，仅仅几分钟，狂飙的大货车就已经开到了百合收费站的一公里外。由于之前开放了道闸，所有通道上的车辆已经被清空。几十名警察持枪埋伏在道闸边，两支狙击步枪正对着大货车驾驶室，只等一声令下。

　　八百米、五百米、三百米……

　　"呜——"大货车汽笛长鸣，稍稍减速后，向收费站中间的一个道口冲了过去。

　　如果司机方向稍有偏差，上百吨重、时速超过一百三十公里的大货车将车毁人亡，收费站也将被夷为平地。

就在距离收费站不到两百米时，"嘣嘣嘣嘣"，一连串的巨响过后，大货车的十几个轮胎全被路面上设置的爆胎钉扎破。

在巨大的惯性下，剥脱了轮胎的钢圈在路面上擦出大片火花，剧烈的摩擦使其发出尖锐刺耳的声响，如巨型怪兽般的大货车，摇摇晃晃向收费站冲去……

五十米、二十米、十米、五米……

"咚"的一声，大货车车头撞在收费站前方的钢质护栏上，已是强弩之末的车身剧烈震动了一下，终于停了下来。

守在四周的警察一拥而上，将开车的光头司机和后座上的一名瘦高个男子拖下车来。

十五分钟后，七八辆闪着警灯、鸣着警笛的警车停到了百合收费站。老国和郭斌在一名交警的带领下，走进了临时讯问室。

一名刑警对蹲在地上的光头司机吼道："你跑什么，害得我们差点死在你手里……"

另一名刑警也气势汹汹地看着光头司机。

老国了解了刚才发生的险情后，立即问："康剑伟的手机找到了吗？"

"找到了。这个康剑伟比狐狸还狡猾，他把手机开机后，扔到了这辆正要出发的货车车厢里，害得我们折腾了大半夜。"侦查员从桌子上拿起一个证物袋，袋中装着的正是一部手机。

郭斌黑着脸问光头男子和瘦高个男子："说说，你们刚才为什么不停车？"

"我，我从物流中心出发的时候，不小心擦到了一辆电动车。我当时怕被那人讹钱，就赶紧把车开走了……"光头司机说话时有些结巴，眼神也四处躲闪。

瘦高个男子小心翼翼地说："我们以为那人报了警，你们是来抓我们的。警官，我们这也不算肇事逃逸啊，您可要调查清楚，我们当时就是心慌才没有停车的！"

"是啊是啊，警官，我们知道错了，下次不敢了，不敢了。"光头司机应和道。

老国冷笑一声，让人将瘦高个男子带去另一间办公室。他蹲下身子，鹰一般的双眼逼视着光头司机，直到光头司机脸上的肉颤抖了，才问："是货车的什么部位碰到了骑电动车的人？碰撞地点是物流中心大门内还是大门外？当时那辆电动车是否开了车灯……"

一连十几个问题，问得光头司机哗哗流汗，但他还是一一回答了。

郭斌眯起眼睛，盯着光头司机："我知道，你们在车上商量过了吧？我告诉你，这么多细节只要有一处对不上，你们就是说谎了，到时候……"

郭斌让人看着光头司机，他跟老国去了另一间办公室。瘦高个男子在他们的盘问下，很快便露出了马脚，不论是碰撞电动车的位置、地点，还是其他细节，都跟光头司机的说辞不一致。

出了办公室，老国让郭斌严查大货车内的货物。他认为这两个人拼命逃跑的行为很异常，肯定携带了违法犯罪的东西，害怕警方检查。

随后，十几名警察对大货车进行了全方位的搜查，郭斌甚至从警犬训练中心调来了两只缉毒犬。

当东方泛出鱼肚白的时候，搜查终于有了结果，大货车的备胎里竟然藏了十五公斤毒品。

第十三章

极限追凶

会议桌上的对讲机响个不停，

阴霾笼罩在每一个与会者的心头。

凌晨查出的十五公斤毒品让整个公安局大震。周前局长更是连夜下达多项命令，组织成立特别行动小组，调查毒品来源。郭斌等人也被要求先去调查物流中心，等缉毒大队的队长过去后再进行交接。

折腾了半夜终于收队了，回去的路上，郭斌眉头紧皱，不无担忧，问同乘一辆车的老国："师傅，现在康剑伟再次失去了踪迹，我们的处境变得非常被动。康剑伟会不会已经趁乱逃出了江滨市？"

老国摆了摆手，说："不会。首先我可以肯定的是，康剑伟身上没钱。他这么一个娇生惯养的人，是吃不了苦的。你想，他为了偷情，能给董莉珠租一个地段好，租金高的房子，就说明他跟其他逃犯不一样，他不可能放弃自己优渥的生活，逃到偏远地区，或找个地方打工谋生。要是康剑伟逃到其他城市，他住哪里？生活来源又是什么？"

郭斌点头称是，接着老国的话分析道："现在的车站买票都需要实名，宾馆也是如此。他这种享受惯了的人，总不能去住桥洞或是睡地下室。"

老国说："康剑伟是个高智商的人，做任何事都条理清晰、准备充足。督查处的处理结果出来那天，他临时跑路，根本没有机会携带大笔现金逃跑；再加上他之前忽然与我撞车，知道我们发现了作案现场，他更没有准备的机会。对他这种喜欢未雨绸缪的人来说，不把未来的路都铺好，他是不会仓促逃亡的。因此我想，他还不如躲在他熟悉的地方，远比逃到外地安全。"

郭斌仔细思考了一会儿，赞同了师傅的分析："如果他依旧在江滨市，那他会藏在哪里呢？"

老国拍了拍他的肩膀："防控不能松懈，狐狸总会露出它的尾巴。"

"我明白了，师傅。"郭斌沉声道。

一连数日，康剑伟就像人间蒸发一般音信全无。郭斌协助宁安分局进行了全方位的部署，虽然他们认为康剑伟逃往外地的可能性微乎其微，但还是向全国发出了协查令；另一方面，郭斌安排专案组成员全面排查康剑伟的社会关系，并对全市所有的出租房、黑旅馆进行摸排检查。在这样紧锣密鼓的排查中，专案组仍然一无所获。

这天，徐常兵驾着警车，和分局长潘斌一起赶往宁安分局刑侦大队。9月初，他们在老国的帮助下，破获了罗家头自杀案，然而这起案子只是"8·30案"的案中案。"8·30案"的调查工作，虽然有了一些进展，但他们不知凶手要从何查起。

徐常兵有些底气不足："潘局，您说，国顾问这次还会协助我们调查吗？"

潘斌拍了拍徐常兵的肩膀，淡定地说："小徐啊，你放心吧，这可是周局派他协助咱们调查的，只要你跟他实话实说，老国肯定不会拒绝的。你看，他帮我们破了案中案，没道理不破'8·30案'，你说是吧？"

"这样说能行吗？"徐常兵还是有些忐忑。

"老国这个人，就一根肠子，直来直去。照实说，准没错。"

"潘局，我跟您实话说吧，我总觉得老国这人说话太难听了。"

潘斌笑了："他就是这样的人。小徐你不是不知道啊，前几年他还是市局刑侦支队的支队长呢，他要是会说话、会来事，早就当上市局的副局长了。就这个案子，都要结案还闹出了事，我心里也很不痛快，但事实证明我们就是错了，如果不是他，我们都要栽个大跟头。后来我就反省了，老国这个人是药，虽然苦，但能替你治病。你就算不想和他做朋友，但一定要把他当作老师，他有太多你我需要学习的了。"

徐常兵想了想："潘局，您说得有道理，一会儿我就跟国顾问实话实说。"

说话间，两人到了宁安分局刑侦大队。潘斌去找周前汇报分局的工作，徐常兵一个人去了专案组会议室。徐常兵见到老国时，他正在和专案组成员讨论嫌疑人康剑伟可能藏身的地点。

老国带徐常兵去了另一间无人的办公室，周薇紧跟其后，他们寒暄了一会儿，话题便转到"8·30案"上。

徐常兵向老国介绍了他们调查到的信息："根据您提出的调查思路，我们对朱跃进的社会关系进行了更细致的摸排。据调查，朱跃进曾经有过一段婚姻，不过早在二十多年前就离婚了。其夫马某于十五年前再婚，并搬离了江滨市。朱跃进育有一儿一女：十二年前，朱跃进的儿子因母亲的干涉与妻子离婚，之后一直生活窘迫，郁郁寡欢；两年前，与朱跃进吵架后跳楼自杀。朱跃进的女儿自结婚后，就拒绝与朱跃进来往，后来发生过多次纠纷，双方再也不来往了，现在她与丈夫生活在本市，有一个正在上高中的儿子。我们对他们做了调查，他们几个人都没有作案时间，所以排除了他们的嫌疑。"

"儿子跳楼自杀了？这怎么当妈的！"周薇愤愤地说。

老国问徐常兵："受害者死亡当天的行踪，你们调查到结果了吗？"

"调查到了。8月29日早上8时25分左右，朱跃进从光明小区西门打了一辆出租车直奔老矿区，沿途的监控视频我们都调取了，可以证实当时出租车上除了司机，只有朱跃进一人。9时20分左右，朱跃进在老矿区下了车，其间还向司机索要了发票。这些您都是知道的。"

"在车上，出租车司机和她聊了什么没有？"老国问。

徐常兵继续说："据出租车司机反映，刚上车后不久，他问过死者为什么一个人去老矿区。朱跃进回答说去散心，顺便参加一个保健品的推广宣传活动，还说有电视台要采访她，只要她说保健品效果好，就给她钱。"

老国追问道："当天老矿区有过保健品推广宣传活动吗？"

"没有。我们调查了8月29日当天所有做过活动的保健品品牌方，他们都说不会在老矿区办推广宣传活动。另外，我们还调查了老矿区周边的饭店和大小宾馆，也没有人在当天租过他们的会议室和场地。不仅如此，只要是能聚集的场所、露天广场，我们都调查了，当天绝对没有任何公司在老矿区举办过活动。"

"这就不奇怪了！"老国已经猜到了一种可能，"如此看来，是有人假借保健品公司的名义，将朱跃进骗到老矿区，并在那里杀了她。"

"我们也是这么认为的。"徐常兵接话道，"我们调查到，朱跃进是个十分吝啬的人，她向出租车司机索要发票时，还问司机有没有面额更大的发票，说是报销用，被司机拒绝后，还骂了司机几句。当天中午，朱跃进去了当地一家小餐馆就餐。餐馆的服务员回忆说，朱跃进当时的餐费只有二十二元，结账时却要服务员给她开张两百元的发票，说是为了报销用。服务员拒绝了朱跃进，朱跃进还和服务员吵了一架。"

"我明白了！"老国一拍大腿，吓了周薇一跳，"我知道朱跃进钱包里的两千元现金是怎么回事了。"

"国顾问，您的意思是？"徐常兵不明就里。

老国说："综合目前的调查，我是这样认为的，有一个人——当然，这个人很可能就是凶手——这个人谎称请朱跃进到老矿区参加一个保健品推广宣传活动，还说电视台要采访她，给她一个出名的机会。同时这个人还告诉朱跃进，采访后会给她发奖金，不仅如此，这个人承诺打车费、餐费凭发票可以报销。朱跃进是个吝啬的人，如果对方空口无凭，肯定不会上钩。于是，这个人提前支付了两千元的预付款，打消了朱跃进的顾虑。"

"师傅，既然两千元是预付款，朱跃进为什么要随身带着呢？"周薇问道。

老国想了想说："小周，你提的问题很好，朱跃进这样的人确实不可能带着这么多钱去老矿区。我刚才分析，凶手一定是先给了朱跃进钱，引诱她去老矿区，等她真的去了，凶手又给了她一笔钱，就是这两千元，让朱跃进放松了警惕。"

"师傅，您说得有道理，这正好解释了我们之前的一系列疑问。"周薇频频点头，"看来，这个凶手快要浮出水面了。"

老国冲周薇摆了摆手，接着问徐常兵："朱跃进平时喜欢买保健品吗？"

徐常兵回答："这点我们调查过，朱跃进生前喜欢凑热闹，只要有保健品公司举办活动，她都会去，领些赠送的大米、鸡蛋什么的，但她从来不买保健品。还有一个线索，朱跃进有一次经不住诱惑买了几百元的保健品，吃了没几天就又喊头疼又说心慌的，天天跑到保健品公司闹。公司负责人被闹得实在是没办法了，不仅退了她的钱，还赔了她钱。自那以后，朱跃进就恶名在外，所有的保健品公司都对她敬而远之了。"

老国满意地点点头："徐队调查得很详细啊，继续努力。"

徐常兵此刻终于明白了潘斌的话，老国果然是一个不记仇的人："谢谢国顾问，今后我会更努力的。"

周薇看着满脸开心的徐常兵挑了挑眉，之后似是想起了什么，问道："徐队，凶手发视频的互联网接入端口查到了吗？"

徐常兵叹了口气道："技侦那边一直在跟踪调查，但是凶手的反侦查意识很强，那条线索已经无法继续推进了。"周薇闻言也有些情绪低落。

"除了刚才调查到的线索，还有其他发现吗？"老国看了看两人的状态，问道。

"有的有的，这次调查我们可是下了大功夫了。刚开始我们走访了所有在老矿区做生意的人，一直没有得到有用的线索。后来我们又找到了当天开往老矿区的专线班车，调取了车上的监控录像，一个一个地找当天去过老矿区的游客询问。最后终于找到了一对情侣，认出了照片上的朱跃进。"徐常兵兴奋地说，"这对情侣说，当天下午三点半左右，发现朱跃进和一个三十多岁、一米六五左右的长发女人在老矿区的山坡上行走。"

"哦，一个三十多岁的长发女人？"老国顿时兴奋起来。

"对。目击证人还说，死者一直在和长发女人说话，声音很尖锐，所以他们记得很清楚。"徐常兵说，"国顾问，死者和长发女人一起行走并且交谈，说明两人认识的可能性极高，那这名长发女人嫌疑很大啊。"

在之前的案情分析会上，老国曾分析过，朱跃进对凶手毫无防备，所以对方才能把尼龙扎带顺利套在她的脖子上。这样看来，这个三十多岁的长发女人刚好符合老国的分析。这个女人很大可能是用一笔钱打消了朱跃进的疑心，又获得了信任，之后以宣传保健品的名义骗她到老矿区，将她杀死，甚至为她拍摄了"死亡视频"。

老国忽然想起，他曾让徐常兵找人进行现场模拟试验，以推算凶手的身高："徐队，推算凶手身高的模拟试验做了吗？"

徐常兵说："做了，我们反复试验过，也仔细对比了朱跃进被勒死的画面，最后推算出凶手的身高在一米六三到一米六六。这与目击者的描述基本相似，鉴于现场没有提取到有价值的足印，所以不能对凶手的实际身高做判断。

"不过，我们在老矿场旁边的坟地里，发现了有意思的东西。"

徐常兵神秘地一笑。

"什么有意思的东西呀？徐队，您别卖关子呀！"周薇又着急又好奇。

"我们在坟地里的一个坟头前，发现了两个茅台酒的酒瓶，以及朱跃进消失的舌头。虽然舌头腐烂了，但经过 DNA 鉴定可以证实是朱跃进的。"

"什，什么——她消失的舌头竟然会出现在坟地里？"周薇惊讶不已。

朱跃进的舌头在坟地被找到了？这个消息让老国皱起了眉，他看着徐常兵："你说具体一点，舌头是在哪里被发现的？"

"是这样的，国顾问，因为坟地离第二现场很近，加上受害者的跪姿，所以我们就一并派人搜查了。我们的走访调查发现，那片坟地埋的都是当地人和一些矿难的遇难者。其中有一个坟挺奇怪的，那是一座无名坟，不过坟前有两个茅台酒的酒瓶。"徐常兵停顿了一下，调出手机上的资料给老国看，"这当时就引起了我们的注意，要知道茅台酒可不便宜啊，这个村子虽然经过开发富裕了不少，但也没人用茅台祭拜啊。这两个酒瓶出现在这么个地方是非常奇怪的，所以我们对这个坟进行了仔细的搜查。结果我们发现，除了这两个酒瓶，还有没烧完的纸钱和一个被埋住的小盒子。这盒子里装的，就是朱跃进的舌头。"

"茅台酒啊……"老国呷摸着嘴，"这个女人先给了朱跃进两千元，又以茅台酒祭奠死人，这说明她的经济条件很优越。徐队，舌头是从什么时候开始腐败的，跟朱跃进的死亡时间一致吗？"

"是一致的。因此我们推断，凶手杀人后，很快就去坟地祭拜，然后把舌头埋了。"

徐常兵说完后，办公室陷入了短暂的沉寂。周薇不知道说什么好，凶手这样的行径让她感到惊悚。老国则陷在自己的思绪中，整合着所有的线索。

过了片刻，老国分析了凶手的行为模式："徐队，我认为这个凶手是一个特别冷静且有仪式感的人。凶手杀人后并没有逃离现场，而是移尸到第二现场，一个可以看到坟地的地方，又将尸体摆成了跪姿，她的目的是让朱跃进向死者忏悔、赎罪。但这样凶手仍不满足，她选择割下朱跃进的舌头，想让朱跃进永远闭嘴……"

徐常兵赶紧问老国："您的意思是，朱跃进之前跟那座坟里的死者有冲突，甚至有可能坟里的死者是因为朱跃进而死的，导致死者的家人对她恨之入骨，一直想置她于死地。死者的家人痛下杀手后，把她的舌头割下来，当作祭品埋在死者的坟前？"

"应该就是这样。"老国赞同地点点头，继续分析，"还有一点，这个凶手应该对朱跃进的生活习惯非常清楚，而且十分了解她的性格。她一直隐藏在她身边，默默地观察她、了解她。很可能她们之前已经接触过了，但次数不会多。"

"好的，国顾问，我之后会着重调查跟朱跃进相识但交往不深的社会关系。"徐常兵赶紧将老国提到的信息记下来。

"现在我们已经掌握了凶手的部分特征，要针对这些特征，进行调查。"老国一边敲着椅子把手，一边分析，"第一，凶手是一个三十多岁的女性，身高一米六三至一米六六，家住在宁安区，她的经济条件优越，不是普通的工薪阶层；第二，凶手长时间跟踪或监视死者，与死者有过交集，但两人之间的关系非常隐蔽；第三，凶手非常有仪式感，她选择那天杀人，说明那天对她来说很重要，调查三十五年内所有死于 8 月 29 日的死亡证明资料；第四，案发前凶手买过茅台酒，当然，或许是她家里本来就有的，需要找专业人士辨认一下真假，以及这两个酒瓶的生产批号，是在哪里卖出的。"

徐常兵拿着笔，一条条地记录。

老国才说完话，曹勇找到了这间办公室，敲门后没等回应直接打开了门。

"国顾问，康剑伟出现了……"

➤➤　➤➤　➤➤

四十分钟后，老国和周薇赶到了江滨外国语学校初中部。

郭斌和几名刑警迎了上来："师傅，负责监控的图侦员刚才汇报，康剑伟被人脸识别系统发现在老街口商业中心出现。系统一报警，我们就通知了在老街口巡查的弟兄，但找来找去都没有找到康剑伟。等搞清楚了康剑伟的运动轨迹，赶到康剑伟女儿的学校时，这老小子已经溜了，跑得比兔子还快！"

侦查员小王也感慨不已："就差了五分钟啊！就差那么一点就抓到他了！唉！"

郭斌脸更黑了，咬紧了后槽牙："现在我们支队的女警正在对康馨怡进行询问，看看康剑伟到底和她说了什么。"

"走，我们也到学校去，问问康馨怡，刚才康剑伟都和她说了什么。"老国带着郭斌和周薇进入了江滨外国语学校。

江滨外国语学校是江滨最好的中学，在这里上学的学生，家里都非富即贵，这所学校很少有家庭条件一般的孩子。

走进被警方临时征用的办公室，老国见到了坐在两名女警对面的康馨怡。康馨怡十四五岁的年纪，圆圆的脸上有一双大眼睛，看得出和康剑伟有几分神似，面对两名询问的女警，一脸的紧张和惶恐。

"阿姨，我爸爸究竟做什么了？"康馨怡睁着一双怯怯的大眼睛问对面的女警。

周薇怕老国直截了当地说出真相，拍了拍女警的肩膀，示意女警让她来："小朋友，你爸爸犯了点小错，我们要找他了解点情况。"

见周薇拉着她的手，一脸温和地看着她，康馨怡舒了一口气，壮着胆子回答道："姐姐，我爸爸是好人，真的！他对我可好了，我长这么大，不管犯什么错误，爸爸都没有骂过我，没有打过我。上次你们把爸爸叫去了解情况以后，妈妈和爸爸就大吵了一架，然后妈妈就不理爸爸了。不知为什么，这些天爸爸也不回家了，我一有空就打他电话，可电话一直打不通。姐姐，我爸爸妈妈是不是已经离婚了？就算他们离婚了，爸爸为什么不接我的电话啊？"说着，两行眼泪从康馨怡的脸上滑落。

听了康馨怡的话，周薇感到一阵酸楚。她深深地吸了一口气，平复了一下情绪，从桌上抽出两张纸巾，一边帮康馨怡擦去脸上的泪水，一边笑着问："假如你爸爸妈妈真的离婚了，你一定想跟爸爸一起生活，是不是？"

康馨怡点了点头。

老国插话道："这世界上，所有的爸爸都是爱女儿的，你是你爸爸的最爱，别人家的女儿难道不是她爸爸的最爱吗？"

周薇怕师傅说漏了嘴，忙用眼神示意老国，她接着问康馨怡："你说你爸爸最爱你，那让你记忆最深刻的事情是什么呢？"

康馨怡拘谨地握了握手说："我三四岁的时候，电视台经常放《大头儿子和小头爸爸》，我那个时候特别爱看，可是电视台每天晚上只播两集。有一天晚上，动画片已经播完了，但我不想睡觉，就想看下一集。爸爸见我哭闹，就抱着我去买光盘。当时已经晚上十点多了，天特别冷，还下着小雪。爸爸把我裹在大衣里，到处找有卖这部动画片光盘的地方，但好多音像店都关门了……"康馨怡一边说着，一边轻轻抽泣起来。

老国觉得周薇问的都是家常，根本没有重点。可他只能相信周薇，谁让他是个毫无亲和力可言的人呢？他很难从康馨怡那里问出有用的东西，不如让她们慢慢聊。老国转身离开了办公室，带着一名侦查员到监控室，查看康剑伟探望女儿时的录像。

"后来光盘买到了吗？"周薇摸着康馨怡的头，轻声地问她。

康馨怡擦了把眼泪，点了点头："我跟爸爸在街上找了快两个小时，最后在一个小巷子里，爸爸终于找到了一家还开着门的音像店，这才买到了光盘。"

想到这段美好的往事，康馨怡稚嫩的脸上露出了幸福的笑容："姐姐，这是我和爸爸最美好的回忆了！那天，爸爸带我买回光盘以后，我特高兴、特兴奋。当时我和爸爸躺在沙发上继续看动画片，直到后来我困得不行了，就不知不觉地睡着了。"

周薇看着放松下来的康馨怡，露出了笑容。

一个小时后，专案组成员聚集到"8·8碎尸案"的专用会议室，会议室的屏幕上正在播放学校大门口的监控录像。

录像中，康剑伟没有戴帽子和口罩，也没有乔装打扮，右手提着一只旅行箱，走向学校。在校门口，康剑伟见到了康馨怡，两人交谈了四五分钟后，康剑伟捧着康馨怡的脸，不知说了句什么，之后转身离开了校门口，带着那只旅行箱消失在画面中。

监控录像结束了，老国让技术员把画面暂停在康剑伟离开校门口的一帧画面上。他说："如果我没猜错的话，他的旅行箱里装的应该是现金。"

"师傅，您是怎么看出来的？"

"你看看这帧画面，康剑伟右手拎着旅行箱，身体左倾。"老国伸手指着屏幕，"根据他身体左倾的倾斜角度。"

"我相信师傅的判断。"郭斌肯定地说，"师傅的步态分析是一绝，对此我们不用怀疑。依我看，这箱子起码得有二十五六斤重，如果装的是现金，少说得有上百万吧？"

老国又让侦查员反复播放这段视频，看了三四次后，分析道："你们看，康剑伟把头发梳得纹丝不乱，衣服也穿得很整齐，说明他这几天有稳定的住所，日子过得不错，睡眠也充足。结合康剑伟的生活习惯，他的旅行箱中还会装几件衣服和简易的生活用品。这样看来，旅行箱里的现金可能只有五六十万。"

"不管是百万还是五六十万，目前来看康剑伟已经具备出逃的条件。他去看望女儿的行为，也说明他已经准备出逃了。幸好我们对各交通枢纽以及各出城道口进行了全方位布控。"说完，郭斌仍不放心，又拿起对讲机，给负责这次抓捕行动的小组发去了监控的指令。

老国突然问："按理说，康剑伟在银行工作，肯定知道现在的监控带有人脸识别功能，那他出现在公共场合，为什么没有任何乔装？"

"这是康剑伟的调虎离山计！他故意出现在公共场合，让我们把全部警力扑向老街口商业中心，他在乘机去外国语学校看女儿。"郭斌激动地拍了下桌子。

"他为什么会在这时候去见女儿？"老国又问。

曹勇插话道："我想，康剑伟应该已经准备好了出逃的资金，这次离开江滨，或许很多年，甚至一辈子都见不到女儿了。刚才听小周说，康剑伟非常爱他的女儿，所以他才会冒险见一见女儿！"

放在会议桌上的对讲机响个不停，但一直没有传出发现康剑伟行踪的消息。

康剑伟又藏到哪里去了？还是正在出逃的路上？老国和郭斌都在思索着。

"师傅，您刚才说康剑伟的旅行箱里装的是钱，那么他的钱是从哪儿来的？"周薇问，"难道真的是放在他表妹的那套别墅里？"

郭斌摇摇头："那套别墅我一直安排人盯着呢，没有发现过康剑伟的踪迹。"

"那就怪了。"周薇摸着下巴，"师傅，你说会不会是有人借给他钱？不然他这么多钱哪儿来的？"

老国垂眸思索着。

专案组会议室里安静下来，阴霾笼罩在每一个与会者的心头。

"钱、借钱、几十上百万……"周薇的话像一条线，穿起了老国有些杂乱的思绪。老国激动地站了起来，椅子腿与地面发出"嚓"的一声响。

"快，去查一查这几年经康剑伟审批的大额贷款，把借贷人信息都调出来。"

听到老国的指令，郭斌也瞬间明白过来，立刻派人着手调查，所有手续流程都办了加急。

"师傅，您觉得康剑伟的出逃资金是从客户手中借来的，对吗？"布置好工作后，郭斌将刚才自己的分析说给老国听，"我们并没有在媒体上发布康剑伟的通缉令，抓捕他也一直在秘密进行。如果他的出逃资金是某个客户借给他的，他一定不知道康剑伟是'8·8碎尸案'的犯罪嫌疑人。"

"多亏了小周。"老国先是拍了拍周薇的肩膀给予肯定，接着对郭斌说，"你的推测没错，这段时间，康剑伟绝不是个四处躲藏的惊弓之鸟，他一定是借住在某个客户家。这一点，可以从他整齐的衣着、纹丝不乱的发型中看出来，而且他那饱满的精神状态，透过模糊的监控摄像头都看得出来。"

半个小时后，老国、郭斌和周薇来到了江滨商业发展银行。在说明来意后，负责接管信贷业务的李副行长将他们领到了办公室。

不一会儿，李副行长便调出了康剑伟任职以来的所有放贷记录。周薇一看这数据量，头顿时就大了。她在心里感叹，康剑伟审批的贷款记录居然有这么多，这得有上万笔吧？

看到如此多的记录，老国马上让李行长筛选贷款额度超过五百万元的。他认为，能借给康剑伟五六十万现金的人，一定是个大客户。

经过筛选，电脑上的记录仍有上百条之多。

李副行长之前接到过警方关于康剑伟涉案的通报，但并不知道具体内容，他以为康剑伟涉嫌经济犯罪，便提醒老国一行人："按我的理解，如果康剑伟和某个客户存在不正当的利益输送，那这个客户肯定和康剑伟有过多次业务往来，贷款次数肯定不止一次。"

随后，李副行长又筛出了贷款两次以上的信息，然而筛查出来的结果还有六七十条。老国让周薇将名单拷走，带回专案组调查。

找到了需要的资料，一行人告别李副行长，迅速赶回了公安局。

➤➤　➤➤　➤➤

专案组会议室内，郭斌打开电脑里的文件，看着六七十个客户资料，有些发愁，他问老国："师傅，这份名单，我们要一个个核实吗？"

老国想了片刻："再加一个条件，排除贷款已经还清的人。"

周薇说："师傅，这样做风险太大了，万一这个帮助康剑伟的人已经还清了贷款，我们就会把他漏掉。"

郭斌比周薇见的人情世故多，自然知道老国这番思虑的含义，他笑了笑说："不会，如果贷款已经还清了，也就人走茶凉了，康剑伟还能从他手上借到几十万吗？"

这次筛选，搜索出的结果只剩下二十多条。

老国戴上老花镜，趴在电脑前仔细地审视了一遍名单，又动手筛掉了七八名女性和五六名文化程度低的贷款人，此时电脑上的名单只剩下七个人。

看老国已经确定了可能的人选名单，郭斌对两名侦查员安排道："立即给我查这七个人的家庭住址和银行流水。"

老国让周薇在电脑上调出江滨市地图，在地图上比画着什么。

趁着老国看地图的当口，周薇问："师傅，您刚才让我把女性贷款人去掉，是意味着康剑伟不可能住在女客户家，对吧？这点我还能理解，可您为什么又把文化程度低的贷款人去掉了呢？"

郭斌替老国回答道："这个问题还不简单！人是分层次的，康剑伟硕士毕业，与文化程度低的人是谈不到一起的。没有共同语言的人可能存在利益关系，但不可能成为真正的朋友。这个借钱给康剑伟的人有求于他，借钱给他是很有可能的，但对方还能让康剑伟在他家中住了好些天，这说明他们既是业务关系，也是朋友关系。"

正说着话，有一名侦查员拿着一张纸走了过来："郭支队，这是那七个人的家庭住址和近期的银行流水。"

郭斌飞速看了一眼，之后将其递给老国。老国低头看了片刻，指着其中一个人说道："小周，你看看这里距离康剑伟弃车的河边有多远。"

周薇凑过来看了看，迅速在地图上标注，之后抬眼看向老国，语气激动地说："师傅，这个别墅区距离康剑伟弃车的地方大约有两公里远！"

老国一脸严肃地说："应该就是他了。走，我们过去看看。"

郭斌和老国带着专案组的成员迅速赶到了别墅区，这里住着小黑马广告公司的老板马因华。

老国上前敲开了马因华家的门。打开门的马因华一下见到三辆警车和十多名警察，莫名地心虚起来。

"警察同志，你们找我有什么事吗？"说着，马因华把警察请进别墅。

郭斌打量了几眼马因华，不急不缓地说："马因华是吧？你是不是最近收留了康剑伟，而且借给他不少钱？"

马因华一听这话反而放了心，笑着说："警察同志，康行长最近确实是住在我家，就是借住，借住而已。他昨天找我救急，那我肯定得帮啊！我这经常求人家贷款，还能不借吗，您说是吧？"

马因华是个不到五十岁的精干男人，行为举止中透着商人的精明，听到警察的问话，心里马上有了定夺，直接承认昨天借给了康剑伟六十万元现金。

郭斌见马因华坦诚，知道只要不查马因华的买卖，对康剑伟的事，他肯定知无不言，于是说："马总，康剑伟不仅有受贿问题，还是重大刑事案件的嫌疑人，希望你好好配合我们。"

这下马因华更放心了，缓缓道出最近与康剑伟交往的经过："大概四天前，晚上八九点的时候，康行长忽然来我家。他说因为感情问题，被老婆赶出来了，想在我这里借住几天。我之前就知道，康行长的老婆家有背景，你们别看他在银行当副行长，但在家里，都是他老婆说了算，所以我也没怀疑。再说，我老婆一直在国外陪儿子读书，他到我这里住什么都不影响，还有人陪着聊聊天。您说，这种情况，我肯定得收留他啊！"

郭斌追问："马总，康剑伟从你家离开前，有没有跟你透露过他要去哪里？"刚问完，他就后悔了，凭康剑伟那滴水不漏的行事风格，岂会向马因华透露实情！

"康剑伟向你借钱的理由是什么？"老国问。

"康行长说要和他老婆办离婚手续，但他的钱都在他老婆手上，现在他被赶出来了，就准备买个小房子自己住，所以找我借六十万付首付。"马因华想了想又说，"我知道他收入高，还有其他经济来源，这六十万对他来说不多，很快就会还给我的。"

"那你为什么借给他现金？"老国继续问。

"他说银行卡在他老婆手里，钱打到卡上就会被他老婆扣下来。我知道，康行长的业务能力很强，但没有他老婆家的背景，四十多岁就当上银行的二把手，显然是不太可能的。所以我相信了他的话。"

老国盯着马因华说："马总，如果康剑伟给你打电话，你一定要装作什么都不知道。他也许会回来，会找你帮忙，回你家暂住，你就跟以前一样对他就行。同时，我们会派两名侦查员守在你家，康剑伟是重大刑事案件的嫌疑人，其中的利害关系你应该明白，希望你配合。"

"好，警察同志，我一定配合！"只要警察不查他的行贿问题，马因华什么都愿意配合。

第十四章 人性残存

我要她的灵魂永远陪伴我，

永远永远守在我身边……

将近一个半月，康剑伟又像人间蒸发一般不见了踪影，老国和专案组的所有成员都伤透了脑筋。这个嫌疑人让他们觉得，他就在你身边，可他总是先你一步，你只能跟在他的屁股后面苦苦寻觅。他像夜晚在你耳边嗡嗡叫的蚊子，任你拍红自己的脸颊，气得哇哇乱叫，但就是逮不到他……老国感觉自己就像一只被老鼠戏耍的猫，徒有一口尖牙和利爪，却无处下口。

市里、局里的压力越来越大，董莉珠的父母甚至找了一个亲戚，在网上透露了部分案情，谴责江滨警察无能，这让专案组的抓捕工作变得十分被动。

这天晚上，林可慧跟老国和吴姗吃了顿饭。席间老国喝了几杯酒，人就醉了，头昏昏沉沉的。饭后，老国被吴姗搀回了家，进家门后他灯也没开，就瘫坐在沙发上开始抽烟。

看着窗外的阑珊灯火，老国想着"8·8碎尸案"发生以来的林林总总，仍然没有捋清康剑伟出逃的思路。城市夜晚特有的喧嚣声渐渐弱了下来，他脑子里依然是一团乱麻，不知坐了多久，竟然靠在沙发上睡着了。

凌晨三点，老国突然被噩梦惊醒，他抹了一把头上的冷汗，起身去厕所洗了个脸，回到房间躺在床上。脑海中浮现出保险柜里的头骨，老国打了个冷战，再次琢磨起"8·8碎尸案"。

老国知道，在他遇到的所有凶案中，"8·8碎尸案"算不上什么惊天大案，但嫌疑人康剑伟的狡诈是他从未遇到过的。法医跟老国说过，通过董莉珠的尸体情况分析，分尸的过程应该持续了一周多的时间。

法医还告诉老国，要想把头颅制成那个标本一样的头骨，复杂程度堪比一台复杂的外科手术。康剑伟这样的外行人想要完成，至少得花上五六个小时学习人体解剖知识。面对如此骇人的头颅和复杂的工序，康剑伟竟然能够做到不急不缓、有板有眼，可见他的心理素质是多么强大！

最关键的是，康剑伟为何要将董莉珠的头颅制成头骨标本，存放在保险柜里呢？

想到这里，老国完全没有了睡意。他干脆下了床，泡了杯茶，又点了一支烟夹在手上，靠在床头，紧锁着眉头，静静地思索着。

凌晨的城市安静得令人窒息，连鸟鸣声都没有，这安静反倒让老国的思绪清晰起来，也很快进入了分析推理的最佳境界。案件中的每一个细节就像电影画面一般，一幕幕场景在老国的脑海里快速闪现。

黑色旅行箱、一捆捆现金……

康剑伟自信的步伐、体面的着装……

人脸识别系统里，康剑伟冲着镜头微笑的脸上不无得意……

江滨外国语学校大门外，康剑伟捧着女儿的脸，悄悄地说着什么……

安静让老国的思绪越来越清晰，他忽然想到晚上和林可慧、吴姗一起吃饭时，他问过林可慧是做美容还是整容。他忽然打了个冷战，刚才还一团乱的脑子像风卷残云后的天空，清朗明丽、一碧如洗。

藏匿、借钱、调虎离山、探视女儿……所有的线索像一盘大大小小的珠子，老国拿起一颗，用线一穿，它们便都整齐有序地排列起来……他所有的疑问终于有了答案。

豁然开朗的老国立即拿起手机给周薇打电话，过了好一会儿，电话终于接通了，周薇问："师傅，出什么事了？"

老国听得出周薇语气中的睡意，但他不管这些，开门见山地说："周薇，康剑伟去看女儿时，他们都说了些什么？"

听出老国语气中的急促，周薇的睡意顿时消失了，她想了一会儿："师傅，他们当时讲了很多句，不知您想知道哪一句？"

"在学校大门口，康剑伟捧着他女儿的脸，让女儿看着他的时候，康剑伟说了什么？"

周薇回忆了一下，说："当时他们说了不少话，但哪句是捧着他女儿的脸说的，我真是对不上号。要是说得不对，也影响您的判断。"

"你立即找康剑伟的女儿核实！如果我没猜错的话，他是要让他女儿记住他的脸。"

"师傅，什么叫记住他的脸啊？"周薇一时弄不明白老国的意思。

"就是让女儿记住他的长相。"

"您的意思是，康剑伟要出远门了，他怕女儿忘了他的样子？"周薇立即反应过来。

"你说得对，但也不对。"老国不想多解释，而是说，"你现在就赶去康剑伟家里，问问康馨怡，康剑伟说的究竟是不是让她记住父亲的模样。"

周薇犹犹豫豫地开口："师傅，现在是凌晨三点多，我这半夜去敲人家家门，不好吧？"

看了一眼窗外，老国才意识到天还没亮，现在让周薇去问，确实太难为徒弟了，于是便说："在康馨怡上学前，你一定要问清楚康剑伟捧着她的脸时，跟她说了什么。"

见师傅没有为难她，周薇高兴地回应："师傅，我知道了，天一亮我就去。您放心吧，一定给您问清楚！"

➡ ➡ ➡

早上八点刚过，老国便被急促的手机铃声吵醒。电话是周薇打来的，她在电话里兴奋地叫道："师傅，您真是太厉害了，我太崇拜您了！当时康剑伟捧着康馨怡的脸，跟她说，馨怡，好好看看爸爸的脸，爸爸是这个世界上最爱你的人，别把爸爸的模样给忘了……"

周薇还没有说完，老国就像被针扎了一样，睡意瞬间消散干净，对着电话大声说："快，立即通知郭支队，让他组织人手，对江滨所有的整形医院进行排查。"

周薇打了个激灵，急忙问："师傅，您的意思是，康剑伟这些日子一直躲在整形医院里？"

她本以为凌晨的那个电话，是老国想到了康剑伟出逃的线索，她万万没有想到，老国的脑洞比一般人大多了，竟然怀疑康剑伟躲进了整形医院。

"是的，之前我们排查了康剑伟所有的关系网，对市内大大小小上千家宾馆进行了拉网式排查，但都没有发现他的踪影。康剑伟去整容刚好一举两得，既躲避了风头，又改变了容貌。因此我有了这个猜测。"

"原来是这样，师傅，我懂了，我马上通知师兄！"

上午九点三十分，江滨市机场高速上，两辆警用摩托车开道，三辆警车紧随其后。警车鸣着警笛，闪着警灯，一路风驰电掣，急速赶往机场。

郭斌、老国和周薇坐在最前面的一辆警车里。路上，郭斌气得暴跳如雷："康剑伟这老小子，这么多天耍得我们团团转，过会儿要是抓住他，非得好好审他不可。"

半小时前，在城东的一家小型整形医院里，两名侦查员急匆匆地推开了医院的门。前台的护士一见是警察上门，立即叫来了老板。

在了解了侦查员的来意后，老板让医生找来了这两个月的档案。仅仅翻看了几分钟，侦查员小王就发现了端倪，他低声对侦查员小张说："你看，这是不是康剑伟？"

侦查员小张拿出手机，找出康剑伟的照片对比，之后两人对视一眼，忙问老板："这个人叫什么名字？"

老板赶紧凑过来，看了看档案里那名男子的术前照片，说："这个人叫张彬，一个多月前，他来我们医院做整形，要垫鼻梁、削下巴。当时我还觉得奇怪，一个男的，四十多了，怎么会想要整容？你们也要理解，我们这开整形医院的，哪儿有拒绝客户的道理，而且我们不做别的医院也会做，钱不能不挣啊，是吧？"

"行了，别说这些了！"侦查员小张打断了老板的话，"这个张彬现在人在哪里？"

"哦，张彬就在病房呢，走，我带你们瞧瞧去。"

在整形医院老板和护士的带领下，两名侦查员来到病房。可病房内的场景让他们大失所望，病床上被褥散乱，显然是有人离开得很匆忙。

护士有些惊讶，转头跟侦查员说："没事，张先生肯定是一大早出去办事了，过会儿还会回来的。"

"还会回来？"侦查员小张问。

"应该会吧。"护士不是很确定，"张先生虽然还不到出院的时间，但是他的脸恢复得很好，而且这几天他经常外出。昨天我替他收拾病房时，看见他把旅行箱拿出来了，还准备了护照……"

两名侦查员对视一眼，小王一把抓住护士的手："你说他办了护照？"

"是老护照还是新护照？"小张问。

"是新的！"护士很肯定地说，"我看了一眼护照上的照片，是整容后拍的……"

侦查员立即将这个消息汇报给专案组组长郭斌。郭斌了解情况后，要求他们继续在医院蹲守，同时安排警力对全市所有的交通枢纽进行搜索。

老国认为，康剑伟既然下定决心整容，又办好了新护照，最终的目的肯定是要逃到国外。于是，他带着郭斌、周薇和十多名刑警直扑机场。

"这个康剑伟简直就是现实版的安迪，太不可思议了。"周薇说。

"安迪是谁？"老国问。

郭斌笑了："师傅，您还是一如既往地不关注查案以外的事，安迪就是《肖申克的救赎》里的主人公。"

"所以呢？这个电影有什么特别的？"老国不解地问。

"这部电影讲的是二十世纪四十年代发生在美国肖申克监狱的故事，主人公就是安迪。他被指控杀害妻子，然后被判处终身监禁，含冤在肖申克监狱里服刑。师傅，你知道吗，安迪用一把小锤子，花了二十年时间凿穿了水泥墙，凿出了一条越狱之路……"

"花二十年凿开水泥墙？"老国十分惊讶，"这样的毅力可真是闻所未闻。不过，你把安迪比作康剑伟可不对，康剑伟没有含冤，他只想逃脱法律的制裁。"

➤➤　➤➤　➤➤

二十多分钟后，警车在江滨机场的送站口停稳，老国和郭斌带着十几名刑警下了车，直扑国际航站楼。然而进了候机大厅，周薇傻眼了。

此时正是机场最忙碌的时刻，候机大厅里人来人往。各种肤色的旅客拖着沉重的旅行箱走来走去，十多个安检口都排着长长的队伍。安检完的旅客正陆续走上电动扶梯，前往二楼准备登机。一楼大厅内的数百张长椅上坐满了人，没有座位的旅客三三两两地站在长椅边聊着天……墙上的大屏幕正在滚动着航班信息，播报员用中文和英文不厌其烦地播报着航班信息。她的声音虽然甜美，但听得周薇心烦意乱。

一见眼前这情形，老国将十几名刑警分为六个组，每组负责一个区域，分区搜索。周薇紧紧跟着老国，在机场的人流中钻来钻去，她注意到老国尽管面容镇定，但鬓角已经渗出了汗珠。

周薇知道，尽管老国认为康剑伟会搭乘国际航班逃往国外，但他并没有百分百的把握。况且，心机老到、狡猾异常的康剑伟完全有可能搭乘高铁或大巴到周边城市，从那里搭乘国际航班逃往国外。

机场的广播中不时传来航班降落和起飞的播报，嫌疑人康剑伟依然没有出现，老国和周薇急得满头大汗。

对讲机中不时传来另外五个小组的汇报，到现在为止，他们也没有搜寻到康剑伟的身影。老国的手机也不时响起，负责在火车站、高铁站和长途客车站搜寻的专案组成员汇报，他们同样没有发现康剑伟的踪迹。

周薇的耐心快要消耗光了，正当她想让老国另想办法时，忽然，她想起刚才见到的一个四十多岁、瘦瘦高高的男子。

"好像在哪里见过他……"周薇一边嘀咕一边回想，她用力晃了晃脑袋，忽然想起来，今天早上，她在校门口拦住康馨怡了解情况时，这个男子就站在附近！对，就是这个人，下身穿的是牛仔裤，上身穿的是休闲西服……

"师傅，我知道了！"周薇赶紧拉住了老国，"今天早上我应该看到康剑伟了，我在学校门口拦住他女儿时，他就在附近。"

老国顿时睁大了眼睛，瞪了周薇一眼："这都过了几个小时了，你想让我们去学校门口找他？"

"不是，师傅，我刚刚又看到这个人了！"

"在哪里？"老国激动不已。

周薇向不远处一指："刚才那个人一直在低头看手机，他的穿着我觉得很眼熟，我刚刚仔细回想了一下，我早上在校门口看见的人，就是他！"

"快，我们过去看看。"刚说完，老国已经向周薇手指的方向奔了过去。

老国跑到长椅边，一把抓住椅子上男人的胳膊。

男人抬起头来，不满地看着眼前气喘吁吁的老国，用力挣脱开胳膊："干什么，没事抓我干什么？你有病吧？"

被抓住胳膊的男人只有十几岁，脸上还稚气未褪。

周薇跑上前来，盯着眼前的大男孩，急匆匆地问："刚才坐在这里的人呢？"

"那个人刚走，我见座位空下来就坐了。"大男孩皱着眉说，"怎么了，不能坐啊？"

"他往哪儿走了？"老国赶紧问。

大男孩抬手往右前方一指："就往那里走了，你看，就是那个人。"

老国和周薇抬眼望去，一个高高瘦瘦的男子正朝卫生间走去。

"就是他——"老国马上通过步态确认了对方的身份。脸可以变，但步态不会变。

在周薇还没有反应过来时，老国已经撒腿往卫生间跑去，转眼已经跑出了四五米。可事情远没有那么顺利，大理石地面不知何时被人洒了摊饮料，老国踩上后重重地摔倒在地……

周薇顾不得扶起老国，独自向卫生间门口狂奔而去。然而到了卫生间门口，她有些犹豫，这么直接冲进男卫生间显然不太合适。正当她站在卫生间门口，回头看向一瘸一拐跑过来的老国时，她的头发被人从身后一把抓住，一个凉凉的金属物体随即横在了她的颈部。

一切发生得太过突然，周薇毫无防范，她意识到横在颈部的是一把刀。只要对方用力一划，颈动脉内的鲜血就会喷涌而出！她的大脑一阵空白，恍惚中，她看见老国停在离她五六米远的地方，朝对讲机吼着什么。

瘦高个男子的左胳膊紧紧夹住周薇颈部，右手中握着一把锋利的裁纸刀，缓缓地退到了卫生间门口。周围的旅客惊呼了一声，纷纷躲避，卫生间里的人也赶紧夺门而出。

这个瘦高个男子正是康剑伟。

➤ ➤ ➤

一脸苍白的周薇被挟持在卫生间门口，康剑伟紧紧贴在她身后，背靠着卫生间的门，将整个人缩在周薇和门的中间，他手里的裁纸刀紧紧地贴在她颈部的动脉上。

仅仅过了两分钟，郭斌和在候机大厅里搜寻的十几名刑警就赶了过来，机场内巡逻的七八名保安也迅速聚拢过来。他们和老国一样，都被眼前的一幕吓到了，统一站在十米开外的地方，谁也不敢轻易冲上前。

现场的人越聚越多，赶来增援的刑警站成一圈，挡住试图凑近观望的旅客。郭斌呼呼地喘着粗气，他拿着手机，边向周前汇报眼前的形势，边指挥警察控制现场的局势。

老国的情绪逐渐稳定下来，他对康剑伟大声喊道："康剑伟，看看现在的形势，你能跑得掉吗？我劝你还是老老实实放开人质，跟我们回去。"

"哈哈，你把我当小孩呀，跟你们回去，我还能活着出来吗？"

"人质是无辜的，你挟持她算怎么回事，她和你有冤还是有仇？"老国继续喊道。

"无辜？我管她无不无辜，我死也要带上她垫背！"康剑伟歇斯底里地吼叫着。

"那只会让你罪加一等。"

"你不要说罪加一等，就是罪减一等也是死。"康剑伟的脑袋从周薇肩膀处往外冒了一下，又快速缩了回去。

"你是一个有文化、有知识的人，杀人要偿命，这是你应该付出的代价。"

见周薇脸色苍白，眼神中充满了绝望，老国汗如雨下。他发现自己的双腿在微微颤抖，这是他从警三十多年，面对犯罪分子时从未有过的反应。

"不用你告诉我这些，反正都是一死，还不如死在这里，省得被你们审来审去。"康剑伟绝不妥协的态度激怒了在场的警察。

…………

时间似乎凝固了，又在拼命飞逝着。四名狙击手已经在机场就位，四支黑洞洞的枪口一起对准了卫生间门口。然而康剑伟躲在周薇身后，只是偶尔从她的脑后露出眼睛，观察外面的动向。

老国知道，眼下这种危急关头，只要康剑伟稍稍露出头部，哪怕只有几秒，子弹就会瞬间穿透他的脑袋。可康剑伟不傻，他没给狙击手任何一个一击毙命的机会。

时间在一分一秒地流逝，现场的警察和旅客越聚越多，卫生间前的气氛变得越发紧张。

老国忽然想到康剑伟的女儿，喊道："康剑伟，康馨怡是你的最爱，小周也有父亲，她也是她父亲的最爱。我们将心比心，如果你女儿被人挟持了，你会怎么想？"

老国的话果然奏效了，康剑伟握刀的手抖了一下，仅仅一两秒，他又握紧了刀，重新抵住周薇颈部的动脉，一丝鲜红的血顺着刀片滴落下来。

"我们将心比心 ——"郭斌也喊道。

"你让我放了她等你们的子弹吗？"康剑伟歇斯底里地喊道。

老国愣了一会儿，忽然说："你看这样行不行，我来替换小周，让她回到她父亲的身边。你要是想多个人陪你一起死，我陪你最合适。"

周薇的脑后露出一只眼睛，康剑伟看了一眼老国，有些犹豫，但没有出声。

老国一件件地脱下外衣，他知道，面对精明狡猾的康剑伟，如果让他产生一丝丝怀疑，他是无论如何都不会放下周薇，换上自己的。

老国在数百双眼睛的注视下，把自己脱得只剩下一身单衣，他冲周薇背后的康剑伟喊道："康剑伟，你看看，我身上没带任何武器，你准备好了，我就慢慢退进去。"

康剑伟又迅速地向外扫了一眼，犹豫了一会儿，说："好吧，你慢慢退过来，别跟我耍花招儿，否则让你后悔一辈子！"

老国背着身，举着手，慢慢向卫生间门口退去。

"师傅，我不跟您换！"周薇大声叫道。不知是恐惧还是感动，两滴泪珠从她脸上滚落下来。

老国似乎没有听到，仍慢慢地退向卫生间。他刚刚退到卫生间门口，裁纸刀立即横在他的脖子上，周薇被一把推了出来。

僵持还在继续，郭斌充当现场的谈判专家，站在离老国七八米远的地方，然而无论他如何交涉，软硬兼施，康剑伟就是不为所动。

"爸——"

一名手拿话筒的女记者闯进警方的视线，正向卫生间门口奔来。

在离卫生间十米左右的地方，吴姗被周薇抱住："姗姐，你不能过去，再往前师傅就有危险了！"

吴姗愣了一下，停止了挣扎，缓慢地转过头看向周薇，眼泪已从脸庞滑落。

半个小时前，吴姗在附近采访，听说机场有歹徒劫持人质，她立刻带着摄像师大光赶来，想要获得第一手资料。她没想到，被挟持的人质竟然是自己的父亲。

哭了一会儿，吴姗逼着自己冷静下来，她擦掉眼泪，高声喊道："康剑伟，你要是敢动我爸一下，你想想你女儿！"

"你敢！"康剑伟的嗓音微微发颤，话音中没有了底气。

…………

或许康剑伟意识到了女儿会有危险，他不再出声，横在老国颈下的裁纸刀稍有松懈，却没有放下。

死一般的寂静笼罩着现场，在场的所有人都憋着一口气，就连围观的旅客也悄悄收起了拍摄的手机。所有人都意识到，哪怕是一声咳嗽，都会让现场再次失控。

大头儿子小头爸爸

一对好朋友　快乐父子俩

儿子的头大手儿小

爸爸的头小手儿很大

…………

一首歌曲突然在寂静的大厅中响起。

这是动画片《大头儿子和小头爸爸》的片头曲，欢快童真的歌声在空旷沉闷的大厅里轻松愉快地唱响着，与现场压抑的气氛极不和谐。

众人向声源望去，只见周薇将手机高高举在空中，眼睛死死地盯住康剑伟。

周薇知道，十多年前，那个飘着雪花的深夜，那对游走在大街小巷四处寻觅动画片光盘的父女，会永远在他们心底最柔软、最深处的角落活着，他们都不会忘记寒冷冬夜里的那份温馨记忆。康馨怡没有忘，康剑伟当然也不会忘！

不合时宜的欢乐歌声停止了，几秒令人窒息的沉默后，现场的所有人都听到了"当"的一声脆响，抵在老国颈上的裁纸刀掉落在大理石地面上……

➼　　➼　　➼

讯问室内，一台高清摄像机放置在康剑伟面前，他的声音和画面投射在专案组会议室的大屏幕上：

……………

那是个迷人的雨夜，我们在一家茶餐厅偶遇。她喝着咖啡，双眼紧盯着窗外变换着光彩的霓虹灯，她的美丽让我心驰神往，我开始追求她。

功夫不负有心人，我追到了她，我们一起看电影，我们一起郊游，还去山顶上看日出……

2017 年 3 月 27 日，我曾以为，那是我最幸运的日子……

那一天，她送给了我一份永恒的礼物——刻在她大腿根部的四字文身，写着"剑伟，爱你"。她说从今天开始，从她的 28 岁到死亡，从身体到灵魂，只属于我。她说她不要名分，只想和我在一起，享受那些美好的时光。

我们曾经是那么幸福快乐，我们甚至约好了下辈子还要在一起。

可后来她开始跟我大吵大闹，要我离婚娶她，我不能让我妻子知道，不然依我妻子的性子，不仅我副行长的位置会保不住，还会因为经济问题进监狱……所以我给了她一百万，还答应她，只要她永远不来找我，我此后每年再给她五十万，保证她衣食无忧……

她的美丽、她的温柔、她的贴心就像毒品，已经侵入了我肌体的每一个细胞，让我无法抗拒。她一个哭诉的电话，我们又重归于好……

我到现在还不清楚她是怎么查到我的身份的，更没想到她竟然敲开了我的家门，当着我妻子的面，要她退出……

我的妻子很生气，她让我把这件事处理好，不然就和我离婚。我不能和她离婚，我不想失去我现在的一切！

我去找她，我想问问她为什么这样做，我们在一起的时候明明说好了，我们只做情人。可她威胁我，她说我要是再不离婚，就去找纪委……

那天晚上，她疯了一般大哭大闹，还打了我两个耳光。我怕邻居听见，就掐住她的脖子……

我真的不想掐死她，我爱她，我真的爱她，我只是不想让她闹得太凶，想让她安静下来。

可我也恨她，要不是她，我现在活得好好的，在家里守着女儿，看她皱着眉头做作业，听她叫我"爸爸"……

我们为什么不能像原来那样继续陪伴在彼此身边呢？那时候的我们多幸福啊……

那天晚上，我狠狠地切，一刀又一刀。她毁了我的大好前程，毁了我一生的幸福，是她让我这样一个有着大好前程的人成了杀人犯，害得我妻离子散……

但我又不愿此生再也见不到她，曾经的甜言蜜语是那么真挚，我们的爱情也会永远在记忆里延续。所以，我要把她留在我身边，不过，是以另一种形式。

我将她的头骨锁进保险柜里，我要她的灵魂永远陪伴我，永远永远守在我身边……

尾声

"师傅，康剑伟的判决下来了。"周薇兴冲冲地跑进办公室对老国说，"是死刑。"

老国正在看桌上的资料，闻言只是说道："法律会给他最公平公正的判决。"

"这件事里，最可怜的就是康馨怡那个小姑娘了。"周薇深深叹了一口气，"她母亲和康剑伟离婚了，如今康剑伟被判处死刑，她永远失去了爱她的父亲。"

想到那个小女孩，老国也是叹了口气，放下了手中的资料，抬头看向周薇，问："有一个问题，我一直想问问你，在机场的时候，你是怎么想到放那首歌的？康剑伟为啥听了歌就缴械投降了？"

一说到这个，周薇瞬间得意起来："师傅，您忘了，我在询问康馨怡的时候，曾问过她，她和爸爸印象最深的一件事是什么。她说在童年时，有一天晚上她想看《大头儿子和小头爸爸》，但电视台每天只播两集。她实在想看，康剑伟就抱着她，冒着刺骨的寒风和漫天的雪花，在街头一家家敲音像店的大门，最终买到了光碟。"

"你是说，对康剑伟来说，这也是他最温暖的记忆？"

　　周薇笑着说："对。师傅，在您的从警生涯里，被您抓住的那些人都是坏人，都罪大恶极。从另一个角度看，他们虽然犯了罪，但他们依然是人，是人就有人性。康剑伟虽然丧心病狂，但他最爱自己的女儿，我就想试试用《大头儿子和小头爸爸》的片头曲，找回他和他女儿最美好、最温暖的回忆，没想到真的奏效了。"

　　"康剑伟或许不是一个好人，但不可否认，他还是爱自己的女儿的。"老国感慨了一声，之后赞许地看向周薇，说，"小周，你这孩子机灵着呢，好好干，将来肯定大有建树。"

　　"我以后的目标是要成为像您一样的警察呢！"周薇说。

　　"好，不错！"老国看着周薇，满脸欣慰。

　　周薇不好意思地笑了，一低头正好看到老国的办公桌上关于"8·30案"的相关资料，心情突然沉重了："师傅，这个案子……"

　　"线索还是太少了，嫌疑人隐藏得很深。"老国起身，缓步走向窗边，目光沉沉地看向远方，眉头久久未曾舒展……

[未完待续。精彩第二册即将上市。]